KB162822

공 작 영 애 의 소 양 6

공작부인의 소양

Romeru
[로멜르]

Louis
[루이]

Parks
[퍼커스]

Mellice
[메를리스]

Gazelle
[가젤]

Meliruda
[멜리로다]

목 차

프롤로그
공작 영애, 흥미를 갖다
005

제1장
공작 부인의 궤적
011

제2장
공작 부인, 좌절을 알다
081

제3장
공작 부인, 꿈을 꾸다
135

제4장
공작 부인, 장래를 생각하다
221

막간
285

후기
306

공 작 영 애 의 소 양 6

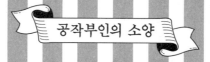

공작부인의 소양

Illustration / 후타바 하즈키

레이아
Reia

루체
LUCE

공작부인의 소양

공작 부인의 소양 편에서는 본편의
주인공 아이리스의 엄마, 메를리스의
소녀 시대를 그린다.

■■ 훗날 부부가 된다 ■■

메를리스 레제
앤더슨
검술에 천부적인 재능을 지니고 있으며
어떤 목적을 위해 실력을 연마한다.

루이 드
아르메리아
자신의 이상을
실현시키기 위해
재상인 아버지를
돕고 있다.

아버지　　　　**아버지**

오빠

가젤 더즈
앤더슨
구국의 영웅이자
타스멜리아 왕국군의 장군.

로멜르 지브
아르메리아
뛰어난 수완을 지닌
타스멜리아 왕국의 재상.

파커스 데스 앤더슨	갈리아	슈레
메를리스의 오빠. 군략에 재능이 있다.	앤더슨 후작가 사병. 다른 이름, 호위대 부대장.	앤더슨 후작가 사병. 다른 이름, 호위대 부대장.

공작 영애의 소양

메를리스의 딸 아이리스가 주인공.
그녀가 악역 영애라는 역할을
뛰어넘어 행복을 움켜쥐는 이야기.

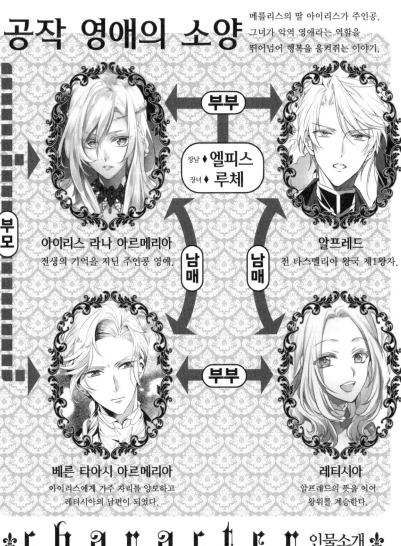

부부

장남 ◆ 엘피스
장녀 ◆ 루체

부모

남매

남매

아이리스 라나 아르메리아
전생의 기억을 지닌 주인공 영애.

알프레드
전 타스멜리아 왕국 제1왕자.

부부

베른 타아시 아르메리아
아이리스에게 가주 자리를 양보하고
레티시아의 남편이 되었다.

레티시아
알프레드의 뜻을 이어
왕위를 계승한다.

✤ character 인물소개 ✤

크로이츠	마담 칼뤼	룰리아
가젤의 오른팔.	왕도에 있는 호위대의 단골 가게 주인.	마담 칼루이의 가게의 종업원

프롤로그
공작 영애, 흥미를 갖다

"어머나, 오랜만이구나, 아이리스."

어머님의 밝은 웃음에 겨우 마음이 놓였다.

"오랜만입니다, 어머님."

"이번에는 얼마나 왕도에 머물 거니?"

"일단 일주일 정도요. 행사에 참가하고 몇몇 파티에 참석한 후에 곧장 돌아갈 생각이에요."

"어머, 그래……. 뭐 남편과 오래 떨어져 있고 싶지 않은 마음은 이해해. 어쩔 수 없지."

후후후…… 웃는 어머님의 말에 나는 반사적으로 얼굴을 붉혔다.

솔직히 아직 이런 이야기에는 익숙하지 않다.

"아이들은?"

"엘피스는 영지에 남아서 열심히 공부하고 있어요. 루체는…… 하아."

"어머, 루체한테 무슨 문제라도?"

"건강하고 솔직한 착한 아이예요. 하지만……."

무심코 말꼬리를 흐리는 나를 바라보며 어머님은 심각한 표정을 지었다.

"여자아이가 배워야 할 것들은 쳐다보지도 않고 무술 훈련에만 열을 올리고 있어요."

"어머나……."

내 말에 어머님은 웃었다.

하지만 루체의 어머니인 나는 웃을 수기 없었다.

건강하게 자라는 게 최고다.

그다음은 자신이 원하는 대로 자신의 장래를 선택하면 그걸로 충분하다.

아이들에 대해 그렇게 생각하고 있는 것은 거짓이 아니다.

거짓은 아니지만…… '어른이 됐을 때를 생각해서'라는 이유로 자꾸 이것저것 잔소리가 튀어나올 뻔하곤 한다.

"엘피스를 흉내 내는 걸까? 엘피스 그 아이, 라일과 디더에게 무술을 배우기 시작했다면서?"

"아마 처음에는 그랬을 거예요. 하지만…… 어느새 거기에만 매달리게 돼서……."

이제는 깨어 있을 땐 거의 모든 시간을 무술 훈련에 쏟고 있다.

"장래 그 아이가 사교계에 데뷔할 걸 생각하면 빨리 그 기술을 익히는 게 좋을 텐데. 어머님처럼 되라는 말까진 안 하겠지만 이대로는 걱정이에요."

언젠가 루체는 싫어도 귀족들의 사교의 자리에 나가지 않으면 안 된다.

그 자리에 나가려면 아르메리아 공작가 가주로서 딸이 나름대로 수준을 갖추지 않으면 안 되기도 하지만, 그보다 부모로서 루체 본인이 창피를 당하지 않도록 배우기를 바라는 마음이 가장 크다.

하지만 어머님은 내 말에 큰 소리로 웃음을 터뜨렸다.

"아이리스, 전에도 말했다만 나도 루체 나이에는 무술밖에 하지 않았단다. ……그래. 사교계에 들어가기 1년쯤 전이었나. 본격적으로 사교계에 대해 이것저것 배운 건."

"……네?"

충격적이었다. 누가 뭐래도 어머님은 사교계의 꽃으로 이름 높은 분.

그 몸짓도 아름답거니와 센스도 뛰어나다.

어머님을 동경하는 사람은 남녀노소를 불문한다고 일컬어질 정도다.

"……그러고 보니 저, 어머님의 어린 시절 이야기를 별로 들은 적이 없네요."

처음 들은 것은 아마 헤매고 있는 나를 탑으로 데려가셨던 그때다.

그 외에 어머님의 과거 이야기를 들은 적은 거의 없다.

그렇게 생각하자 어머님의 과거에 흥미가 솟구쳤다.

대체 어머님은 어째서 그토록 강한가.

대체 어째서 사교계의 꽃으로 불리게 됐는가.

"혹시 괜찮으시다면 들려주시겠어요? 어머님의 과거 이야기를."

그렇게 말하자 어머님은 쓴웃음을 지으며 이야기를 시작했다.

……이 나라의 숨겨진 영웅 이야기를.

제1장
공작 부인의 궤적

종소리가 울린다.

장엄하고 무거운…… 장송의 종소리가.

"……어머님……."

관 속에 잠들어 있는 어머님께 말을 건넨다.

하지만 그 목소리에 결코 대답은 돌아오지 않는다.

알고는 있지만 잠들어 있는 것처럼 그곳에 누워 있는 어머님을 보고 있으면 계속 부르면 다시 그 눈을 뜨지 않을까 기대하게 된다.

하지만 역시 어머님은 눈을 뜨지 않았다.

울며 매달려도, 시간을 되돌릴 수 없는 이상…… 이제는 어머님의 저 웃는 얼굴을 볼 수도, 목소리를 들을 수도 없다.

눈앞에 닥친 현실에 눈물이 흘러내렸다.

몸이 멋대로 움직여서 어머님에게 매달리듯 곁으로 다가갔다.

어머님의 차가운 몸에 닿은 순간, 이게 꿈이 아니라는 사실을 깨달았다.

……내 이름은 메를리스.

메를리스 레제 앤더슨.

앤더슨 후작가의 외동딸이다.

아버님은 이 나라 타스멜리아 왕국에서 영지를 하사받은, 앤더슨 후작가의 가주이자 영웅.

언제나 호쾌하게 웃는 아버님도 지금만은 침울한 표정을 짓고 있었다.

오라버니도 옆에서 엉엉 울고 있었다.

『무(武)로 이름 높은 앤더슨가의 아들이 그런 일로 울면 안 돼요.』

그렇게 말하며 언제나 꾸짖고 격려해 준 어머님은 이제 없다.

……당연하다. 두 번 다시 깨지 못할 잠에 빠졌으니까.

주위에서도 흐느낌 소리가 들려왔다.

상냥하고 멋진 어머님이셨다.

누구의 목소리에나 귀를 기울이고, 상냥함을 아낌없이 베푸는 분이었다.

그런데 어째서…….

어째서 어머님이 이런 꼴을 당해야 하는 거야……!

슬픔에서 갑자기 격렬한 분노가 내 마음을 점령했다.

이 세계는 불합리하다.

그걸 이해했다. 아니…… 강제로 이해하고 말았다.

으드득. 입술을 깨물며 소리를 지르고 싶은 충동을 억눌렀다.

입 안에 피 맛이 번졌다.

"……메리, 지금은 그저 네 어머니만을 생각해 주지 않으련?"

아버님의 말이 나를 현실로 되돌렸다.

……아버님은 내 마음속을 읽으신 걸까?

그런 의문이 머릿속을 스치고 지나갔지만 그런 사소한 것은 지금은 아무래도 상관없었다. 나는 또다시 어머님께 의식을 집중했다.

"……어머님……."

나는 작게 중얼거렸다.

그 목소리에 대답은 물론 없었다.

눈물은 아직도 끊임없이 흘러넘쳤다.

밖은 흐린 하늘.

마치 모두의 슬픔을 말해 주는 것처럼 부슬부슬 비가 내리고 있었다.

눈을 감고 어머님의 명복을 빌었다.

문득 눈을 뜨자 시야에 아버님의 모습이 비쳤다.

동시에 눈치채고 말았다.

우리에게 단 한 번도 눈물을 보인 적 없는 아버님의 **뺨**에 물방울이 흐르고 있다는 것을.

† † †

내가 사는 타스멜리아 왕국은 불과 십 수 년 전까지 이웃 나라 트와일 국과 전쟁을 했다.

트와일 국은 타스멜리아 왕국의 북서쪽에 위치하고 있으며 작물을 수확하기 힘든 토양으로, 그렇다고 이렇다 할 광물도 없는 가난한 나라였다.

그 때문이었다.

이 나라의 비옥한 땅을 노리고 트와일 국이 공격해 온 것은.

선전포고조차 없는 갑작스러운 침략.

당연히 타스멜리아 왕국은 제대로 대처하지 못했고 몇몇 영토가

유린당했다.

배속되었던 왕국군, 그리고 영주의 사병들이 각개격파당한 결과, 세즌 백작가는 완전히 적국의 점령 하에 놓이게 되었다.

그 이웃 영지인 먼로 백작가가 북쪽과 서쪽 양 방향에서 공격을 받아 불리한 상황에 놓였을 무렵.

아버님의 부대에 구 세즌령을 탈환하라는 지령이 내려왔다.

아버님은 왕국군 제1부대의 대장으로서 부대 하나를 이끌고 전장으로 향했다.

후작가의 적장자인 아버님이 어째서 격전지에 배속되었는가 하면, 답은 아버님의 소속 때문이었다.

보통 귀족가의 자제는 왕도와 왕족을 수호하는 기사단에 소속된다.

그렇다 해도 보통 무공을 노리는 것은 차남이나 삼남이며 적장자가 소속되는 경우는 거의 없다.

그런데도 아버님은 '귀족 사회는 거북하다'는 이유로 기사단이 아닌 왕국군에 들어갔다.

게다가 적장자임에도 불구하고 말이다.

왕국군의 임무는 주로 국경 수비와 국내 치안 유지.

왕국군과 기사단은 물과 기름 같은 관계로, 기사단은 왕국군을 '몸만 움직일 뿐 생각은 없는 놈들'이라고 깔보고 있고, 왕국군은 기사단을 '실전을 모르는 도련님들'이라고 깔보고 있다.

실제로 입대 당시에는 큰일이었다고 들었다.

왕국군 안에서는 귀족이 입대한 것에 반발이 있었던 모양이고 후작가도 맹렬하게 반대했다.

특히 후작가는 상속권 박탈 소동이 있었을 정도다.

하지만 아버님은 가문의 반대 따위는 조금도 아랑곳하지 않고 군 안에서 타고난 힘으로 담담하고 착실하게 지위를 쌓아 올렸다.

왕국군은 신분을 불문하고 활짝 문이 열려 있다.

귀천을 따지지 않는, 바꿔 말하자면 왕국군은 완전한 실력주의.

그 때문에 아버님의 실력 앞에서 반발은 오래가지 못했다.

문제는 후작가 쪽이었다.

결국 절연은 하지 않았지만 상속권을 박탈히고 후작가는 차남이 계승하게 되었다.

아버님은 지위에 집착하지 않았기 때문에 그것도 순순히 받아들인 모양이지만.

할아버님의 판단은 옳다.

무엇보다도 왕국군에 소속되어 있으면 언제 목숨을 잃게 될지 모른다.

게다가 아무리 무인 가문이라도 기사단이 아닌 왕국군에 입대한 아버님을 후계자로 삼으면 다른 귀족들의 평판은 나빠질 수밖에 없다.

……다만 그것은 아버님만한 힘이 없었을 경우의 이야기였다.

아버님은 구 세즌령 탈환을 불과 일개 부대로 달성, 뒤따라온 다른 부대에게 수비를 맡기고 그대로 서쪽으로 진군했다.

밀리고 있던 먼로 백작령 사병과 그쪽에 파견되었던 왕국군과 합류하여 적을 격퇴하는 위업을 달성했다.

아버님이 벤 적장의 목은 이루 헤아릴 수 없을 정도.

그가 쌓은 무공은 영웅으로 칭송받기 마땅한 것이었다.

왕국군 안에서는 물론 귀족이면서 전장에서 세운 무공과 장수로서 타고난 카리스마로 인해 기사단 단원들조차 아버님을 동경했다.

……물론 이건 전해들은 이야기지만.

어쨌든 그런 아버님을 문벌 가문인 앤더슨 후작가가 내세우지 않을 수는 없었다.

아버님은 또다시 차기 가주가 되었다.

그 과정에서 다시 한바탕 말썽이 일어날 줄 알았지만 영웅의 이름이 무거워서인지 순순히 받아들였다고 한다.

반대로 큰일이었던 것은 어머님과의 결혼이었다.

어머님은 남작가의 딸.

처음 만난 경위는 가르쳐 주지 않았지만 열렬한 연애 끝에 결혼하기로 약속을 나누었다고 한다.

상속권을 박탈당한 상태였더라면 문제없었겠지만 희대의 영웅이자 후작가의 차기 가주.

가문의 격이 맞지 않았다.

영웅이라는 이름이 지닌 무게가 거기서는 반대로 작용했다.

온 나라에서 아버님과 혼인으로 인연을 맺고자 하는 귀족 가문은 헤아릴 수조차 없었고.

앤더슨 후작가 안에서도 꽤나 반대의 목소리가 높았다고 한다.

결국 아버님의 『멜리루다와 결혼하지 못하면 왕국군을 그만두겠다』라는 한마디로 소동은 가라앉았다.

지금 생각해 보면 아버님이 얼마나 어머님을 사랑했는지 알 수 있는, 마음 따뜻해지는 간질간질한 에피소드다.

그런 열렬한 연애 끝에 맺어진 두 사람이다. ……당연히 오라버니가 태어나도 내가 태어나도 두 분은 사이좋은 부부였다.

때때로 오라버니와 내가 두 분에게서 눈을 돌리고 싶어질 만큼.

그 무뚝뚝한 아버님이 어머님 앞에서만은 귀여워지는 것이다……. 군에서 본 아버님과는 너무나도 다른 모습에 우리 집을 찾아온 아버님의 심복 부하 메시 남작이 괜히 먼 곳을 바라볼 정도였다.

어머님은 정말로 멋진 여성이었다.

온화하고 상냥하고.

후작가에 시집와서 고생도 많았을 텐데 언제나 부드러운 미소를 짓고 있었다.

그러면서도 아버님의 아내답게 대담하고 배짱이 있었다.

적의 피가 묻은 것이라고는 해도 피투성이 아버님을 보고 다치지 않았다는 것을 알자 "어머나, 얼른 목욕 준비를 해야겠네." 라고 웃으며 받아들였다.

그 태도에는 오라버니도 나도 놀랐다.

아니, 아버님도 참, 군 시설에서 피를 씻고 왔으면 좋았을 텐데……. 나와 오라버니는 내심 그렇게 핀잔을 줬다.

결혼기념일이었던 그날, 어머님과 함께 시간을 보내고 싶다며 아버님은 휴가를 얻었다.

하지만 왕국군 사람들이 울며 매달려서 할 수 없이 나갔다가 임무가 끝나자마자 곧장 부하에게 보고를 맡기고 곧바로 돌아오신 모양이다. ……하지만 세상 어디에 결혼기념일에 피투성이로 돌아오는 남편이 있단 말인가.

뭐 우리 집에서는 그게 당연한 일이었지만.

아버님이 있고, 어머님이 있고, 오라버니가 있고.

후작가치고는 격식이 없는 편이었지만.

그래도 무척이나…… 무척이나 행복한 집이었다.

……그날까지는.

어머님이 돌아가신 그날을 나는 결코 잊지 못할 것이다.

"오라버니, 어머님은 아직이신가요?"

"메리 넌 아까부터 계속 그 말만 하는구나. 조금 전에도 똑같은 말을 했잖아. 예정대로라면 요 앞 영지쯤에 계시겠지. 자, 얌전하게 기다리렴."

나와 오라버니는 어머님이 왕도에서 영지로 돌아오는 것을 잔뜩 기대하며 기다리고 있었다.

어머님은 내 생일을 축하해 주기 위해서 아버님을 두고 먼저 왕도에서 영지로 돌아오겠다고 약속하셨다.

아버님은 중요한 행사가 있어서 나중에 뒤따라오시기로 했지만…… 그래도 어머님만이라도 먼저 돌아와 주는 것이 무척이나 기뻤다.

"아, 분명히 어머님일 거야……!"

갑자기 저택이 소란스러워졌다. 나는 입구로 달려갔다.

하지만 그곳에 서 있는 것은 어머님이 아니었다.

대신 그곳에 서 있는 것은 피투성이 남자였다.

그리고 그가 안고 있는 피투성이 여인.

"당신, 대체 무슨…… 멜리루다 님!"

외침 소리가 내 귀에 꽂혔다.

어머님……? 저 힘없이 안겨 있는 여인이 어머님이라고……?

나는 얼어붙은 것처럼 그 자리에서 꼼짝도 할 수 없었다.

"빨리 처치를! 의사를 불러라!"

허둥지둥 고용인들이 움직이기 시작했다.

남자는 어머님을 고용인에게 맡기고 그 자리에 쓰러졌다.

"당신도 심하게 다쳤잖아?! 빨리 치료를!"

"저보다 멜리루다 님을……."

"물론 당장 마님을 치료할 겁니다. 하지만 당신도 이대로는……."

"……이미……."

괴로운 듯이 그렇게 말하는 남자의 몸에서는 끊임없이 피가 흘러나오고 있었다.

그 증거로 바닥이 점점 붉게 물들어 갔다.

"산적들에게 습격당해서…… 나 말고 호위는 모두 전멸했다. 어떻게든 멜리루다 님만은 구하고자 이렇게 모셔 왔지만…… 멜리루다 님은?"

"안심하십시오. 뒷일은 우리가 맡겠습니다."

"그렇군……."

마지막으로 그렇게 중얼거린 후 남자는 눈을 감았다.

"의사가 도착했습니다."

"선생님, 당장 이쪽으로!"

"이 남자분은?"

"……이미 진찰할 필요 없습니다. 두 분이서 마님을 치료해 주십시오."

임종을 지켜본 고용인은 눈물을 흘리면서도 의연한 표정으로 말을 마쳤다.

한순간 정적이 흘렀지만 의사는 곧 어머님을 향해 다급히 달려갔다.

그제야 겨우 정신을 차린 나는 꾸물꾸물 의사 뒤를 따라갔다.

의사가 어머님을 진찰했다.

하지만 곧 손을 멈췄다.

"……안타깝게도…….."

말을 잇기 괴로운 듯 중얼거린 의사의 말에 모두가 절망한 표정을 지었다.

그만둬. 그런 얼굴 하지 마. 그런 말 하지 마.

내 마음속의 외침도 허망하게 의사는 어머님으로부터 떨어졌다.

"……안 돼! 마님, 마님!"

……어머님이 돌아가셨다?

거짓말이야……! 거짓말, 거짓말, 거짓말……!

……그 후의 일은 그다지 기억나지 않는다.

다만 기억에 남아 있는 것은 격렬한 감정.

어째서 어머님이 돌아가시지 않으면 안 되는 걸까……! 라는.

무가에서 태어난 탓에 삶과 죽음에 대해서는 어릴 적부터 넌지시 이해하고 있었다.

아버님이 아무리 강하다 해도 한 사람의 인간.

임무를 수행하러 떠날 때마다 무슨 일이 있을지도 모른다고 우리에게 말했기 때문이다.

하지만 결코 비관적이 아니라 나라를 위해 목숨을 거는 것을 자랑스럽게 여기기조차 했다.

나라를, 백성을 지키는 것.

그것이 귀족의 책무라면서.

그런데 어째서…… 어머님이 돌아가신 걸까.

돌아가시지 않으면 안 되었던 걸까.

아버님은 줄곧 귀족의 책무를 다하셨는데, 아버님이 지켜 온 백성이 어머님의 목숨을 빼앗다니……!

산적이든 뭐든 상관없다.

그들 또한 이 나라의 백성이니까.

아버님은 대체…… 무엇을 위해 이 나라를 지켜 온 것일까.

왜 귀족은 백성들을 지키지 않으면 안 되는 걸까!

이 세계는 불합리하다.

그것을 이해했다. 아니…… 강제로 이해하고 말았다.

말괄량이에 오라버니의 영향으로 귀족 영애다운 예법을 배우지 않고 광대한 앤더슨 후작가의 정원을 흙투성이로 뛰어다니며 드레스를 입은 채 나무를 오르던 나.

하지만 피를 뒤집어쓴 아버님을 웃는 얼굴로 맞이해 준 어머님은…… 나를 난처한 듯이, 하지만 부드러운 미소를 지으며 언제나 맞이해 줬다.

……좀 더 어머님과 함께 시간을 보냈더라면 좋았을걸.

수를 놓거나 좀 더 여자다운 일을 했었더라면 그럴 수 있었을 텐데.

하지만 어머님이 돌아가신 후, 나는 어머님을 그리워하며 그렇게 하기는커녕 정반대의 길을 택했다.

어머님의 장례식 후, 눈물이 마를 정도로 울었다.

울고 또 울고…… 내 마음에 뻥 뚫린 구멍에 장례식 때 한순간 스쳐 지나간 감정이 또다시 끓어올랐다.

즉…… 분노와 증오.

원수를 갚고 싶다고 바라고 자신의 무력함을 한탄했다.

현실의 불합리함을 저주하고 자신의 무력함을 부끄러워했다.

그래서 나는 아버님께 부탁했다.

나를 단련시켜 달라고.

아버님은 아무것도 묻지 않았다.

대신 "원한다면 혹독하게 훈련시켜 주마."라고 말씀하셨을 뿐.

그리고 그다음 날부터 나는 훈련을 시작했다.

† † †

본격적인 훈련이 시작되기 전에 아버님은 내 체력을 시험했다.

"생각했던 것보다 더 잘 움직이는구나."

시험 결과 아버님은 그렇게 말했다.

저택 안을 뛰어다녀서일까, 나이에 비해 기초체력이 있었던 모양이다.

앤더슨 후작가 부지 안에 있는 숲속에서 놀았기 때문인지 장애물도 아무렇지 않았다.

야생동물을 쫓아다녔기 때문인지 동체시력도 반사 신경도 나름대로 좋았다.

"그래도 훈련을 받기에는…… 아직 일러."

그렇게 말하며 건네준 훈련 목록은 나중에 생각해도 떠올리고 싶지 않을 만큼 지옥의 목록이었다.

아침은 해가 뜨기 전에 일어나서 달리기를 한다.

저택 주위 세 바퀴.

고작 세 바퀴지만 광대한 저택을 한 바퀴 달리는 것은 매우 힘들다.

"……우욱."

달리기가 끝나면 속이 울렁거려서 나도 모르게 구토를 할 만큼.

그리고 염분과 당분이 든 물을 마시고 잠시 휴식을 취한 후 또다시 훈련이 시작된다.

달리기 다음은 부지 안에 있는 숲을 돌파하는 것이다.

숲속에는 다양한 지형이 있으며 다소의 기복은 귀여운 수준.

다리가 없는 작은 개울은 어른 두 사람의 키를 합친 듯한 높이의 벼랑 사이에 끼어 있어서 앞으로 나아가기 위해서는 그 벼랑을 내려갔다가 또다시 오르지 않으면 안 된다.

사람의 손길이 닿지 않은 숲은 아버님이 본인의 훈련을 위해서 그렇게 만들어 놓았다고 한다.

"……윽."

벼랑을 기어오르다가 운 나쁘게도 손바닥에 바위가 닿아서 물집이 터졌다.

보아하니 손바닥이 새빨갰다.

일단 일부러 개울로 떨어져서 그곳에서 손을 씻었다.

태양의 빛을 받아 반짝반짝 빛나는 투명한 물에 내 피가 살짝 섞여서 생긴 붉은 물줄기가 흘러갔다.

나는 젖지 않은 부분의 옷을 찢어서 손바닥에 감았다.

그리고 또다시 벼랑을 올랐다.

이 물집은 검 휘두르기를 하다가 생긴 것이다.

매일 낮부터 아버님이 가르쳐 주신 움직임을 재현하기 위해 오로지 검을 휘두른다.

들고 있는 것만으로는 딱히 무게가 느껴지지 않는 그 검도 몇백 번, 몇천 번 휘두르기를 되풀이하는 동안 너무 무거워서 팔이 저린다.

그걸 반복하다 보니 어느 샌가 손바닥은 그런 상태가 되어 버린 것이다.

아픔을 견디며 벼랑을 돌파한 후에는 또다시 달린다.

그렇게 숲을 돌파한 후 겨우 점심 휴식.

식욕이 없어도 먹지 않으면 움직일 수 없다……. 그래서 나는 준비된 식사를 든든하게 챙겨 먹는다.

그리고 잠시 쉰 후 그 후부터는 오로지 해가 저물 때까지 검 휘두르기.

아버님이 돌아올 때까지 나는 그 훈련을 되풀이한다.

밤은 식사를 한 후 기절하듯 침대에 쓰러진다.

……그런 매일이다.

『혹독하게 훈련시켜 주마.』

아버님은 그 말대로 약한 소리를 일절 허락하지 않았다.

내가 구토를 해도 담담하게 지켜볼 뿐.

한마디라도 우는 소리를 했다가는 당장 훈련을 중지시킬 것만 같았다.

그리고 나도 나 자신에게 일절 약한 소리를 허용하지 않았다.

스스로 생각해도 소름 끼칠 정도였다.

여하튼 객관적으로 스스로를 살펴보면 열 살도 되지 않은 여자아이가 놀지도 않고 아침부터 밤까지 오로지 훈련을 받았으니까.

강해지고 싶다, 원수를 갚고 싶다…… 그저 그것만을 위해서.

나는 밤낮으로 훈련에 몰두했다.

† † †

"좋아. 지금부터 동작을 가르쳐 주마."

체력 단련과 검 휘두르기만 계속하던 매일을 보낸 지 얼마나 지났을까.

내 휘두르기를 본 아버님이 입을 열자마자 그렇게 말했다.

줄곧 지켜보기만 할 뿐 아무런 지시도 내리지 않았는데 갑자기 어떻게 된 걸까?

그 물음을 입에 담기 전에 아버님은 스스로 동작을 취하기 시작했다.

보고 기억하라는 뜻일까.

여러 가지 의문이 들었지만 머릿속을 비우고 눈앞의 움직임에 집중했다.

동작 하나하나, 아버님의 움직임을 망막에 새기듯이 눈을 깜빡이는 것조차 잊어버리고 바라보았다.

"연습해라."

그 말과 함께 아버님의 실연은 끝났다.

홀로 남겨진 나는 망막에 새긴 동작을 떠올리며 몇 번이나 몸을 움직였다.

……하지만 좀처럼 뜻대로 되지 않았다.

머릿속 이미지에 몸이 따라가지 않는 것이다.

어색함과 허술함이 눈에 띄고, 그런 자신의 움직임에 스스로 화가 났다.

왜 할 수 없는 거야……?! 그런 답답함 때문에.

아마도 자신이 목표로 삼는 움직임을 이미지 할 수 있기 때문에 더더욱 답답하게 느껴지는 것이리라.

그 후로 매일 평소 목록에 동작을 따라 하는 것이 더해진 것은 말할 필요도 없다.

"……윽."

또 물집이 터졌다.

내려다보니 목검 손잡이 부분이 손바닥의 붉은색에 조금 물들어 있었다.

나는 바닥에 놓아둔 수건을 찢어서 그것을 손바닥에 감았다.

……아프지 않아.

……괴롭지 않아.

정말로 아픈 것을, 정말로 괴로운 것을…… 나는 알고 있으니까.

오히려 이 아픔이, 이 괴로움이 내 안에 소용돌이치는 격렬한 증오를 더욱 불타오르게 한다.

그러니까 나는 멈추지 않는다. 멈출 수 없다.

그리고 나는 다시 검 휘두르기 연습을 시작했다.

그런 훈련을 계속해서 되풀이했다.

가르침을 받은 동작을 어느 정도 몸에 익혔을 즈음, 오라버니와 모의전을 하게 되었다.

모의전이라고 해 봤자 가볍게 대련하는 정도의 귀여운 싸움.

하지만 동작을 몸으로 익히기에는 안성맞춤이었다.

혼자서 하는 것과 누군가를 상대하는 것은 역시 다르다.

양쪽 다 강해지기 위해서는 필요한 훈련이라고, 검술을 배우며 그렇게 느꼈다.

그래서 오라버니와의 대련과 병행해서 지금까지의 훈련도 물론 계속했다.

"하아, 하아……!"

이마에서 흘러내리는 땀을 손으로 닦았다.

그리고 그대로 손바닥으로 시선을 떨궜다.

이 무렵에는 손바닥에 물집이 잘 잡히지 않고 대신 딱딱하고 울퉁

불퉁한…… 도저히 여자아이의 손이라고는 볼 수 없는 손이 되었다.

지금까지의 훈련이 형태가 되어 나타난 것 같아서 순수하게 기뻤다.

씨익 어두운 미소를 지으며 앞을 바라보자 눈앞에 있는 오라버니는 지칠 대로 지쳤는지 주저앉아 있었다.

나 또한 무릎에 무게중심을 싣는 것처럼 한 손으로 무릎을 짚고 거친 호흡을 되풀이했다.

"메리, 다음은 나와 대련하자꾸나."

어느새 나타난 아버님이 느닷없이 그렇게 말했다.

그 말에 한순간 멍하니 입을 벌렸다.

하지만 다음 순간 그 말을 이해하고 나는 무심코 웃었다.

드디어. 드디어 아버님과 대련할 만큼 인정받은 것이다.

지금껏 맛본 적 없는 충족감과 기쁨. 그리고 약간의 긴장과 두려움.

"잘 부탁드립니다……!"

그리하여 이번에는 아버님과 1대1 모의전이 시작되었다.

아버님은 봐주신 걸지도 모르지만 내 입장에서는 가차 없는 공격이었다.

"왜 그러느냐, 겨우 그 정도냐?"

아버님이 쓰러진 나를 내려다보았다.

……전혀 닿지 않았다.

조금은 강해졌다고 생각했는데 아버님 앞에서는 너무나도 무력했다.

솔직히 분했다.

나는 땅바닥에 엎드린 채 아버님을 올려다보았다.

아버님과 나 사이에는 엄청난 차이가 있다.

경험도 그렇고 강함도 속도도 모든 것이 부족하다.

그렇다면 그걸 메울 만한 뭔가를 만들어 내지 않으면 안 된다.

……아버님조차 현실의 불합리함으로 인해 소중한 존재를 잃었다.

그럼 나는 얼마나 강해져야 하는 걸까?

얼마나 강해지면 나의 바람을 이룰 수 있을까?

……모르겠다.

하지만 적어도 지금 이렇게 아버님이 내려다보는 위치에 쓰러져 있어서는 한참을 멀었다.

나는 떨리는 손으로 바닥을 짚고 또다시 일어섰다.

"아직, 아직 싸울 수 있어요."

그리고 나는 또다시 아버님과 싸우기 시작했다.

† † †

……결국 오늘도 참패였다.

아버님과의 싸움에서 패배한 횟수는 지금까지 과연 몇 번이나 될까.

그런 생각을 하면서도 사고의 대부분은 조금 전까지의 훈련에 관한 것이었다.

앞으로 조금만 더하면 뭔가를 손에 넣을 수 있을 것 같은데.

부족한 것을 메울 뭔가를.

그걸 손에 넣으면 아버님과의 대련도 좀 더 싸움다워질 것 같은데.

이렇게 훈련을 끝내고 방으로 돌아오면 그 감각이나 손에 잡힐 듯 말 듯 한 뭔가가 멀어지는 듯한 기분이 든다.

후우…… 무심코 깊은 한숨이 흘러나왔다.

더 이상 아무 생각도 떠오르지 않았다. 할 수 없이 그대로 방으로 돌아와서 목욕을 했다.

매일 몸을 움직이고 땀으로 범벅되기 때문에 목욕은 빠트릴 수 없다.

"……읏."

뜨거운 물이 상처에 스며들어서 무심코 아픔에 몸부림쳤다.

매일 타박상이나 자상이 생기는 바람에 상처가 나지 않은 곳이 없어서 뜨거운 물로 몸을 씻을 때마다 아픔에 우는 게 일과가 되어 버렸다.

그래서 몸을 씻는 건 고용인들에게 맡기지 않는다.

이상하게도 남에게 당하는 것보다는 그나마 직접 씻는 게 아픔을 앞에 두고 각오가 생기기 때문이다.

……결국 이렇게 몸부림을 치고 있지만.

목욕을 마치고 옷을 갈아입은 후 나는 그대로 침대에 쓰러졌다.

고된 훈련의 가장 좋은 점은 지쳐서 곧바로 곯아떨어질 수 있다는 점이다.

그렇지 않으면 아마도…… 온갖 생각이 떠올라서 잠들 수 없었을 것이다.

어머님의 죽음, 그로 인한 상실감과 쓸쓸함, 그리고 그 원흉에 대한 증오와 자책감.

내 의식은 곧 꿈속으로 뛰어들었다.

될 수 있으면 조금이라도 좋은 꿈을 꿀 수 있기를…… 그렇게 기도 하면서.

† † †

그리고 또다시 날이 밝았다.

그와 동시에 옷을 갈아입고 곧바로 달리기를 시작했다.

요즘은 달리면서 토하지는 않게 되었다.

대신 달리는 거리를 늘리고 있다.

정신없이 몸을 움직이면서 도중에 멈춰 버린 어제의 생각에 몰두했다.

……부족한 무언가.

아버님과 모의전을 벌이던 도중, 그 답의 편린을 손에 쥘 뻔했다.

하지만 모의전에 너무 필사적으로 열중하는 바람에 그게 무엇인지, 어째서 그렇게 생각한 건지, 그것조차 알 수 없었다.

그래서 지금 생각해도 전혀 떠오르지 않는 것이다.

달리기를 마치고 후끈거리는 몸이 식지 않도록 땀을 닦았다.

낮부터 또다시 아버님과의 대련 훈련이다.

하지만 무언가가 뭔지는 알 수 없다.

모른다는 것은 어제까지의 나와 마찬가지라는 뜻.

그렇다면 또다시 아버님에게 패배할 거라는 뜻이나 마찬가지다.

성장하지 않으면 아버님이라는 저 높은 벽에는 손에 닿는 것조차 불가능할 테니까.

조금만 더…… 여기서 조금만 더.

나의 직감이 그렇게 속삭이고 있다.

하지만 그 이상 생각해도 알 수 없는 이상…… 어쩔 수가 없다.

그걸 손에 넣기 위해 훈련으로 감각을 갈고닦을 뿐이다.

그리고 오늘도 아버님과 대련이 시작되었다.

아버님의 검은 변함없이 빠르고 묵직하다.

방심하면 한순간에 끌려갈 것만 같다.

그래도 끈질기게 버티며 간신히 아버님의 검을 막았다.

"허술하다!"

검을 몇 번 부딪치고 나서 아버님의 검이 나를 덮쳤다.

순간 얼떨결에 검을 앞으로 내밀었다.

피할 수 없다면 차라리…… 라는 생각에.

그리고 나는 무의식적으로 살짝 검의 각도를 바꿔서 아버님의 검을 흘려 버렸다.

그 감각에 한순간 나는 멈춰 섰다.

이거다!

하지만 그걸 다시 생각하기 전에 빈틈투성이 몸에 가차 없이 검이 날아왔다.

"왜 멈춰선 거냐! 그런 빈틈을 쉽게 보이다니 언어도단이다."

어렴풋이 남아 있는 둔탁한 아픔에 얼굴을 찡그리면서도 나는 일어섰다.

"죄송합니다. 계속해 주세요."

부족했던 뭔가.

그걸 바로 지금 손에 넣은 것 아닐까.

아버님의 검은 힘으로 밀어붙이는 강한 검.

하지만 힘없는 여성인 나는 아무리 열심히 단련해도 아버님만큼 강한 힘을 손에 넣기는 어렵다.

그렇다면 나는 그 힘을 흘려 버리는 것을 몸에 익히고, 상대의 힘을 이용하여 싸우는 게 좋지 않을까…….

그런 생각을 하는 동안에도 아버님이 나를 향해 검을 휘둘렀다.

반사적으로 나도 또다시 그에 맞춰 검을 휘둘렀다.

"흐읍……!"

공격을 흘려 버리며 품속으로 파고들었다.

그리고 나는 아버님의 목에 검을 겨눴다.

"하아, 하아……!"

눈앞의 광경이 스스로도 믿기지 않았다.

이겼다. 설령 아버님이 봐주셨다 해도.

"……방심했구나."

아버님은 껄껄 웃으며 일어섰다.

훈련을 시작한 후 아버님이 웃는 얼굴을 보인 것은 지금이 처음이었다.

그래서 더더욱 놀랐다.

"한 번 더 하자꾸나. 이번엔 좀 더 힘을 내도록 하마."

"……네!"

선언했던 대로 아버님의 움직임은 빨라지고 힘도 강해졌다.

곧바로 그 움직임에 반응하지 못하고 일찌감치 검이 튕겨 나갔다.

"……한 번 더 부탁드립니다!"

그리고 나는 또다시 아버님과의 대련에 몸을 던졌다.

† † †

몇 번이나 너덜너덜해지면서도 그래도 필사적으로 계속 검을 휘둘렀다.

그리하여 아버님께 다섯 번에 한 번쯤은 이길 수 있게 됐을 무렵.

"……좋다. 내일부터 호위대 훈련에 참가해라."

"……어."

갑작스러운 아버님의 지시에 나는 그만 얼빠진 목소리로 대답했다.

앤더슨 후작가 사병…… 별칭 호위대.

무예로 이름 높은 앤더슨 후작가의 가주가 거느린 전사.

본래 앤더슨 후작가의 역대 자제들은 그 이름에 부끄럽지 않도록 자신의 무예를 계속 갈고닦았다.

그들을 따르기 위해 호위대 일원들도 나름대로 실력이 필요하다.

당연히 그 실력은 다른 영지의 사병들보다 압도적으로 강하다.

그 때문에 앤더슨 후작가 호위대는 들어가기도 어렵고 들어간 뒤에도 밤낮으로 훈련을 거르지 않는다.

그렇기 때문에 그들은 자신의 무예, 그리고 그 호위대에 소속되어 있다는 것을 자랑스럽게 여긴다.

앤더슨 후작가의 남자들과 그들이 훈련을 하기 위해서 앤더슨 후작가 본저에는 매우 넓은 훈련장이 있다.

……이건 여담이지만 몸이 둔해진다는 이유로 아버님은 왕도의 저택에도 중앙정원을 밀어 버리고 훈련장을 만들었다.

그 때문에 왕도 저택의 훈련장에는 호위병들뿐만 아니라 아버님을 흠모하는 왕국군이나 기사단 사람들까지 찾아와서 훈련을 하고 있다.

귀족의 저택이라기보다 마치 군의 시설 같다고 생각하는 사람은 아마 나뿐만은 아닐 것이다.

그런데 그 훈련에 내가 참가한다고?

……기대돼서 견딜 수 없었다. 무심코 웃음이 흘러나왔다.

지금까지 훈련 상대는 오라버니나 아버님이었다.

그건 그거대로 좋았지만 역시 다양한 사람들과 싸워 보고 싶었다.

무엇보다도 자신의 힘을 시험해 보고 싶었다.

분명 다양한 사람이 있을 테고, 그 경험은 나의 피와 살이 되어…… 나를 더욱 강하게 만들어 줄 것이다.

그렇게 생각하니 기대가 되는 것도 어쩔 수 없었다.

나의 표정에 말을 꺼낸 아버님은 쓴웃음을 지었다.

그리고 다음 날.

나는 의기양양하게 훈련장으로 향했다.

훈련장에 도착하자 주위에는 온통 나보다 두세 배는 큰 남자들.

당연히 눈에 띌 수밖에 없다.

"……이봐, 왜 저런 아이가 여기 있는 거지?"

"그, 글쎄. 야, 네가 가서 말 걸어 봐."

"뭐? 싫어. 어린애들은 나만 보면 운단 말이야."

……이렇게 말하긴 좀 그렇지만 정말로 인상이 나쁘군……. 평범한 아이가 봤더라면 분위기가 어우러져서 무섭긴 하겠네. 나는 마지막 말을 한 사람을 향해 마음속으로 중얼거렸다.

"꼬마 아가씨, 왜 여기 있는 거지? 여긴 위험하니까 빨리 나가는 게 좋을 거야."

"……처음 뵙겠습니다. 멜이라고 합니다. 오늘부터 이곳 훈련에 참가하게 됐습니다. 많은 지도 편달 부탁드립니다."

처음이 중요하다는 생각에 나는 정중하게 인사했다.

참고로 내가 말한 이름이 본명도, 평소 불리는 애칭도 아닌 것은 아버님의 지시다.

아무래도 후작가 영애가 훈련에 참가하면 다들 꺼릴 게 뻔하기 때문이다.

그건 그렇고 나의 그 말에 더더욱 호위대 대원들 사이에 미묘한 분위기가 감돌았다.

"……모두 차렷!"

그때 대원 한 사람이 큰 소리로 외쳤다.

찌릿찌릿 고막이 마비되는 듯한 목소리에 나는 한순간 멍한 표정을 지었다.

하지만 대원들은 익숙해져 있는지 그 목소리에 반응하여 곧바로 대열을 갖추고 등줄기를 꼿꼿하게 편 멋진 자세로 섰다.

"가주님이 오셨다."

준비를 마친 후 아버님이 나타났다.

흘끗 대원들의 얼굴을 살펴보자 마치 나와 비슷한 또래의 남자아이들처럼 눈동자를 반짝반짝 빛내고 있었다.

"오늘도 다들 기운이 넘쳐 보여서 다행이군."

그렇게 말하며 아버님은 호쾌하게 웃었다.

하지만 다음 순간 그 웃음을 거두고 엄격한 표정을 지었다.

"……그건 그렇고, 방금 스스로 자기소개를 한 것 같다만, 저기 있는 멜이 오늘부터 훈련에 참가한다. 여기 오기 전에 내가 어느 정도 단련을 시켰으니 봐줄 필요 없다. 너희가 얼마나 강한지 몸으로 직접 가르쳐 줘라."

그 낮은 목소리에 한순간 부르르 몸이 떨렸다.

……무서워? 아니, 그게 아니다.

이것은 흥분의 떨림이다.

아버님의 진심이 나에게 전해져서.

그리고 앞으로의 훈련이, 싸움이 너무나도 기대돼서.

훈련이, 싸움이 너무나 기대돼서.

"……잘 부탁드립니다!"

내가 배 속 깊은 곳으로부터 소리를 내서 그렇게 말하자 아버님은 살짝 웃었다.

"그럼 훈련을 시작한다!"

그로부터 시작된 훈련은 내가 평소 하는 훈련보다 가벼웠다.

최근에는 아버님이 말씀하신 목록에 스스로 생각한 훈련을 이것 저것 더했기 때문이다.

그리고 준비운동 겸 체력 향상 훈련이 끝나자 검 휘두르기 연습이 시작되었다.

위에서 아래로.

검을 휘두를 때마다 쓸데없는 감정이 깎여 나가고 마음이 고요해 지는 느낌. 이 느낌이 기분 좋다.

마치 내 안에 하나의 단단한 기둥이 자리 잡고 있는 듯한 감각.

그 감각에 빠져 있는 동안 검 휘두르기도 끝났다.

그리고 마지막으로 1대1 대련.

두 사람씩 이름을 부르면 그 두 사람이 대치하여 검을 겨룬다.

나는 그들의 움직임을 잡아먹을 듯이 바라보았다.

그렇군, 저렇게 움직일 수도 있겠네……. 그런 식으로 공부가 된 다.

내가 직접 재현할 수 있는 것도 있고 내 체격으로는 어려운 것도 있 었지만, 상대가 그런 움직임을 하면 나는 어떻게 대응할지 생각하 면서 대련을 지켜보았다.

"다음, 멜과 라다!"

끝 무렵이 되어서야 겨우 이름이 불렸다.

상대는 내 존재를 제일 먼저 눈치채고 난처해하던 남자였다.

라다라는 그 사람은 명백하게 내가 상대라는 사실에 또다시 난처해하고 있는 듯했다.

"그럼 시작!"

심판 겸 교관인 남자의 목소리가 들려왔다.

하지만 라다는 움직이지 않았다.

날 상대로 어떻게 해야 좋을지 망설이고 있는 모양이다.

아무리 기다려도 움직일 기미를 보이지 않았다.

그래서 내가 먼저 움직였다.

그의 품에 파고들어 검을 휘둘렀다.

"우오……!"

라다는 놀란 듯이 눈을 동그랗게 뜨고 내 검을 튕겨 냈다.

하지만 그 때문에 그의 자세는 무너지고 말았다.

나는 그것을 이용하여 그를 쓰러뜨린 후 그대로 눈앞에 검을 겨눴다.

"……스, 승자! 멜."

웅성웅성. 주위가 소란스러워졌다.

황망한 결과에…… 무엇보다 내가 승리한 것에 놀란 눈치였다.

하지만 나는 내심 혀를 차고 싶은 기분이었다.

전혀 싸운 것 같은 기분이 들지 않았다.

무엇보다 그는 방심하고 있었기 때문이다.

"……라다, 말했을 텐데? 저 소녀는 내가 훈련을 시켰다고. 너의 나쁜 버릇이다. 너보다 약해 보이면 방심하는 버릇. 전장에서는…… 아니, 언제 어느 때나 약자와 강자는 존재하지 않는다. 존재하는 것은 어떻게 적을 쓰러뜨릴지, 그걸 추구하는 자가 강자가 되는 것이다. 그 안일한 버릇을 고쳐라."

"……네. 죄송합니다."

아버지의 엄격한 말에 라다는 고개를 숙였다.

"……멜, 너는 아직 할 수 있겠지?"

"네."

"그렇다면 다음. 건즈, 나와라."

아버님의 말에 라다 대신 다른 남자가 눈앞으로 다가왔다.

"그, 그럼…… 건즈 대 멜. 시작!"

심판의 말에 나와 그가 움직이기 시작했다.

그의 분위기를 보아하니 방심은 하지 않은 것 같았다.

……좋았어.

그의 날카로운 검을 막으며 나는 씨익 웃었다.

그런데도.

역시 아버님에 비하면 움직임도 느리고 검에서 전해지는 힘도 약하다.

비교 대상이 너무 어마어마하지만.

단 아버님에게는 없는 움직임이나 검의 궤적을 상대하는 것은 즐겁다.

몇 번 검을 부딪친 후 나는 그의 품으로 파고들어 검을 튕겨 냈다.

그리고 맨손이 된 그의 목덜미에 검을 겨눴다.

조용. 주위에 적막이 내려앉았다.

모두 입을 다문 채 소음 소리 하나 내지 않았다.

"……승자, 멜."

그런 가운데 교관이 머뭇머뭇 입을 열었다.

"이걸로 멜의 실력은 알았겠지. ……누구 여기 멜이 훈련에 참가하는 걸 반대하는 녀석 있나?"

아버님의 물음에 누구도 대답하지 않았다.

……시험받은 거였나. 나는 웃었다.

"좋다. 그럼 오늘은 이만 끝! 각자 마음대로 해도 좋다!"

그 말과 함께 훈련은 끝났다.

끝나긴 했지만…… 자아, 어떻게 할까.

솔직히 오늘은 소화불량이다.

……공부가 되긴 했지만.

게다가 아버님과 오라버니 이외의 사람과 처음으로 싸우는 바람에 아무래도 흥분했던 모양이다.

그래서 나는 검을 놓고 먼저 몸을 움직이기 위해 달리기 시작했다.

† † †

"……가주님, 저런 아이를 어디서 찾아내신 겁니까?"

호위대 대장 갈리아의 말에 가젤 더즈 앤더슨은 쓴웃음을 지었다.

"뭐냐? 궁금한가?"

"네. 그녀의 실력 때문에."

"말도 안 됩니다. 저 어린 나이에 호위대와 동등하거나 혹은 그 이상의 실력이라니."

갈리아 옆에서 호위대 부대장을 맡고 있는 슈레가 그렇게 말을 이었다.

슈레는 젊은 나이에 부대장의 지위에 오른 만큼 그 실력 또한 보증

할 수 있다.

그런 그에게 불과 하루 만에 벌써부터 칭찬받을 줄이야…… 대원들도 메를리스의 실력을 인정한 것이나 다름없다.

"그것만으로는 녀석들도 못마땅했겠지만…… 훈련 후 그녀가 스스로 훈련하는 걸 보고 다들 그런 마음도 날아가 버린 것 같더군요. 몇몇은 재미있을 것 같다며 관찰했지만 거의 모두 얼굴이 새파랗게 질렸습니다. 물론 나중에 그 얘기를 들은 녀석들까지 포함해서. 입대 합숙이 떠오른다며 말이죠."

입대 합숙…… 별칭 지옥의 세례.

앤더슨 후작가의 호위대에 선발된 자들은 대부분 입대 전부터 실력자라고 불렸던 자들이다.

그 콧대를 꺾기 위해 가젤이 직접 훈련 목록을 만들어서 훈련을 실시한다.

실제로 그 훈련은 효과 만점이다.

애초에 가젤의 실력을 눈앞에서 보면 위에는 위가 있다며 꺾이기 마련이지만…… 그 이전에 그가 그의 기준으로 만들어 낸 훈련을 하는 동안 대부분 깨닫는다.

……어처구니없는 곳에 와 버렸다고.

그만큼 그 훈련은 가혹하다.

그리고 그에 필적하는 메를리스의 자율훈련을 보고 모두가 눈을 부릅떴다.

"일단 말해 두지만…… 아무리 나라도 녀석에게 처음 시킨 훈련은 그 절반 정도였다네."

"……절반이라도 많은 것 같습니다만."

가젤의 말에 고지식한 갈리아라도 무심코 타박하듯 대꾸했다.

그 옆에서 슈레는 마른 웃음을 지었다.

"저렇게 귀여운 아이인데. 게다가 아직 한창 놀고 싶은 나이 아닙니까? 그런데 어째서 저렇게 필사적으로 훈련을 하는 걸까요."

슈레의 말에 가젤은 아련한 눈으로 과거를 떠올렸다.

그의 말대로 그녀는 어린 나이에도 이미 완성된 아름다움을 가지고 있었다.

플래티나블론드에 아쿠아마린 같은 투명한 물빛 눈동자.

자라면 얼마나 아름다운 여인이 될지…… 기실 지금도 누구나 넋을 잃을 만한 용모를 지니고 있다.

그야말로 진심으로 성장이 기대되는 아이다.

그런 그녀가 상처투성이가 되어 남자들 틈에 섞여서 훈련을 하고 있는 것이다.

보통은 있을 수 없는 일이다.

귀족…… 그것도 어린 딸을 그런 환경에 두는 경우는 결코 없다.

그래도 가젤이 그녀의 훈련에 응한 가장 큰 이유는 그가 그녀에게서 천부적인 재능을 발견했기 때문이었다.

물론 아내를 잃은 후 스스로 몸을 지킬 기술을 익혔으면 하는 바람도 있었다.

하지만 그뿐이라면 그토록 엄격하게 훈련시키지는 않았을 것이다.

좀 더 편하고 가볍게 훈련을 하고 그걸로 끝이었을 것이다.

그렇게 하지 않았던 것은 그녀의 재능을 키워 주고 싶었기 때문이다.

그뿐이다.

시작은 아내의 장례식 때였다.

사랑하던 아내를 생각지도 못한 형태로 잃어버린 그는 상실감과 비탄에 빠졌다.

영웅이라고 칭송받는 주제에 소중한 사람 하나 지키지 못한, 자신의 무력함을 저주하기조차 했다.

게다가 아내를 죽인 자들이 복수에 불타는 이웃 나라 인간이 아닌, 자국의 백성이었다는 사실이 특히 그를 아프게 했다.

장례식장에서는 슬퍼하는 아이들을 보며 더욱 슬픔이 밀려왔다.

하지만 장례식이 한창 진행되던 어느 한순간.

오싹. 온몸에 소름이 돋는 듯한 기분이 들었다.

강자와 조우한 순간 본능이 전하는 경보.

그 경보가 바로 소름이었다.

이 장례식장 어디서 그런 기척이……. 위험을 감지하고 그 기운을 탐색하자 놀랍게도 자신의 딸에게서 발산되는 것임을 깨닫고 그는 자신이 제정신인지 의심했다.

겨우 열 살도 되지 않은 딸에게서 패기(覇氣) 같은 것을 감지한 것이다.

수많은 맹자와 마주했던 그가 느낀 위험.

딸아이를 살펴보자 어느 샌가 눈물은 멈추고 대신 물어뜯는 것처럼 입술을 꾸욱 깨문 채 눈동자에는 증오의 불꽃이 타오르고 있었다.

무슨 생각을 하고 있는지는 일목요연했다.

그리고 그 때문에 발산된 감정이 그의 본능에 경종을 울렸다는 것도.

『……메리, 지금은 그저 네 어머니만을 생각해 주지 않으련?』

그렇기에 그는 그녀에게 그렇게 말했다.

메를리스는 한순간 어리둥절한 표정을 지었지만 곧 어머니에게 의식을 집중하고 또다시 하염없이 눈물을 흘렸다.

슬픔에 감싸인 장례식은 허무하게 끝나고 그 후로 가젤은 노도 같은 나날을 보냈다.

상실감으로부터 도망치듯 일에 몰두했다.

상처는 결코 아물지 않는다.

그만큼 그에게 그녀의 존재는 컸으니까.

그래도 일상을 보내는 가운데 차츰 마음이 정리되고…… 반드시 산적을 섬멸하겠다는 지극히 건전한 마음을 먹었을 무렵.

자신을 단련시켜 달라고…….

한순간 망설였다.

바라 마지않던 말이었다.

그 자신도 딸아이가 호신술을 배우기를 바랐으니까.

하지만 그녀가 바라는 건 그게 아니라고 그 눈동자가 말하고 있었다.

그렇기에 그는 더욱 망설였다.

복수라는 피에 물든 길을 나아가는 것은 자신 한 사람으로 충분하니까.

하지만 동시에 이 재능을 무럭무럭 키워 주고 싶은 욕심이 났다.

그리하여 정신을 차리고 보니 이미 허락하고 있었다.

처음에는 그녀가 곧 포기할 거라고 생각했다.

오히려 그러기를 바라기조차 했다.

하지만 그녀는 우는소리 한마디 없이 훈련을 해냈다.

그리고 그 눈동자는 조금도 흐려지지 않고 묵묵히 자신의 길을 걸었다.

……모순이다. 가젤은 몇 번이나 스스로를 비웃었다.

멈춰야 한다. 그러려면 훈련 자체를 그만두게 하는 것이 제일 좋은 방법이라는 건 알고 있었다.

우는 소리를 해 줘. 그러면 훈련을 그만두라고 할 좋은 구실이 될 텐데……. 몇 번이나 그렇게 생각했다.

그런 한편 조금도 흐려지지 않고 오직 한곳만을 바라보는 그녀의 눈동자가 자신의 딸이지만 마음에 들었다.

그리고 주어진 것 이상을 추구하며 계속 실행해 나가는 그녀의 모습이.

앞으로 그녀가 어디까지 강해질지 기대되기조차 했다.

그래서 그는 어느 샌가 말리는 것을 그만뒀다.

그리고 그녀에게 검을 주고 동작을 가르쳤다.

처음에는 눈뜨고 봐줄 수 없는 실력이었다.

하지만 그녀가 그리는 검의 궤적은 차츰 날카롭고 세련되게 변해 갔다.

그야말로 재미있을 만큼 순조롭게.

이윽고 먼저 훈련을 시작한 세 살 위의 오라버니를 따라잡았을 무렵, 대련을 시켜 보았다.

그러는 동안 오라버니로는 상대가 되지 않아서 가젤이 대련을 맡게 되었다.

키 차이로 인한 팔다리의 길이도, 힘도, 속도도 모든 것이 다르다.

하지만 그녀는 그에게 끈질기게 덤볐다.

힘이 부족하면…… 그걸 보완하기 위한 기술이나 움직이는 방법을 그녀는 스스로 만들어 나갔다.

그러는 동안 그녀와 대치할 때마다 오싹 소름이 끼치게 되었다.

장례식 때에 느꼈던 그녀의 뛰어난 재능.

역시 그건 결코 착각이 아니었다. 그는 웃었다.

그가 보기에도 그녀는 천재였다.

하나를 들으면 열을 이해하는 것이 아니다.

배우지 않아도 스스로 열을 이해하고 하나를 들고 그 하나를 깊이 파고드는 것.

그것이 그녀의 재능이었다.

"……가주님?"

조금도 반응을 보이지 않는 가젤에게 갈리아가 살펴보듯 물었다.

그 말에 가젤은 문득 정신을 차렸다.

"미안하네. 잠깐 생각을 하느라. ……그녀가 강함을 추구하는 이유……라. 그건 나와 똑같다네."

"똑같아?"

"그래. 소중한 것을 어이없이 빼앗기고 자신의 부족한 힘을 저주하고, 그 끝에 각오를 한 것이지."

"……즉 복수가 바람이란 말입니까? 그런데도 장군은 그녀를 가르치신 겁니까?"

"말했잖나? 나와 똑같다고."

그렇게 말하는 가젤의 얼굴은 두 사람이 한 번도 본적 없을 만큼 슬프고 약해 보였다.

"……뭐 그 이상으로 그녀의 재능을 발견해서 나잇값 못하고 들떠 있기도 하지만 말이야."

무거운 분위기를 날려 버리듯이 가젤은 웃으며 말했다.

그 말에 두 사람은 동의하듯 고개를 끄덕였다.

"그 아이를 잘 지켜봐 주게. 그리고 가능하면 이끌어 주게. 내게는 그럴 자격이 없으니까. 물론 나도 신경은 쓰고 있네만."

"……알겠습니다."

"예."

두 사람은 이구동성으로 대답했다.

"오래 붙잡아서 죄송합니다. 저희는 이만 실례하겠습니다."

그리고 두 사람은 방에서 나갔다.

가젤은 두 사람의 뒷모습을 지켜본 후 훈련장으로 가기 위해 방을 나섰다.

훈련장 근처, 그는 문득 아들 파커스를 발견하고 걸음을 멈췄다.

파커스의 시선은 훈련을 하는 메를리스의 모습을 향해 있었다.

그 모습을 흐뭇한 듯이 부드러운 눈빛으로 지켜보고 있었다.

파커스 또한 가젤의 엄격한 훈련을 받고 있기에 동년배 중에서는 월등하게 뛰어났다.

그래도 메를리스의 힘에는 미치지 못한다.

파커스 자신도 그 사실을 진저리 날 만큼 잘 알고 있을 것이다.

그런데도 담담히 그 현실을 받아들이고 지금도 저토록 다정하게 지켜보는 모습에 가젤은 내심 고개를 갸웃거렸다.

"……분하지 않으냐."

그래서 가젤은 파커스에게 그렇게 물었다.

파커스는 생각지도 못한 질문이라는 듯 어리둥절한 표정으로 가젤을 올려다보았다.

"전혀. ……저는 앤더슨 후작가의 일원이자 아버님의 아들입니다. 자신의 한계는 잘 알고 있습니다."

그렇게 말하는 그는 후련한 미소를 짓고 있었다.

"한계 따위……그런 것은 깨 버리면 되지 않으냐."

"아버님, 물론 한계를 단정하고 포기하는 것은 어리석은 짓입니다. 하지만 자신의 역량을 정확하게 파악하는 것도 필요하지 않을까요. ……그 아이와 저는 애초에 서 있는 곳이 다릅니다. 외람된 말씀이지만 아버님께서 훈련시키고 있는 어른들을 이길 수 없으리라고는 결코 생각하지 않습니다. 하지만 그 아이를 따라잡을 가능성은…… 저에게는 전혀 보이지 않는군요. 진짜 천재를 봤을 때에는 질투하는 것도 바보스럽게 느껴진다는 말은 사실이었군요.”

담담하고 냉정한 아들의 모습에 가젤은 신음했다.

그야말로 아들은 아들대로 진리를 깨달은 것이다.

용감함과 무모함은 다르다.

자신의 역량을 파악하고 때로는 물러나는 것도 필요하다.

도발을 해도 어디까지나 냉정하고 아이답지 않은 말투.

아들은 아들대로 흥미로운 재능을 지니지 않았는가. 그는 흥분했다.

본인 말대로 파커스는 결코 약하지 않다.

메를리스처럼 가젤의 심복 부하들과 멋진 승부를 겨루는 수준에는 이르지 못했지만 가젤이 훈련시키는 자들 가운데에서도 검술을 배운 기간이 일천한 자라면 이길 수 있을지도 모르는 수준이다.

성장하면 뛰어난 무장이 될 것이라 촉망받을 만큼.

……하지만 파커스의 진정한 재능은 다른 곳에 있을지도 모른다는 생각이 가젤의 머릿속을 스치고 지나갔다.

자신이나 딸에 비해 투쟁심이나 무에 대한 순수한 집착은 엷다.

그 대신…… 아니, 그렇기 때문에 그는 어디까지나 냉정하게 전력을 분석할 줄 안다.

그것은 전장에서 군을 지휘하는 참모의 재능이라고 그는 생각했다.

“……파커스, 군략을 배워 보지 않겠느냐?”

거기까지 생각이 미친 그는 파커스에게 넌지시 물어보았다.

"그래도 됩니까!"

가젤의 말에 파커스의 얼굴이 환하게 빛났다.

그 표정만은 그 또래 소년답다고 생각하며 가젤은 내심 쓴웃음을 지었다.

"실은 아버님께 조만간 말씀드리려고 했습니다. 전부터 아버님을 찾아오는 왕국군 분들의 이야기를 듣고 흥미를 갖고 있었거든요."

"그, 그래? 그럼 그 녀석들에게 얘기해 두마. 결정되면 다시 너에게 말하마."

"잘 부탁드립니다."

"그래. 알겠다."

머리를 숙이는 파커스의 머리를 쓰다듬은 후 가젤은 다시 훈련장을 향해 걷기 시작했다.

"가젤 님."

훈련장 입구 앞에 집사 데스먼드가 기다렸다는 듯이 서 있었다.

"……용케 여기 있는지 알았구나."

"이 시간에 종종 이곳을 찾으셨으니까요. 섣불리 찾아다니는 것보다 여기서 기다리는 게 빠를 거라고 생각했습니다. 그보다 가젤 님, 왕국군 분이 오셨습니다."

"……그래? 그럼 가지."

훈련을 하고 싶었지만 어쩔 수 없다.

파커스 얘기를 하기에 마침 좋은 기회라고 생각하며 그는 발걸음을 돌려 집무실로 향했다.

"……자네들인가. 무슨 일이라도 생겼나?"

방에서 기다리고 있던 것은 그의 밑에서 일하는 두 사람이었다.

그의 한쪽 팔인 크로이츠와 참모 벨리스.

"최근 장군께서 눈여겨보는 자가 있다는 얘기를 듣고 왔습니다. 이번 기회에 우리 왕국군으로 끌어들일까 해서요."

"……말도 안 되는 소리. 아직 열 살을 겨우 넘긴 어린아이라네."

"그래서입니다. ……는 농담이고, 마침 제1부대가 임무를 마치고 귀환했습니다. 제1부대장에게 권한을 넘겨줄 수 있는 만큼 넘겨주고 고향에 돌아가기 전에 장군께 보고를 드리러 왔습니다. 벨리스는 절 따라온 겁니다."

"호오……. 제1부대는 뭐라고 하던가?"

"트와일 국에 특별한 움직임은 없다고 합니다. 구 세즌령은 이번에 작위를 받은 메시 남작의 통치 체제가 겨우 완성되어 기능하고 있습니다. 이상의 이유로 국경 감시 인원을 통상 인원으로 되돌리자는 의견이 나왔습니다. 뭐 자세한 것은 왕도에 자료가 있으니 꼭 읽어 보시기 바랍니다. 그리고 메시 남작의 편지가 도착했으니 참고하시기를."

"흠……. 보고서를 살펴보지 않으면 뭐라 말할 수 없다만, 벨리스, 자네는 어떻게 생각하나?"

"……우리 나라와 국경을 맞대고 있는 것은 트와일 국뿐만이 아닙니다. 이 이상 한 점에 집중해서 다른 곳을 소홀히 하는 것은 좋은 계책이 아니지요."

"그렇군. 알겠네. 속히 왕도로 돌아가서 자료를 읽은 후에 판단을 내리겠네."

"잘 부탁드립니다."

"아, 그렇지. 이번에 왕도에 갈 때에는 아들 파커스를 데리고 갈 생각이네만……. 벨리스, 왕도에서 우리 집을 방문할 때는 그 녀석에게 군사와 관련된 것들을 가르쳐 주지 않겠나? 특히 군략에 대해서."

"……가르칠지 어떨지는 아드님께 달려 있습니다만……."

"무슨 문제라도 있나?"

"주제넘은 말씀입니다만, 장군. 파커스 님이라면 문제없습니다. 아니, 그보다 솔직히…… 새삼스럽게 왜 그러시는지 모르겠군요."

"……무슨 소린가?"

"파커스 님은 이미 군략에 관해 어느 정도 지식을 갖고 계시니까요."

벨리스의 말에 가젤은 고개를 갸웃거렸다.

"장군, 모르셨습니까? 저희가 방문할 때마다 파커스 님이 벨리스와 토론을 벌였던 것을. 과거 전쟁 기록을 서로 고찰하고 의견을 주고받은 것을."

설명하듯 덧붙인 크로이츠의 말에 가젤이야말로 놀라고 말았다.

"……당연히 장군께서 지시를 내려서 그러시는 줄 알았습니다만?"

"한심하게도 처음 듣는 소리일세. ……그런가. 그 녀석이 그런 일을……."

"파커스 님과의 토론은 제법 유익하지요. 앞으로도 부디 부탁드립니다."

"자네가 그렇게 말할 줄이야. ……뭐 좋아. 앞으로도 녀석을 잘 부탁하네."

"알겠습니다."

"그건 그렇고 장군. 장군께서는 호위대를 얼마나 강하게 만드실 생각입니까?"

쓴웃음을 지으며 말하는 크로이츠를 향해 가젤은 또다시 고개를 갸웃거렸다.

"이 엄격한 벨리스 입에서 '유익한 시간' 이라는 말이 나올 만큼 군략에 재능을 지닌 파커스 님, 수수께끼의 신성이자 장군께서 눈여겨보시는 아이. 거기에 장군까지 더하면 앤더슨 후작가와 그 호위대만으로도 엄청난 세력 아닙니까."

"……흠. 듣고 보니……."

크로이츠의 말에 가젤은 몽상했다.

그리고 동시에 피가 끓는 것을 느꼈다.

딸에게 전선을 맡기고 아들은 후방에서 지휘.

자신은 장군으로서 그것을 전체적으로 통괄한다.

"……참으로 재미있어 보이지 않나."

가젤의 말에 크로이츠와 벨리스는 더욱 깊이 쓴웃음을 지었다.

"3일 후에는 여길 떠나 왕도로 가겠네. 좀 전에 말한 문제는 그 후에 다시 이야기하도록 하지."

"알겠습니다."

"알겠습니다."

두 사람과 헤어진 후, 가젤은 또다시 훈련장을 향해 걸었다.

걸으면서 조금 전 크로이츠와 벨리스와 대화를 나눌 때 떠올렸던 생각들을 반추해 보았다.

그는 아내를 죽인 산적을 섬멸한 후 곧장 후진에게 길을 양보하고자 생각했다. 하지만…….

그것이 아깝게 느껴질 만큼 좀 전의 생각들은 매력적이었다.

그런 생각이 들 만한 재능을 메를리스와 파커스 두 사람에게서 느꼈다.

아이들의 젊음을 눈부시게 느끼면서도 질 수는 없다고 기력이 차오르는 것이다.

"……자, 나도 훈련을 해 볼까."

훈련장에 도착한 그는 작게 중얼거렸다.

사납게 웃으며 그렇게 중얼거리는 그를 보고 가엾게도 마침 그 자리에 있던 호위대 대원들은 공포로 일그러진 표정을 지었다.

† † †

"메리, 할 얘기가 있다. 내 집무실로 오너라."

준비운동 겸 체력 향상 훈련을 끝낸 나에게 아버님이 그렇게 말했다.

대체 무슨 일일까?

그런 의문을 품으며 나는 아버님의 집무실로 향했다.

맑은 날 낮에 저택 안을 걷는 것은 오랜만이다.

실은 비 오는 날 외에는 자율연습이나 훈련을 하느라 대부분 밖에 있고, 비 오는 날에도 실내 훈련장에서 훈련을 하기 때문이다.

본격적인 훈련은 일주일에 2, 3일.

그 이외의 날에는 아버님도 바쁜 시기이기 때문에 혼자서 자율훈련을 하고 있다.

아침부터 밤까지 기초 체력 향상이나 동작 확인, 그 밖에 할 일은 여러 가지로 많다.

이전까지는 오라버니도 함께 훈련을 했지만 최근 오라버니는 한 차례 연습을 마친 후 방에 틀어박혀서 공부를 하고 있다.

차기 가주로서 배울 것이 잔뜩 있을뿐더러 오라버니는 군략을 배우고 있는 듯하다.

너무 열심히 하다가 쓰러지지 마세요, 라고 말하자 오라버니는 너도 마찬가지야, 라고 난처한 듯이 웃으며 내 상처를 가리켰다.

어머님이 돌아가신 후로 우리는 모두 이런 느낌이다.

마치 마음의 일부가 얼어붙어 버린 것처럼.

그리고 그걸 메우기 위해서 각각 뭔가에 정신없이 몰두하고 있다.

예를 들어 내가 훈련을 하는 것처럼.

얼마만큼 긴 시간 동안 나는 진심으로 웃지 않은 걸까.

어머님을 잃은 후 아무리 시간이 흘러도 모두가 아물지 않는 상처를 끌어안은 채. 게다가 그 상처는 조금씩 곪아 가고 있는 듯하다.

집무실에 도착하자 아버님은 엄격한 표정을 짓고 계셨다.

"……늦어서 죄송합니다, 아버님."

"아니. 괜찮다. 훈련 중에 미안하구나."

"아니에요. ……무슨 일이시죠?"

"음. ……너한테 이걸 주려고."

그렇게 말하며 아버님은 내게 검을 건넸다.

조금 가늘지만 쥐어 보니 칼날을 뭉툭하게 만든 훈련용 검과는 달리 칼끝에 무게감이 느껴졌다.

손잡이 부분에는 후작가의 문장이 각인되어 있다.

"이 검은……."

"너를 위해 주문한 것이다. ……너는 이 검을 다루기에 충분한 자가 될 수 있겠느냐?"

아버님의 날카로운 시선이 나를 꿰뚫는다.

오싹. 등줄기에 서늘한 것이 내달렸다.

지금까지 훈련에 사용하던 검과는 달리 사람을 해치기 위한 검.

그 검을 휘두를 각오가 되어 있느냐. 그렇게 묻고 있는 것이다.

……하지만 그게 어쨌다는 거지.

지금까지 내가 배운 것들은 아무리 허울 좋은 말을 늘어놓는다 해도 사람을 상처 입히기 위한 것이다.

"……아버님이라면 눈치채셨겠지만, 제가 처음 검을 쥔 것은 사적인 원한 때문이에요. 그러니까 이 문장의…… 후작가의 이름을 걸고 맹세할 수는 없습니다."

누군가를 지키기 위한, 그런 숭고한 마음이 아니었다.

나는 나를 위해서 검을 쥐고 배운 것이다.

"그러니까 저는 저의 이름에 맹세하겠습니다. 저는 지금까지 아버님께, 여러 선배님들께 배운 것들, 그리고 쌓아 올린 검술에 긍지를 갖고 있습니다. 저는 저의 긍지를 스스로 더럽히지 않도록 책임을 가지고 검을 휘두를 것을 맹세합니다."

"잘 말해 주었다. ……그 말을 결코 어기지 않도록 해라."

나는 검을 거두고 아버님께 머리를 숙였다.

† † †

검을 받은 후에도 전과 다름없이 훈련용 검으로 훈련을 했다.

때때로 손에 익도록 휘두르는 정도.

생각해 보면 현역 병사가 아닌 내게 그 검을 휘두를 기회가 없는 것도 당연하다면 당연한 일이지만.

그렇긴 해도 이전보다 훈련에 열중하게 된 것은 사실이다.

아버님은 왕도로 가 버리셨지만 호위대가 있어서 훈련 상대는 부족하지 않다.

각각 서로 다른 강함을 갖고 있기 때문에 좋은 점을 흡수하고자 바라보기만 해도 공부가 되고, 대련을 할 때에는 대책을 생각하며 싸우기 때문에 그 또한 좋은 공부가 된다.

아버님이 돌아오면 온 힘을 다해 대련한다.

참고로 아버님은 꽤 빈번하게 영지로 돌아온다.

게다가 아버님은 마차가 아닌 말을 타고 돌아오기 때문에 빠른 데다가 호위도 소수 정예라서 홀가분하게 움직일 수 있다.

그건 그렇고 아버님과 아무리 대련해도 아직은 아버님을 이길 가능성이 전혀 보이지 않는다.

나도 아직 멀었다.

아버님과 대련할 때마다 내가 다다르지 못한 부분이 뚜렷이 보여서……. 하지만 그렇기 때문에 더욱 흥분된다.

어떻게 하면 이길 수 있을까 하고.

"후우……."

오늘의 훈련을 끝내고 내 방에 돌아온 후 나는 수건으로 땀을 닦았다.

시간은 마침 오후.

"아가씨, 아가씨……!"

"어머, 할멈. 대체 무슨 일이야?"

허둥지둥 달려온 할멈을 바라보며 나는 고개를 갸웃거렸다.

할멈은 줄곧 이 후작가를 섬겨 왔다.

귀족 영애가 예법을 배우지 않다니……! 라고 잔소리를 하면서도 역시나 오랜 세월 후작가를 섬기고 있는 만큼 훈련 자체는 왈가왈부하지 않았다.

매번 어떻게든 내게 예법 교육을 받게 하고자 하는 할멈과 나의 공방전은 이미 이 후작가의 일상을 장식하는 광경이라 해도 과언이 아니다.

"오늘이야말로 교육을 받으셔야겠습니다."

"하지만 할멈, 나는 요즘 다과회에 갈 예정이 없는걸. 그렇다면 차라리 훈련을 하고 싶어."

"저도 후작가에서 일하는 자로서 아가씨의 성실한 노력은 무척이나 멋지다고 생각한답니다. 하지만 아가씨께 다과회의 초대장이 왔지 뭐예요."

"어머, 할멈. 이 꼴로 대체 어딜 가라는 거야? 평소랑 같은 핑계를 대고 거절해 줘."

훈련을 시작할 무렵, 나는 방해가 된다는 이유로 직접 머리카락을 잘랐다.

작은 칼로 귀 아래쯤에서 싹둑.

그때 제일 먼저 그 모습을 본 할멈은 비명을 질렀었지……

지금도 머리가 길 때마다 잘라 버리고 있다.

그리고 그때마다 할멈은 비명을 지르면서도 그냥 놔두면 보기 싫다며 내 머리카락을 다듬어 줬다.

사내아이 같은 이 머리카락.

역시 이 상태로 다른 가문을 방문하는 것은 무리이기 때문에 초대를 받는 족족 거절하는 중이다.

아직도 영웅이라는 명성을 탐내어 인연을 맺고 싶어 하는 가문은 많고 많다.

가문을 위해서는 몇 군데 가는 편이 좋을지도 모르지만 아버님이 "어린애는 신경 쓰지 않아도 된다."라고 말씀하셔서 냉큼 그렇게 하고 있다.

그래서 모든 초대를 거절했더니 어느 샌가 나는 병약한 아가씨로 소문이 났다.

어머님을 잃은 충격으로 병상에 누웠다…… 아무래도 그렇게 알려져 있는 모양이다.

어머님을 잃은 게 계기인 건 틀리지 않지만 지금 나는 병과는 인연이 없는 생활을 하고 있다.

하지만 무난한 거절 문구로 마침 좋은 것 같아서 그 소문을 이용하여 몸 상태가 좋지 않다는 핑계를 대고 있다.

이번에도 그러면 될 줄 알았는데…….

"아뇨, 아가씨. 이번에 아가씨를 초대하신 분은 여왕 폐하이십니다. 거절하긴 어렵지 않을지…….."

"여왕 폐하께서……?"

"네. 아가씨께선 겉모습이 신경 쓰이시나 본데, 상처는 옷으로 가릴 수 있고, 머리카락은 아가씨가 자른 머리를 보관하고 있으니 그걸로 가발을 만들면 괜찮을 거예요."

퇴로는 할멈에게 차단당했다.

하긴 왕족의 초대를 받은 시점에서 퇴로는 없는 것이나 마찬가지.

"휴우……. 벼락치기든 뭐든 안 하는 것보다는 낫겠……지? 지금부터 레슨을 받을게."

왕족에게 실례가 있어서는 안 된다는 이유로 일단 다과회의 예법에 집중하여 훈련을 시작하게 되었다.

† † †

"오늘 초대해 주셔서 정말 감사드립니다."

그렇게 말하고서 인사 한번.

"인사의 각도가 틀렸어요. 그리고 좀 더 우아하게 움직이도록 하세요."

예법 강사가 나의 그 움직임을 지적했다.

새삼스럽지만 우리 집에도 예법 강사가 있었구나…….

하지만 그렇게 생각하는 것은 무리는 아니다.

오라버니는 어쨌든 아버님은 그런 건 기들떠보지도 않는 성격이고 나도 레슨을 받는 건 처음이니까.

"웃는 얼굴이 딱딱합니다. 다시."

지적할 때마다 선생님은 짝하고 손뼉을 쳤다.

왠지 손뼉 소리가 트라우마가 될 것 같네……. 나는 내심 한숨을 쉬었다.

훈련보다 움직이는 양은 적은데 조금 휴식을 취한 것만으로도 갑자기 피로가 몰려온다.

그만큼 익숙하지 않은 이 동작에 정신적인 피로를 느끼고 있다는 뜻이다.

몇 번이나 입장 부분을 연습하고 결국 그날은 끝이 났다.

그리고 그다음 날은 차를 마시는 방법을 배웠다.

……원래 차 같은 건 평소 마시지도 않는데.

안타깝게도 해가 떠 있는 동안에는 주야장천 훈련을 하느라 우아하게 차를 마실 시간 따윈 없으니까.

"……안 됩니다. 그렇게 자르면 빵이 부스러지지 않습니까."

짝하고 손뼉 소리와 함께 꾸지람이 날아왔다.

"한 입은 좀 더 작게. 그러면 천박해 보입니다."

짝!

"스콘을 너무 작게 자르지 마세요. 식감이 엉망이 되지 않습니까."

짝!

"그렇다고 그렇게 크게 베어 물지 마세요!"

짝!

……이제는 뭘 할 때마다 저지당한다.

교사가 손뼉을 쳐서 소리를 내고 그 소리에 반응해서 내 몸이 멈춰 버린 게 대체 이걸로 몇 번째더라……. 헤아리는 것조차 귀찮다.

겨우 다과회. 하지만 다과회.

……나는 무사히, 아무 일 없이 여왕 폐하의 다과회를 다녀올 수 있을까.

……왠지 무리일 것 같다.

"아가씨, 쓸데없는 생각 하지 말고 레슨에 집중해 주세요."

"네에……."

날카로운 시선에 한숨을 내쉬며 교육에 집중했다.

† † †

……그리하여 급하게 레슨을 받고 간신히 벼락치기 예법을 익혀서 왕도로 향했다.

발에는 굽이 낮은 구두.

머리카락에는 붙임 머리를 붙이고 보기 드물게 스커트를 입고 있었다.

조용히 차를 마시며 뭔가 말을 걸거나 질문을 던지면 대답만 하면 된다는, 정말로 그저 그 자리에 앉아 있기만 해야 할 것 같지만 그 이상의 훈련…… 아니, 레슨은 시간적으로 무리였다.

귀족들의 예법은 심오하구나. 너무 새삼스러운 감상인가.

그런 생각을 하며 마차를 타고 달렸다.

마차를 타는 건 대체 몇 년 만인지.

요즘 저택 부지에서 말을 타는 훈련은 하고 있지만.

그런 두서없는 생각을 하는 동안 어느새 앤더슨 후작령을 벗어났다.

"……느긋한 풍경이네."

그러고 보니 요즘 풍경을 즐긴 적이 없구나……. 그렇게 생각하며 중얼거렸다.

하루 종일 강해지는 것만 생각하고, 실제로도 그 외에는 눈길조차 돌리지 않고 살아가는 매일.

돌이켜 생각해 보면 마치 뭔가에 홀린 것 같다.

혹시 어머님이 살아 계셨더라면 나는 전혀 다른 길을 걷고 있었을까.

……아마 그렇겠지.

분명 말괄량이를 졸업하고 벼락치기가 아니라…… 진정한 귀족 영애로서 지금쯤 본격적인 훈련을 받고 있을 것이다.

그 만약의 세계를 상상하며 나는 웃었다.

"……무, 무슨 일일까요?"

좀 더 달렸을 무렵 갑자기 마차의 속도가 빨라졌다.

맞은편에 앉아 있는 할멈이 불안한 목소리로 물었다.

"할멈, 조용히."

호위병들의 기척이 변한 것을 눈치채고 나는 재빨리 할멈의 입을 막았다.

무슨 일이냐고 묻지 않아도 알 수 있었다.

호위병들의 기척이 찌릿찌릿 살기를 내뿜고 있으니까.

상대가 누구인지는 모르겠지만 지금 우리를 습격해 온 자들이 있는 것이다.

그 증거로 잠시 바깥을 엿보자 먼 곳에서 내겐 익숙한 검과 검이 부딪히는 소리가 들려오기 시작했다.

"……할멈, 진정해."

눈앞에서 떨고 있는 할멈을 달랬다.

……무리도 아니다.

갑자기 누군가에게 습격당하고도 두려워하지 않는 자는 없을 것이다.

하지만 신기하게도 내 마음은 고요했다.

오히려 흥분하는 자신을 진정시키듯이 검을 꽉 움켜쥐었다.

기척을 보아하니 적의 숫자는 많은 편.

손닿는 곳에 없으면 불안하다고 우겨서 이렇게 가까이 검을 놔두길 다행이라고 진심으로 생각했다.

살며시 커튼을 열고 창밖을 살펴보았다.

호위병들이 적을 상대하는 동안 다른 적들이 일직선으로 이 마차를 향해 다가오고 있었다.

그리고 한 사람이 난폭하게 문을 연 순간.

나는 반사적으로 검을 최고 속도로 뽑아 그대로 남자의 목을 베었다.

촤악. 미지근한 붉은 액체가 뿜어 나왔다.

비릿한 쇠 냄새가 풍겼다.

정말로 반사적이었다.

훈련을 통해 철저히 몸에 주입시킨 동작 그대로 나는 아무 망설임

없이 검을 휘둘렀다.

목숨이 걸려 있는 상황에서 망설일 여유도 없이.

첫 싸움인데도 나는 지극히 간단하게 상대의 목숨을 빼앗았다.

한순간 멍하니 목이 없는 남자를 바라보았다.

우리 가문의 호위가 입고 있는 것과는 다른 초라한 옷차림.

일단 머리를 살펴보니 본 적도 없는 얼굴이었다.

……내가 죽인 건가.

그렇게 생각하자 가슴 깊은 곳에서 구역질이 치밀었다.

하지만 나는 곧바로 정신을 차리고 방금 죽은 남자의 말에 올라탔다.

"어떻게 된 것이냐! 가젤 장군께 배운 너희라면 수적으로 밀리더라도 적을 격파해라."

수적으로 밀리고 있는 호위병들을 격려하자 호위병들은 한순간 놀란 듯이 나를 바라보았다.

하지만 곧 진지한 표정을 지으며 자신이 검을 겨루고 있는 상대에게 집중하기 시작했다.

나 또한 붙임 머리를 잡아 뜯어 버리고 자세를 취했다.

스윽. 의식이 바닥으로 가라앉고 신경이 예리해지는 기분이 들었다.

상대의 호흡을 파악해라.

흐름을 읽고 허점을 찔러라.

그리하여 죽음 앞의 삶을 찾아내라……!

의식 밑바닥에 도사리고 있던 본능이 내게 말을 건다.

기분 좋게 느껴질 만큼 몸이 머릿속에 그리는 이미지대로 움직인다.

몇천 번, 몇만 번 휘둘러 온 검은 마치 몸의 일부 같다.

그 궤적은 한줄기의 바람이 되어 상대의 목숨을 빼앗는다.

……만약이라는 미래 따위를 생각해 봤자 어쩔 수 없지 않은가.

문득 싸우면서 그런 생각을 떠올렸다.

이미 검은 내 몸의 일부이며 싸우는 기술이 내 몸에 배어 있으니까.

지나간 과거는 바꿀 수 없다.

그날 그때 나는 이미 선택을 했고 이렇게 싸우는 길을 달려왔으니까.

만약의 세상 따위 생각해 봤자 어쩔 수 없다.

어머님은 돌아가셨고 나는 싸우는 길을 선택했다…… 그 결과가 이거다.

시간은 앞으로, 앞으로 나아간다.

아무리 매달려도 되돌아보아도 과거를 되돌릴 수는 없다.

스스로 선택하고 쌓아 올린 매일.

후회 따위 결코 없다.

정신을 차렸을 때에는 내 주위에는 아무도 없었다.

주변 일대는 피바다로 변해 버렸고 이제는 말할 수 없는 몸이 된 시체가 몇 구나 굴러다니고 있었다.

상황을 확인하듯 주위를 둘러보자 호위들도 각각 상대를 격파한 듯했다.

시선을 앞으로 향하자 살아남은 적 한 사람.

남자는 지금 이 상황에 완전히 겁에 질려 있었다.

도망가기 위한 말도 잃어버렸고 이 자리를 떠나기 위한 남겨진 수단도 없다.

내가 시선을 향하자 남자는 짧은 비명을 지르며 뒷걸음질 쳤다.

……내가 꽤나 무서운가 보군.

나는 실소하며 남자에게 검을 향했다.

"이, 이런 얘긴 못 들었는데……! 마차에 대역이 타고 있다는 얘기는 못 들었는데!"

저런. 나를 대역으로 착각하고 있는 모양이다.

하긴…… 내 모습이나 움직임을 보면 확실히 귀족 영애라고 생각하진 못하겠지.

오해를 푸는 것도 귀찮고 뒷일을 생각하면 그가 한 말에 장단을 맞추는 게 제일 좋을 듯하다.

"아가씨는 몸이 안 좋아서 대신 내가 왔다. ……그래서? 다른 한 패들은 있나?"

"어, 없다……."

"그래? 그럼 아가씨를 노린 이유는 뭐지?"

"모, 몰라……!"

소리치는 남자를 노려보자 남자의 얼굴이 딱딱하게 굳었다.

"정말이야! 정말 몰라……! 우린 그저 오늘 후작가의 아가씨가 이곳을 지나간다는 정보를 손에 넣어서, 그래서……."

"……뒤를 캐 볼 필요가 있을 것 같군. 거기의 당신이랑 당신. 이 남자를 포박해서 왕도의 아버님께 신병을 넘겨줘. 그리고 이번 일을 보고하도록 해."

"아가씨는……."

"나는 영지로 돌아가겠어. 이 일을 여왕 폐하께 보고해서 정신적인 피로로 쓰러졌다고 하면 이해해 주시겠지. ……붙임 머리도 없어졌고 말이야."

병약한 아가씨설이 나돌고 있는 내가 이런 일이 벌어진 후에 아무렇지도 않은 얼굴로 다과회에 참석한다면 오히려 그게 더 부자연스럽다.

……뭐 사실은 참석하지 않아도 된다면 참석하고 싶지 않은 것뿐이지만.

열심히 교육을 받긴 했지만 솔직히 말해서 벼락치기 상태로 여왕폐하께서 주최하는 다과회에 참석하고 싶지는 않았다.

마차를 살펴보자 완전히 망가지지는 않았지만 여기저기 흠집이 나 있었다.

가장 큰 문제는 바퀴가 덜컹거린다는 것이다.

"할멈, 괜찮아?"

마차 안에 있는 할멈에게 말을 걸었다. 할멈은 핏기가 가신 얼굴로 대답했다.

"……네, 네에."

내가 내민 손을 잡은 할멈은 덜덜거리며 작게 떨고 있다.

……정신을 잃지 않은 것만으로도 역시나 후작가를 섬기는 자라고 해야 하나.

"그자는 달리 한패가 없다고 했지만 사실인지 아닌지 확실하진 않아. 계속 여기 있으면 위험하니까 빨리 움직여야 해. ……왕도로 가는 두 사람은 포로 한 명을 끌고 가야 하니까 더더욱 그렇지. 그리고 미안하지만 할멈, 누구 한 사람 말에 같이 타도록 해."

나는 고삐를 쥐었다.

"그럼 해산."

그 말이 떨어지기가 무섭게 나는 말을 달리기 시작했다.

왕도로 가야 하는 두 사람을 제외한 호위병들이 내 뒤를 따랐다.

그리하여 결국 나는 왕도에 가지 않고 저택으로 돌아왔다.

† † †

"······실례합니다."

가젤은 노크를 한 뒤 방에 들어간다.

"앤더슨 후작인가. 미안하지만 조금만 더 기다려 주게. ······자네
이 서류를 관계 각 부서에 돌리게. 그리고 이 서류는 이대로 통과지
만 다른 두 개는 되돌려 주게나. 이곳과 이곳이 모순되어 있어. 단순
히 표현을 잘못한 것인지 아니면 서로 손발이 안 맞는 건지······. 그
리고 이쪽은 스케줄의 예측이 너무 허술해. 아마 확인만 하더라도
이 정도 양이면 짧아도 일주일은 걸릴 테지. 서두르는 건 좋지만 현
실을 생각하게."

일을 하며 가젤에게 그렇게 말한 것은 이 방의 주인······ 로멜르 지
브 아르메리아 공작. 그는 가젤과는 정반대의, 온화한 얼굴을 지닌
귀족다운 귀족이었다.

이 나라의 제1공작인 아르메리아 가문의 가주이자 재상.

부드러운 언행과는 달리 날카로운 정치 감각을 지녔다는 평가를
받고 있다.

그리고 지금 이 순간에도 그는 그 지위와 평판에 어울리는 위엄을
풍기고 있었다.

실제로 그에게 지시를 받고 있는 남자들은 눈을 빛내고 있었다.

방에서 대기하고 있는 다른 사람들도 그의 말을 한마디 한 구절도
놓치지 않겠다는 듯이 귀를 기울이고 있었다.

그의 수족이 되어 일하는 것을 자랑스럽게 여기는 듯한, 그런 모습

이었다.

"다른 사람들도 모두 각자 오늘 내가 내준 과제를 갖고 가서 검토한 후 내일 의견을 내 주게."

마지막 지시에 모두가 고개를 숙이고 각자 방을 나갔다.

그리고 남겨진 것은 방의 주인인 로멜르와 가젤뿐.

"기다렸지, 미안해."

조금 전까지의 위엄은 어디로 날아가 버린 걸까, 순간 로멜르의 말투는 주변 술집에서 흔히 볼 수 있는 말투로 바뀌었다.

"그거 참, 당신의 그 돌변하는 모습은 아무리 봐도 익숙해지지 않는군요……."

가젤이 쓴웃음을 짓자 로멜르는 크게 웃음을 터뜨렸다.

"그래? 그런 것치고는 지난번보다 태연한 것 같은데?"

……우연이었다.

가젤이 로멜르의 이 모습을 본 것은.

부하를 따라 왕도 한구석에 있는 술집에 갔다가 어디서 본 적 있는 남자가 있구나…… 라고 생각했더니 그게 바로 로멜르였다.

놀랍게도 로멜르는 평민들과 뒤섞여 술을 마시고 있었던 것이다.

……재상이자 제1공작가의 가주이면서.

"그때 자네의 놀라는 얼굴은 정말 볼 만했어. 당장 내 이름을 소리치지 않은 게 신기할 만큼."

"그때 당신이 나중에 전부 얘기해 주겠다며 입을 틀어막지 않았더라면 소리 질렀을 겁니다."

"새삼스럽지만 전부 얘기해 준다고 해도 말이지……. 지금 자네가 보는 눈앞의 남자가 바로 로멜르 지브 아르메리아인걸."

"……평소의 당신은 가면을 쓰고 있단 말씀입니까?"

가젤의 물음에 로멜르는 즐거운 듯이 웃었다.

한바탕 웃은 후 문득 그의 눈초리가 날카로워졌다.

그 예리한 눈빛은 위협적으로 느껴지기조차 했다.

말투는 여전히 소탈하고 허물없는데도.

역시 재상. 가젤은 내심 탄식했다.

"무슨 소리야. 이 왕궁에서 가면을 쓰지 않는 녀석은 없어. 악귀의 소굴에서 서로 속내를 살피는 일상다반사, 어떻게 남의 발목을 잡을지 책략을 꾸미고 있지. 아아, 무서워, 무서워. ……나는 그 가면이 두꺼울 뿐이야."

"그렇군요……. 그런데 공작께선 왜 그런 술집에 드나드시는 겁니까?"

"……그런 술집이라니. 내가 그런 곳에 드나드는 게 그렇게 이상한가?"

"이상하다고 해야 할지…… 솔직히 말씀드리면 의외입니다."

"백성을 알아라. 내 아버님은 종종 그렇게 말씀하셨지. 군략과 마찬가지야. 적을 알라는 말도 있잖아? 백성들을 다스리며 정치를 해야 하는데 상대를 모르면 말도 안 되잖아. 그래서 나는 젊을 때부터 거리 곳곳에 섞여서 여러 가지 이야기를 듣곤 했지. 뭐 어느 샌가 이 말투가 입에 배어 버릴 만큼 그쪽에 더 즐겁고 편하기도 하지만."

"아버님께서 무척 멋진 말씀을 하셨군요. 그걸 실천하는 당신도 대단합니다. 하지만 동시에 무섭습니다."

가젤의 말에 로멜르는 씨익 입꼬리를 올렸다.

마치 장난꾸러기 아이가 장난에 성공한 듯한, 그런 웃음이었다.

로멜르에게 '전쟁'이 정무라면 '적'은 왕 이외의 이 나라에 사는 모든 사람.

공작이기에 귀족에 대해서는 잘 알고 있으며 백성들에 대해서도 이렇게 배우고 있다.

본래 갖고 있는 예리한 정치 감각과 더불어 '적'을 아는 그는 그럴 마음만 먹으면 상대방이 눈치채지 못하도록 교묘하게 상대방을 손바닥 위에 올려놓고 마음대로 갖고 놀 수 있지 않을까…….

가젤은 그렇게 생각했다.

"……그런데 자네는 오늘 왜 나를 찾아온 거지? 설마 겨우 그런 걸 물으러 찾아온 건 아니겠지?"

"그건……."

말문이 막힌 가젤을 바라보며 로멜르는 한숨을 내쉬었다.

"흐음……. 나는 또 드디어 상담을 하러 온 줄 알았는데……. 너무 앞서 나갔나."

"상담……?"

"'가젤 장군, 그 마음 진심으로 이해하네. 나는 언제라도 그대에게 힘이 되어 주겠네. 도적을 체포할 때는 꼭 내게 말해 주게.'……라고 말이야."

"……아!"

이제야 겨우 떠올린 듯한 그 반응에 로멜르는 쓴웃음을 지었다.

"뭐야, 역시 잊고 있었나. 역시 그때 술집에 가길 잘했군."

로멜르가 마지막으로 중얼거린 말에 가젤은 움찔 반응했다.

"설마…… 당신이 그 술집에 있었던 건 제가 이곳을 찾아오게 하려고…… 그런 겁니까?"

거의 직감이었다.

하지만 기분 탓이라고 흘려 넘기기에는 너무나도 명확한 말.

말도 안 돼, 단지 우연일 뿐이야…… 그렇게 생각하면서도 그가 그 술집에 있었던 것은 아버님의 말을 듣고 백성에 대해 알기 위해서라는 이유보다 훨씬 납득이 갔다.

실제로 가젤은 지금 이곳에 있지 않은가.

"평소에도 술집에 드나드는 건 사실이거든? 아까도 말했잖아. ……하지만, 그래……."

쓴웃음을 지으며 중얼거리는 그의 눈동자에 수상한 빛이 감돌았다.

" '이 세상에 우연 따윈 없다.' 라는 말이 있지."

한순간 가젤은 그에게 압도당하여 넋을 잃었다.

"말도 안 돼……. 제가 그날 그곳에 간 건 부하가 같이 가자고 해서 그런 겁니다. 완전히 우연입니다. 설마 당신이 부하에게 지시를 내려서……?"

"자넬 존경하는 걸 넘어서 숭배하는 녀석에게 자네를 데려오라고 시키려면 아마 고생이 막심할걸."

"그럼 어떻게……?"

"나는 사람이 어떤 행동을 취할 때에는 거기에 이르기까지 내부 요인과 외부 요인이 있다고 생각해. 내부 요인, 즉 사고의 과정. 그건 각자의 성격이나 언동을 고려해서 상상하지. 그리고 외부 요인은 이미 일어난 일과 앞으로 일어날 일. 그것들을 감안해서 도출해 낸 결론이야."

별것 아니라는 듯이 말하는 로멜르를 바라보며 가젤은 소름이 끼치는 것을 느꼈다.

차라리 우연이라고 하는 게 납득하기 쉬울 것이다.

"이번 예측은 간단했어. 자네 지난번에 훈련을 받았던 녀석들이랑 마시러 갔었잖아? 뭐 이번 녀석들이 그 얘기를 듣고 훈련 마지막 날에 자네를 술집에 데려가지 않을 리가 없지."

가젤은 장군직에 오른 후부터 수많은 자의 훈련을 지켜봤다.

직속 부하들 외에는 나라의 요청을 받은 것이지만…… 희망 인원이 많기 때문에 그룹을 나눠 기간별로 훈련을 봐주곤 한다.

그의 말대로 지난번에 훈련을 봐줬던 그룹과 훈련 마지막 날 술을 마시러 간 것은 사실이다.

하지만 그건 수개월 전이고 그것도 딱 한 번뿐.

군에 몸담고 있는 자라면 몰라도 재상 로멜르가 훈련 일정을 정확히 파악하고 있는 것도 그렇지만 술을 마시러 간 것까지 알고 있다는 사실이 가젤은 무척 놀라웠다.

"대체 당신은 얼마나 엄청난 정보망을 갖고 있는 겁니까."

"군의 움직임을 살펴보는 건 재상으로서 당연한 일이고 술을 마시러 간 건 숨기지 않으면 사람들 입에 오르내리기 마련이지. 거리 술집에서 들었어. 자네는 유명하니까."

"아무리 그래도 용케 아셨군요. 지난번과는 다른 가게에 갔었는데."

"이 가게 저 가게 돌아다니다 보면 기사들의 단골 가게쯤은 알 수 있으니까."

오싹오싹. 가젤은 서늘한 한기를 느꼈다.

눈앞에 있는 이 인물은 대체 얼마나 많은 걸 꿰뚫어 보고 있는 걸까……!

이쯤 되면 이미 예측이 아니다. 예지다.

여기저기 흩어져 있는 점을 서로 연결하고, 추측하고, 그리고 개입하여 자신이 원하는 결과를 도출한다.

이런 사람이 이 나라의 재상이란 말인가. 가젤은 전율했다.

"……그렇게까지 해서 왜 제게 조력을 하시려는 겁니까?"

"그야 재상으로서 타산이 90퍼센트. ……자네는 이제 이 나라에 없어서는 안 되는 인물이니까. 백성들의 인기도 그렇지만 자네의 존재 자체가 타국에 대한 견제가 되거든. 실제로 자네 덕분에 트와일 국과 원활하게 교섭을 진행할 수 있었지. ……그러니까 이 나라에 정나미가 떨어지거나 자네가 무너지기라도 하면 곤란해."

"나라, 말입니까."

"그래."

"……당신의 힘은 잘 알겠습니다. 알면서 묻습니다만 당신은 대체 어떤 조력을 해 주시겠다는 겁니까? 실례지만 당신께 싸울 힘이 있을 것 같지는 않습니다만."

"그래. ……아마 난 자네 딸에게도 지겠지."

로멜르의 말에 가젤은 딱딱하게 굳었다.

아까부터 놀라움의 연속이지만 그래도 익숙해지지는 않는다.

이 사람은 대체 어디까지 꿰뚫어 보고 있는 것일까.

"농담도 잘하시는군요. 제 딸아이는 병약해서 싸움 따윈 못합니다."

"요즘 병약한 딸은 산적들을 픽픽 쓰러뜨리나 보지?"

낄낄 웃는 로멜르는 확신을 가진 것처럼 보였다.

그 사실을 곧바로 눈치챈 가젤은 한숨을 내쉬었다.

"참고삼아 묻겠습니다만…… 어떻게 하신 겁니까? 일단 대외적으로는 딸아이의 대역 겸 호위가 처리한 것으로 되어 있습니다만."

"첫째, 습격당한 장소에서 왕도까지의 거리. 미끼는 자신보다 먼저 보내거나 혹은 옆에 두는 게 보통이지. 호위 한 명을 미끼 삼아 개별 행동을 시키려면 그쪽이 효율적이니까. 그런데 미끼의 위치는 제일 빨리 가도 다과회에 아슬아슬하게 도착할 정도. 과연 병약한 딸에게 그런 강행군을 시킬까?"

"……두 번째는?"

"직감."

로멜르의 말에 가제는 이곳에 와서 처음으로 웃었다.

"당신답지 않은 대답이군요."

"나도 그렇게 생각해. 그저…… 내 눈으로 보고 느꼈어. 그게 제일 나를 확신에 이르게 만들었지."

"딸은 영지에서 나온 적이 없습니다만?"

"나도 자네 부인의 장례식에 참석했잖아?"

"……아……."

"소름 끼쳤어. 그 속에서 그녀만 앞을 응시하고 있더군. 현실의 불합리함에 절망하면서도 그에 굴하지 않는 강인함. ……그런 불꽃이 그녀의 눈동자에 깃들어 있었지."

가젤은 로멜르의 말에 귀를 기울이며 눈을 가늘게 떴다.

똑같았다.

그때 그가 그녀에게 느꼈던 것과.

"무술에 재능이 있는지 어떤지는 모르겠지만 자네 딸이 어머니의 죽음 '때문'에 병약해질 리가 없지. 아마 병도 걷어차고 달려갈걸. 남자라면 내 밑에서 단련시키고 싶을 정도야."

"당신에게도 아들이 있지 않습니까?"

"아들과 함께 내 밑에 두고 싶어. 두 사람을 짝지어 주면 꽤나 재미있는 일을 해 줄 것 같거든. ……뭐 내 욕심이지만."

"네. 딸은 여자아이고 무엇보다 저도 그 아이가 어디까지 무예의 경지를 이룰지 기대하고 있습니다. 그러니 양보할 수 없습니다."

"크크크…… 그렇겠지. 뭐 조금 다른 얘기지만…… 확실히 내게 무력은 없어. 하지만 문관으로서는 제법 능력 있는 편이거든? 자네가 움직이기 쉽도록 최대한 백업해 주지. 나와 손을 잡으면…… 산적들뿐만 아니라 산적 뒤에 있던 녀석들도 모두 때려 부숴 주지."

"산적…… 뒤에?"

"뭐야, 자네, 아직 거기까지 조사하지 못했나. 그럼 자네가 나와 손을 잡을 때까지 비밀."

"쿡쿡쿡…… 하하하……!"

가젤은 웃었다.

배 속부터 큰 소리로.

그의 웃음소리에 덜컹덜컹 가구가 흔들릴 만큼…… 그만큼 커다란 웃음소리였다.

"재미있어, 정말 재미있군요. 제 복수에 당신이 끝까지 함께해 주시겠다…… 그러기 위해 제 몸을 가볍게 해 주겠다, 그런 뜻으로 받아들여도 됩니까? 저는 온 힘을 다해 자신을 위해 힘을 휘둘러도 된다는 말씀이지요?"

가젤의 가슴 밑바닥에서 끓어오르는 것은 충족감이었다.

마음껏 힘을 휘둘러도 좋다는 것은, 뒷일을 신경 쓰지 않고 움직일 수 있다는 것은 얼마나 멋진 일인가.

자신의 본질은 어디까지나 한 사람의 병사…… 그는 이제야 그 사실을 깨달은 스스로를 향해 웃었다.

장군으로서 전장을 질주하는 것도 나쁘지 않다. 오히려 자신의 생각대로 전황이 움직이는 모습은 흥분조차 될 정도다.

하지만 평소 장군이라는 직함은 그에게 이미 족쇄나 마찬가지였다.

여러 부서와 절충하고.

나라가, 사람이, 그의 영광을 선망하여 여기저기에서 그를 부른다.

귀족 사회를 꺼렸던 그가 바로 그 한가운데 서서 싫어도 흠뻑 잠기게 되는 것이다.

선량한 웃는 얼굴로 다가오는 자들에게 잡아먹히지 않고 얼마나 좋은 조건을 끄집어낼 것인가.

알 게 뭐야, 그딴 거! 가젤은 마음속으로 그렇게 생각하면서도 부하들을 생각하면 도망칠 수 없었다.

실은 본래 부하들이 해야 하는 일도 가젤이 전면에 나서면 더 잘 풀린다는 이유로 이것저것 떠맡길 때도 있지만…… 그건 그가 모르는 이야기다.

어쨌든 그런 짐들이 그의 움직임을 무겁게 만들고 있었다.

"물론이지. 모처럼 한편이 됐으니…… 일단 그 딱딱한 말투부터 어떻게 해 봐."

"미안! 그럼 다시 한번…… 나야말로 잘 부탁한다!"

"그래."

그리하여 타스멜리아 왕국의 재상과 장군은 굳게 손을 잡았다.

제2장
공작 부인, 좌절을 알다

캉, 카앙…… 검을 부딪치는 소리가 울려 퍼진다.

"거기까지! 승자, 다스!"

심판이 드높이 상대의 이름을 불렀다.

나는 한숨을 내쉬면서 모의전용 검을 거두고 투기장을 떠났다.

평소의 연습 목록.

하지만 눈에 비치는 광경은 평소의 훈련장이 아니다.

이곳은 왕도 앤더슨 후작가 별저(別邸).

그 산적 소동 이후 나는 비밀리에 이 왕도 별저에 와 있다.

그리고 어째서인지 나는 여전히 호위 겸 대역이라는 설정.

진짜 나는 산적 소동의 충격이 너무 커서 쓰러지는 바람에 앤더슨 후작령의 벽촌에서서 요양 중이라고 알려져 있다.

……아무리 앤더슨 후작가 안이라지만 내가 왕도에서 활개치며 검을 휘두르면 문제가 될 테니까.

뭐 그건 별상관 없다.

왕도에서는 호위대뿐만 아니라 왕국군이나 기사단 사람들도 아버님의 훈련에 참가하기 때문에 좀 더 다양한 사람들을 상대할 수 있으니까.

제법 새로운 발견을 할 수 있어서 즐겁다.

아가씨…… 아니, 원래 내 방을 사용할 수 없어서 객실에 묵지 않으면 안 된다 해도.

덕분에 일상적인 잡다한 일들은 기본적으로 스스로 하는 습관이 생겼다.

……왠지 점점 더 후작 영애와는 거리가 먼 생활을 하고 있는 것 같지만.

그건 그렇고 아버님의 진의를 알 수 없다.

이 타이밍에 어째서 나를 왕도로 부른 것인지.

알 수 없는 걸 꼽자면 아버님의 상태도 마찬가지다.

어째서인지 모르겠지만 얼마 전 산적 소동이 벌어진 후로 왠지 아버님에게 생기가 도는 듯한 기분이 든다.

어깨의 힘이 빠지고 본래의 아버님으로 돌아온 듯한…….

뭐…… 변하긴 했지만 왠지 좋은 쪽으로 달라진 것 같으니까 괜찮지만.

부하들과 함께 소리 높여 웃는 모습을 보는 건 오랜만이었다.

게다가 변한 건 아버님뿐만이 아니다.

나도 마찬가지다.

그날 그때, 나는 처음으로 싸웠다.

지금 같은 모의전이 아니다.

사람의 생사가 걸린 진짜 싸움.

나는 그 순간을 결코 잊을 수 없을 것이다.

한동안 밥을 먹을 수 없었다.

문득 괴로워서 잠을 이루지 못하는 밤도 많았다.

하지만 그 순간만큼 스스로의 생명을 실감한 적은 없었다.

피가 끓어오를 만큼 뜨거워지고, 하지만 의식은 내 몸 깊은 곳에서 지독히 차갑게 식어 있고, 그리고 이보다 더할 수는 없을 만큼 긴장감으로 온몸이 떨렸다.

그 감각이 내 몸 안 깊숙한 곳에 들러붙어서 떨어지지 않았다.

……그런데도. 아니, 그렇게 때문일까.

요즘 나는 컨디션이 좋지 않다.

방금 시합도 그랬지만 통 이기지 못하게 되었다.

머릿속의 이미지를 몸이 따라가지 못한다.

그 때문에 자꾸만 짜증이 난다.

……안 돼.

내가 아직 약한 것뿐이야.

머릿속의 이미지를 몸이 따라가지 못하다니 무슨 약한 소릴 하는 거야.

스스로를 타이르듯 꾸욱 주먹을 움켜쥐었다.

"야, 멜! 집합하래."

"아, 네!"

선배의 부름에 뒤를 따라갔다.

계속 그 이름으로 불리는 바람에 완전히 익숙해졌다.

걷는 동안 역시 집합 장소를 향해 걸어가는 사람들의 시선이 아플 만큼 온몸에 꽂혔다. 그 상황에 나는 내심 한숨을 내쉬었다.

……앤더슨 후작령에서 훈련에 참가하기 시작했을 무렵에도 이런 느낌이었다.

하지만 그때보다 지금이 상황은 더욱 악화된 것 같다.

내가 남들보다 배는 작은 탓도 있겠지.

어째서 이런 소녀가, 이런 약한 자가 누구나 갈망하는 장군의 훈련에 참가하고 있는 거냐……

그런 그들의 마음의 목소리가 손에 잡힐 듯이 들려왔다.

하지만 무엇보다 귀족으로 구성된 기사단의 반응…… 그들의 시선이 특히 아프다.

나는 일단 호위 겸 대역 행세를 하고 있기 때문에 대외적으로는 평민으로 알려져 있다.

지금까지 평민과 함께 지낸 적 따위 없었던 기사단 사람들은 평민들을 대하는 태도가 몹시 안 좋다.

왕국군 사람들은 내심 그 점에 불만을 품고 있으며 그건 나 역시 마찬가지다.

왕국군 중에서도 아버님의 측근들에게는 나름대로 예의를 지키는 것 같지만.

남의 집에 오면 그 집의 법을 따르라…… 라고 생각하는 사람이 아마 나뿐만은 아닐 것이다.

훈련을 마친 후 나는 저택 안으로 들어갔다.

"멜, 주인님께서 부르십니다. 손님들께 인사하라고."

마중 나온 할멈이 내게 말을 건넸다.

대답을 하려던 참에 할멈이 내 귓가에 슬쩍 입술을 가까이 댔다.

"……도련님도 부르셨나 봐요. 이미 주인님의 응접실에 와 계십니다."

할멈은 내가 대역이 아니라는 걸 알고 있는 유일한 고용인이다.

나 때문에 그런 일을 겪었는데도 할멈은 여전히 내 시중을 들어 주고 있다.

할멈은 내게 정말로 고마운 사람이다.

그런 생각을 하며 나는 그다지 익숙하지 않은 왕도 후작가 별저 안을 걸었다.

그런데 손님이라니 대체 누굴까. 궁금해하며 아버님 방으로 들어가자 그곳에는 오라버니 말고 또 한 명의 남성분이 있었다.

"아저씨!"

나는 입구를 등지고 앉아 있는 사람들 불렀다.

"오— 꼬마 아가씨도 왔군. 지금 도련님을 상대하는 중이니까 잠깐만 기다려 다오."

아저씨는 나를 흘낏 돌아보며 그렇게 말한 후 또다시 오라버니를 돌아보았다.

아무래도 반상 게임을 하고 있는 모양이다.

안색을 살펴보니 오라버니 쪽이 열세인 것 같군.

나는 물끄러미 두 사람이 펼치는 게임을 바라보았다.

반면을 봐도 게임이 어떻게 움직이고 있는지 나로서는 알 수가 없었다.

내가 게임을 잘하지 못하기도 하고, 두 사람의 게임실력이 그만큼 뛰어나기 때문이기도 하다.

아저씨…… 즉 로멜르 씨는 아마도 아버님의 친구인 듯하다.

'아마도'라는 건 그렇게 소개받았기 때문이다.

술집에서 만나 의기투합하게 되었다는데 가끔 이곳에 와서 아버님과 이야기를 나누거나 이렇게 오라버니와 게임을 즐긴다.

아저씨는 평민이지만…… 아니, 그렇기 때문일까? 아버님과 마음이 잘 맞는 것 같다.

……아버님과 정말로 친하다는 건 옆에서 봐도 너무나 잘 알 수 있

을 정도다.

얼핏 보면 어디서나 흔히 볼 수 있을 법한 아저씨.

……자세히 살펴보면 이목구비는 단정하지만 옷차림과 말투 때문에 그 사실이 눈에 잘 띄지 않는다.

오라버니가 항복했다.

"이봐, 도련님. 포기가 빠르군. 여기 아직 길이 남아 있는데."

"아!"

아저씨가 가리킨 곳을 바라보며 오라버니는 분한 듯이 외쳤다.

"네 수 앞이 악수였어. 이걸 이쪽에 놨더라면 나는 방어를 하지 않을 수 없게 되지. 그리고 이렇게 하면…… 이것 봐, 좋은 승부가 됐을 텐데. 넌 중요할 때 무난한 길을 고르는 경향이 있어. 2주 전 두 번째 대국 때도 똑같은 일이 있었지."

아저씨는 차례차례 오라버니를 지도했다.

오라버니는 그 말을 한마디도 놓치지 않겠다는 듯 진지한 얼굴로 경청했다.

반상 게임은 군략을 짤 때 사용하던 것이 기원이라고 한다.

그 때문에 오라버니는 본격적으로 군략을 배우기 시작한 후로 반상 게임을 즐기게 되었다고 한다.

오라버니는 쑥쑥 실력을 키워 어른들도 혀를 내두를 수준이다.

훈련을 하러 온 멤버들에게는 백전백승, 군략에 종사하는 분들을 상대로는 세 번 싸워서 2승 1패 정도일까.

그런 오라버니를 언제나 무참하게 무릎 꿇리는 사람이 바로 이 아저씨.

"자, 어때? 도련님은 만족했나?"

"……네, 그렇군요. 당신이 다시 찾아올 때까지 저는 이번 싸움을 포함해서 복습을 해 두겠습니다."

"오, 그래야지. 이야, 도련님은 올 때마다 강해져서 제법 즐겁군."

껄껄 웃는 아저씨.

그를 상대하는 오라버니는 입가에 미소를 지으면서도 눈동자는 투지에 불타고 있었다.

나는 무심코 그 눈동자에 넋을 잃었다.

오라버니가 뭔가 하나에 집착하는 모습을 나는 그다지 본 적이 없었다.

……아니, 그보다는 역시 어머님이 돌아가신 후 좋은 차기 후작가 가주가 되는 것만 생각하며 행동했던 탓이 크려나.

게다가 오라버니는 그러기 위한 과제들을 비교적 뭐든지 능숙하게 해내는 바람에 분해하는 모습은 거의 본 적이 없다.

하지만 오늘 눈앞에 있는 오라버니는 다르다.

왠지 무척 즐거워 보인다.

어릴 적처럼 감정을 그대로 드러내고 있어서.

왠지 나까지 즐거워진다.

……뭐 방금 한 말의 내용은 꽤나 놀랍지만.

오라버니가 말한 '복습' 이란 시합의 흐름을 그대로 전부 재현한 후 어디가 어떻게 잘못되었는지 고찰하는 작업이니까.

즉 지금까지의 시합을 하나부터 열까지 전부 기억하고 있다는 뜻이다.

아저씨뿐만 아니라 오라버니의 머리도 나오는 구조가 다른 모양이다.

"아저씨는 어째서 반상 게임을 시작했나요?"

"응? 그야 재미있으니까 시작했지."

"아저씨, 군사가 되면 좋을 텐데. 가족이라 더 잘나 보이는 걸지도 모르지만 오라버니에게 이렇게까지 압승을 거두는 사람은 군사 중에서도 별로 없어요."

"전쟁과 반상 게임은 비슷하면서도 다른 거란다, 꼬마 아가씨."

아저씨는 손바닥에 있는 말을 갖고 놀며 말했다.

"그런가?"

"그래. 게임판은 평면이지. 그리고 말에는 그 자체에 룰이 정해져 있고 스스로 생각할 수도 없어. ……도련님이라면 이 의미를 알겠지?"

"전장에서는 보다 입체적인 시점이 필요하단 말씀입니까."

"……예를 들면?"

"기후, 지형……. 또 아군의 규모와 능력, 사기. 그리고 상대도 마찬가지죠."

"그래. 하늘을 알고 땅을 알고…… 또한 적을 알고 나를 안다. 그리고 전쟁 전에 무엇을 할지, 어떻게 군을 정비할지, 그로 인해 전쟁은 귀결되지. 그게 내 생각이야. 뭐 그 일부분을 배우는데 이 놀이도 구가 좋은 교재가 되긴 하지. 다만……."

그렇게 말하며 아저씨는 말을 게임판에 올려놓았다.

그저 올려놓는 것뿐만 아니라 가지고 있는 말로 게임판의 말들을 쓰러뜨렸다.

"이런 식으로 그런 책략을 날려 버리는 무예를 지닌 자도 있지. 너희 아버지처럼 말이야."

아저씨는 쓴웃음을 지으며 한숨을 쉬었다.

"……얘기를 들을수록 역시 아저씨는 훌륭한 군사가 될 것 같아요."

"나는 이미 나의 전장을 발견했거든. ……술을 마시는 것도 훌륭한 싸움이지. 안 그래, 가젤?"

그렇게 말하며 아저씨는 손에 든 잔을 기울였다.

"그렇고말고. 그야말로 물러설 수 없는 싸움이지."

아버님도 어째서인지 술잔을 들었다.

"그러니까 한 잔 더 마시지. 이거 벌써 다 마셨어."

"그럼 안 되지."

두 사람은 껄껄 웃으며 잔을 부딪쳤다.

……왠지 방금 했던 말이 전부 쓸데없이 느껴지는 듯한 기분이 들었다.

오라버니는 잽싸게 자리를 이동했다.

흠, 술 냄새가 꽤 심한걸.

"꼬마 아가씨, 그런 못마땅한 얼굴을 하면 행복의 신이 도망갈걸."

아저씨가 내 머리를 헝클이며 쓰다듬었다.

"계속 그렇게 긴장하고 있으면 중요할 때 뚝 끊어질지도 몰라. 어때, 뭐하면 같이 마실래?"

"아저씨, 전 미성년자인데요."

"농담이야, 농담. 저것 봐, 아가씨 아버지가 노려보잖아."

"당연하지."

아버님은 진짜로 아저씨를 노려보면서도 역시 즐거워 보였다.

그 모습을 보고 나도 무심코 웃었다.

……얼마 만일까.

집 안이 이렇게 밝다니.

그리워서, 다시는 돌아오지 않을 그 광경이 슬퍼서.

언제까지나 지켜보고 싶은 마음에 미소를 지었다.

하지만 시간은 앞으로, 앞으로 나아간다.

지나치게 상냥한 과거의 환영은 내 각오를 둔하게 만든다.

"……아저씨. 오늘 만나서 반가웠어요. 또 놀러 오세요."

그 광경에 작별을 고하며 나는 또다시 훈련장으로 향했다.

오후 훈련은 기사단도 함께 참가한다.

평소대로 훈련 목록을 마친 후 모의전을 시작한다.

내 상대는 기사단의 젊은이였다.

적어도 이 앤더슨 후작가 저택에서는 처음 보는 얼굴.

……듣자 하니 기사단의 젊은이 중에서도 호프라고 불리는, 앞날이 촉망되는 인물이라고 한다.

그 평판에 어울리는 날카롭고 빠른 검놀림이다.

검을 부딪칠 때마다 점점 밀리는 것이 느껴졌다.

그러는 동안 나는 너무 깊숙이 파고들어서 반대로 상대의 페이스에 말려들었고 마침내 그가 내 검을 튕겨 버렸다.

……정말로 어떻게 된 걸까.

몸이 생각대로 움직이지 않는다.

알고 있지만 반응할 수가 없다.

"……거기까지! 승자, 도널티!"

심판의 호령이 울려 퍼졌다.

분한 마음에, 자신의 한심함에 무심코 입술을 깨물었다.

"……가젤 장군이 아끼는 아이라는 얘기를 듣고 기대했는데……겨우 이 정도인가."

상대방…… 도널티가 내뱉듯이 말했다.

"착각하지 마라. 가젤 님의 따님과 비슷한 또래이기 때문에 호위로 발탁됐고, 그 역할 때문에 가젤 님께서 널 가르치시는 것뿐이다. 네가 평민이라는 사실은 변함이 없어. 너 같은 자가 이 앤더슨 후작 가에서 잘난 척하며 훈련을 받는 것 자체가 불쾌하다."

그렇게 말하며 훈련장을 떠나는 그에게 나는 아무런 대꾸도 할 수 없었다.

솔직히 아끼는 아이라니 누굴 말하는 거야? 등등 지적할 부분은 잔뜩 있었지만.

하지만 그의 말은 내 가슴에 꽂혔다.

내가 출생 덕분에 축복받은 환경에 놓여 있는 것은 부정할 수 없다.

검을 쥐기 시작한 순간부터 이 나라의 모두가 동경하는 영웅 가젤 장군께 가르침을 받은 것이다.

많은 현역 병사들이나 기사들이 아무리 바라도 받을 수 없는 가르침을 당연한 듯이 받고 있다.

그야말로 축복받았다는 말로밖에 표현할 수 없다.

부끄러웠다.

분했다.

나는 어느 샌가 교만해져 있었던 걸지도 모른다.

……강해졌다고.

강해져서 사람들의 인정을 받게 됐다고.

앤더슨 후작령에서 훈련을 받을 때, 역시 훈련을 받고 있던 호위대 사람들의 태도가 부드러워진 것은 그 때문이라고 받아들이고 있었다.

하지만 현실은 그렇지 않을지도 모른다.

단순히 내가 앤더슨 후작가의 가주인 아버님이 아끼는 아이니까.

그게 이유였던 것이다.

그 증거로 그런 건 신경 쓰지 않는…… 오히려 그 때문에 질투조차 느끼고 있는 듯한 사람들이 모인 왕도에서는 훈련을 받고 있으면 아직도 주위의 눈길이 매서웠고 도널티라는 남자에게 이길 수도 없었다.

아니…… 실은 아직 한 번도 승리를 거두지 못했다.

……혹시 태도만 부드러워진 게 아니라 모의전에서 상대했을 때 슬쩍 봐줬을지도 모른다는 생각마저 들었다.

점점 생각이 안 좋은 쪽으로 흘러갔지만…… 여기서 울 수는 없다. 나는 배에 힘을 줬다.

그리고 훈련이 끝날 때까지 참았다가 끝난 그 순간…… 거리로 나왔다.

집에서는 울고 싶지 않았다.

울 수 없었다.

아버님에게도, 오라버니에게도, 할멈에게도 누구에게도 알리고 싶지 않았다.

우는 것 자체가 아니라 운 이유를.

보잘것없는 자존심이지만 나는 더 이상 그 자존심을 상처 입힐 용기가 없었다.

내가 향한 곳은 왕도 안에 있는 탑이었다.

언젠가 아버님이 데려가 줬던 장소.

탑에는 물론 경비병이 있었지만 우리 집에서 훈련을 받고 있는 멤버라 나와도 얼굴을 아는 사이였기 때문에 순순히 안으로 들여보내 줬다.

길고 긴 계단을 올라 꼭대기에 도착했다.

왕도를 한눈에 내려다볼 수 있는 이곳 경치는 무척이나 멋지다.

유사시에 감시대로 사용하도록 만들어졌기 때문에 일반적으로 개방되지는 않지만.

그래서 이 아름다운 광경을 볼 수 있는 이곳에는 지금 나밖에 없다.

처음 이곳에서 경치를 봤을 때는 감동했다.

하지만 지금은 그 경치도 눈물이 고여서 잘 보이지 않는다.

지금까지 참고 있었던 기분이 혼자가 되었다고 생각한 순간 흘러넘쳐서 차례차례 감정에 북받쳐 눈물이 흘러나왔다.

"……우…… 우우우우—!"

분했다.

부끄러웠다.

……비참했다.

마치 광대 같지 않은가.

나를 볼 때마다 모두가 나를 넘어 아버님을 보고 있었다.

그런데 나는…….

마음에 쌓인 어두운 감정이 나를 무겁게 짓눌러서 가슴이 아프다.

눈물을 흘려도 그 무게는 조금도 가벼워지지 않았다.

오히려 무거워지기만 할 뿐.

소리를 지르고 싶어서 입을 연 순간이었다.

덜컹 소음이 들려왔다.

"……누구냐!"

화풀이를 하듯 매서운 목소리로 아직 보이지도 않는 상대에게 물었다.

"너야말로 누구지? 여긴 어린아이가 들어올 수 있는 곳이 아닌데."

그곳에 서 있던 것은 나보다 조금 연상의 소년이었다.

"그러는 너야말로 이곳 관계자로 보이지는 않는데."

"나는 일전에 시찰하는 아버님을 따라 이곳에 온 적이 있거든. 그후로 일단 이곳 시찰을 맡고 있지. ……그런데 너는?"

"……아, 아버지가…… 군 관계자야. 나도 아버지를 따라 여기 온적이 있어. 경비병하고도 얼굴을 아는 사이고……."

말하기가 무척 껄끄러웠다.

내가 화풀이를 한 소년은 이유가 있어서 이곳에 왔다.

하지만 나는 단순히 혼자가 되고 싶다는 철없는 이유로 이곳에 왔다.

그것도 모두 아버님의 이름이 있기에 가능한 일.

조금 전까지 아버님의 존재가 너무 커서 방황하고, 그의 손에서 날아오를 수 없는 자신의 약함이 부끄러워서 울어 놓고, 결국 나는 아버님의 이름을 이용하고 있는 것이다.

그렇게 생각하니 조금 전까지 폭발할 만큼 뜨거웠던 감정이 갑자기 싸늘하게 식었다.

"그래서 이곳에 들어올 수 있었던 건가."

"……미, 미안해. 나야말로 개인적인 일로 여기 들어와 놓고 너한테 그딴 말투로 누구냐고 묻다니. 지금 당장 나갈게……."

"……잠깐."

자리에서 일어선 나를 그가 멈춰 세웠다.

"나도 괜히 무게 잡으면서 시찰이라고 했지만 정식으로 임명된 건아니야. 여기서 보이는 풍경이 좋아서 아버님께 허락을 받고 이곳에 들어올 때마다 교환 조건으로 이곳의 상태를 보고한다…… 뭐그런 가벼운 조건을 떠맡은 것뿐이야. 그러니까 나한테는 네가 여기 있는 걸 뭐라고 할 자격은 없어. 물론 네가 이곳과 전혀 관계없는 사람이고, 모험 삼아 몰래 숨어들어 왔다면 이곳 경비는 어떻게 되어 먹은 거냐고 머리가 아팠겠지만……."

……나 경비병에게도 폐를 끼쳤구나.

새삼 거기까지 생각이 미치자 스스로의 어리석음에 나야말로 머리가 아파 오는 것 같았다.

"……오히려 미안해. 어쩌다 보니 말도 걸지 않고 훔쳐보게 돼서."

"넌 아무 잘못 없어. 잘못도 없는데…… 나는……."

그리고 나는 그에게 느릿느릿 내 이야기를 했다.

물론 아버님이 만들어 준 호위라는 설정으로.

"……그런 소릴 듣는 게 당연하지."

내 이야기를 듣고 그가 제일 먼저 던진 말은 그것이었다.

역시 그런가……. 가슴속에 묵직한 추가 얹힌 듯한 기분이 들었다.

"그렇게 울 필요가 있나? 네가 축복받은 환경인 건 사실이잖아? 그걸 지적한 남자의 말은 진실이지. 뭐…… 들을 가치도 없는 헛소리지만."

"진실이지만 헛소리라고?"

"진실이니까 헛소리지. 사실은 이미 일어난 일. 결코 바꿀 수 없는 단 하나의 현실이지. 그에 비해 진실은 개인의 주관적인 결론이야. 네가 네 아버지에게 검을 배운 것에 대한 그 남자의 해석에 지나지 않아."

"……어렵네."

"한마디로 그 사람은 널 질투하는 것뿐이라는 뜻이야. 사실을 방패 삼아 자신의 감정을 말로 쏟아 낸 것뿐이지. 그런 걸 일일이 신경 쓰다가는 몸이 버티지 못할걸."

"하지만 내 힘이 부족한 건 사실이라서……."

"그래서 뭐?"

그의 물음에 나는 할 말을 잃었다.

"자신의 힘이 부족한 것을 부끄러워하는 건 좋아. 하지만 비굴해질 필요는 없어. 목적을 향해 앞만 보고 나아가면 돼. 그러기 위해 지금 자신이 갖고 있는 걸 이용하는 게 뭐가 나쁘지? 그런 헛소리는 신경 쓸 필요 없어."

"……앞만 보고……."

"그래. 넌 뭘 위해서 무술을 하고 있는 거지? ……양보할 수 없는 뭔가가 없다면 빨리 그만둬. 앞으로 그 남자 같은 녀석은 잔뜩 마주치게 될 테니까."

소년의 말은 지독히 내 가슴을 울렸다.

……그렇다. 내게는 목적이 있다.

아무리 괴롭고 힘들어도, 설령 그 앞에 얻을 것은 아무것도 없다 해도.

나는 나의 소중한 것을 빼앗은 자들을 용서할 수 없다. 반드시 복수할 것이다.

그렇게 각오했다.

그 때문에 그 다정한 광경에서 눈을 돌린 것이다.

힘이 부족해? ……그렇다면 힘을 키우면 된다.

주위에서 인정해 주지 않아? ……그런 건 애초에 바라지도 않았다.

나는 내가 원하는 결과를 손에 넣기 위해 힘을 추구할 뿐.

그렇게 생각하니 시야가 널리 열린 듯한 기분이 들었다.

"……고마워. 굉장히 후련해졌어."

"그런가."

"꽤나 실감이 담긴 조언이었어."

"……항상 그렇게 스스로를 타이르고 있으니까."

"……그럼 넌 나랑 똑같네."

"그래."

나는 물끄러미 그를 바라보았다.

단정한 얼굴이지만 아름답다기보다는 무서운 인상을 주는 것은 그가 항상 날카로운 분위기를 풍기고 있기 때문일까.

체격을 보아하니 본격적으로 무술을 수련하고 있지는 않은 것 같군……. 일단 내가 그에게 질 일은 없을 듯하다.

하지만 어째서일까.

그런 차원이 아니라 나는 그에게 이길 수 없다.

그런 느낌이 들었다.

"……내 이름은 멜. 또 만날 수 있을지는 모르겠지만 잘 부탁해."

"내 이름은 루이다. ……잘 부탁해."

그리고 우리는 악수를 나눴다.

† † †

평소대로 검을 휘두른다.

한차례 자세를 연습한 후 머릿속으로 도널티의 움직임을 답습하며 그와 싸우듯이 몸을 움직였다.

……닿지 않는군.

패한 것을 분하게 생각하며 땀을 닦기 시작했을 무렵, 아버님과 같은 부대 사람들이 역시 훈련을 하기 위해 하나둘씩 모습을 드러내기 시작했다.

"……아침부터 열심이구나."

정신을 차리고 보니 아버님이 옆에 서 있었다.

"가젤 님! 안녕하세요."

일단 밖이니까 호위인 척하며 아버님에게 인사했다.

"그래. 안녕. ……어때, 나와 대련을 해 보지 않겠나?"

"네. 잘 부탁드립니다."

그리하여 아버님과 모의전용 검으로 싸우기 시작했다.

카앙. 검과 검이 부딪치는 소리가 울려 퍼졌다.

힘과 힘으로는 이길 수 없기 때문에 나는 재빨리 뒤로 물러섰다.

"검의 움직임이 바뀌었구나."

시합 도중 아버님이 작게 중얼거렸다.

"전보다 실전에 어울리는 움직임이로군. 전체적으로는 좋아. 하지만…… 망설임이 느껴지는구나."

"……망설임?"

"그래. 휘두르는 타이밍에는 과감하게 상대의 급소를 노리지만 상대에게 닿을락 말락 하기 직전에 검이 둔해진다. 그 어중간함이 빈틈을 만드는 거야."

……검이 둔해져?

확실히 요즘 자신의 움직임이 머릿속의 이미지와 일치하지 않고 위화감만 느껴졌다.

원인은 그것이었나.

"실제로 목숨이 달린 상황에 맞닥뜨렸으니…… 검을 휘두르는 것에 두려움을 느끼는 것도 어쩔 수 없을지 모르지. 그래서 지금까지 허용해 왔다."

아버님의 검이 내 검을 튕겨 냈다.

"……하지만 앞으로도 계속 그럴 거라면…… 검을 버려라."

차가운 시선.

마치 내려다보는 듯한 날카로운 시선이 나를 찌른다.

그리고 동시에 아버님의 엄격한 말이 가슴에 꽂혔다.

무서울 만큼 진지한 표정이었다.

"따지고 보면 검이란 사람을 죽이는 도구. 검을 손에 든 이상 상대를 죽일 각오와 자신이 죽을 각오를 갖지 않으면 안 된다. 이미 마음의 준비가 되어 있다고, 내게 검을 받을 때 말하지 않았더냐?"

"……네."

"그런데도 무너질 거라면 검을 버려라. 그리고 두 번 다시 이 훈련장에 발을 들이지 마라."

공기가 팽팽하게 긴장됐다.

그리고 다음 순간, 아버님은 나를 향해서 검을 휘둘렀다.

나는 그 검을 피했다.

평소의 아버님과는 다르다.

아플 정도의 기백.

"왜 그러느냐! 너의 각오는 그 정도였느냐!"

튕겨 나간 검을 다시 쥐지도 하지 못하고 정신없이 아버님의 검을 피했다.

그 노성이 찌릿찌릿하게 내 살갗을 찔렀다.

무섭다.

……무서워?

내 각오는 그 정도였나?

내가 키워 온 것은, 내가 들인 시간은 이토록 간단히 무너져 버리는 거였나?

……아니야.

아니야, 아니야, 아니야!

불합리함에 지지 않겠다고 맹세했다.

내게서 어머님을 빼앗은 모든 것에 복수하겠노라 맹세했다.

무엇을 버려서라도.

아무것도 얻을 수 없더라도.

잘했어, 여기까지가 한계였구나. 그렇게 웃으며 포기하고 끝낼 만큼, 그런 물러터진 생각은 처음부터 갖고 있지 않았다.

나는 내 고집을 관철할 것이다.

그걸 위해 필요하다면 주위를 이용해서라도.

나는 나의 목적을 이룬다.

……그렇다면 이런 곳에서 아버님에게 질 수는 없다.

그렇게 마음이 정해지자 자연스레 손이 검으로 뻗었다.

그리고 그것을 휘둘렀다.

머릿속에 그린대로 몸이 반응해 준다.

아버님의 움직임이…… 아니, 세상에 흐르는 시간마저 느리게 느껴졌다.

스르륵. 아버님의 품안으로 파고들었다.

그리고 나는 아버님의 검을 쳐올렸다.

아버님은 내 움직임에 살짝 뒤늦게 반응했다. 검이 가볍게 튕겨 올랐다.

그 틈을 노려서 아버님의 목덜미에 검을 겨눴다.

"……너의 각오, 확실하게 보았다."

그 한마디에 나는 뒤로 물러섰다.

"저도 감사합니다. ……가젤 님 덕분에 중요한 것을 떠올렸습니다."

그리고 웃으며 감사를 전한 후 나는 땀을 씻으러 저택으로 돌아왔다.

† † †

"오, 일찍 왔구나."

"안녕하세요, 크로이츠 씨."

내게 말을 건넨 사람은 크로이츠 씨.

남을 잘 챙겨 주는 성격으로 내게도 늘 이것저것 신경을 써 주신다.

아버님의 오른팔이자 강한 무인.

덩치가 좋고 조금 험상궂은 얼굴이지만 살갑고 상냥한 분이다.

"음, 좋은 눈빛이군. 어제는 꽤나 지독한 얼굴이었는데 보아하니 오늘은 괜찮을 것 같구나."

"……걱정 끼쳐서 죄송합니다."

"내가 멋대로 걱정한 것뿐이다. 신경 쓰지 마라."

그렇게 말하며 그는 토닥토닥 내 머리를 쓰다듬었다.

무척 자연스러운 동작이었다. 커다란 손이 몹시 따뜻하게 느껴졌다.

그리고 얼마 지나지 않아서 기초 훈련이 시작되었다.

기초 훈련은 단순한 준비운동으로 몸을 풀거나 체력 향상을 위해 움직이는 것이다.

기사들은 기본적으로 이 운동에 참가하지 않기 때문에 모여 있는 사람은 얼마 되지 않는다.

아버님이 훈련 내용을 처음 일러 줬을 무렵, 같은 훈련인데도 나는 전혀 해낼 수 없었다.

그래도 악착같이 매달려서 지금은 당연한 듯이 해낼 수 있다.

어제보다 오늘.

오늘보다 내일.

하나하나 몸에 익혔다.

하나하나 할 수 없었던 것들을 할 수 있도록 노력했다.

즉 지금까지의 시간은 결코 의미 없지 않다는 것.

……이렇게 긍정적으로 생각할 수 있는 건 분면 어제 만났던 그 루이라는 소년 덕분일 것이다.

기초 훈련이 끝나고 곧바로 모의전이 시작되었다.

기사단원들은 여기부터 훈련에 참가하는데 오늘은 도널티의 모습이 보이지 않았다.

……뭐 좋다. 언젠가는 그와 여기서 다시 마주칠 날이 있겠지.

나는 그때까지 성장하면 그만이다.

지금보다 더.

그런 생각을 하던 중 내 마음이 설레고 있다는 사실을 깨닫고 쓴웃음을 지었다.

……얼마나 성장하면 그 남자를 무릎 꿇릴 수 있을까?

……그때 나는 얼마만큼 강해져 있을까?

생각하면 생각할수록 마음이 설렌다.

그런 즐거운 기분으로 이름을 불려서 시합장에 올랐다.

그곳에서 모의전이 시작했다.

몸이 가볍다.

머릿속이 지독히 또렷하다.

몸이 생각대로 움직인다.

마치 언젠가 산적들에게 습격당했을 때처럼.

"승자, 멜!"

정신을 차렸을 때에는 심판의 목소리가 울리고 있었다.

생각보다 빨리 끝나는 바람에 조금 아쉬움을 느끼면서도 검을 거두고 시합장에서 내려왔다.

"여어, 꼬마 아가씨."

땀을 닦으며 걷고 있을 때 지나가던 크로이츠 씨가 말을 건넸다.

"……오늘은 굉장하더구나."

"고맙습니다. 크로이츠 씨가 그렇게 말해 주시니 기뻐요."

나는 웃으며 인사했다.

하지만 크로이츠 씨는 미간을 찌푸린 채 무서운 표정을 짓고 있었다.

나와 그의 온도 차가 너무 엄청나서 무심코 쓴웃음을 지을 뻔했다.

"인사는 됐다. …… 얼굴을 보고 괜찮을 거라고는 생각했지만 오늘 너의 검은 예기가 흐르더구나. 아니, 그건 예기라기보다는……."

그렇게 말하는 동안 크로이츠 씨의 표정은 차츰 진지하고 엄숙하게 변했다.

"……이봐, 꼬마 아가씨. 하나만 물어봐도 될까? 아가씨한테는 대답하기 힘든 질문일지도 모르지만."

"대답할 수 있는 일과 대답할 수 없는 일이 있습니다만."

"아가씨는 어째서 검을 쥐었지?"

"……저 크로이츠 씨의 검을 훔친 적은 없는데요?"

"단순히 '검을 집었다' 라는 뜻이 아니라! 어째서 검을 배우기로 결심했지?"

어째서 그런 걸 묻는 걸까.

그런 의문이 들었지만 딱히 대답하기 어려운 질문은 아니었다.

"……어머니가 살해당했기 때문입니다."

그래서 담담하게 사실을 대답했다.

물어보길래 대답한 것뿐인데 어째서인지 크로이츠 씨는 한순간 놀란 표정을 지었다.

"제가 무슨 이상한 말이라도 했나요?"

"아니……."

한순간 말문이 막힌 듯 침묵이 흘렀다.

"아가씨처럼 어린 여자아이가 어째서 검을 쥐게 됐는지 물어보고 싶었다. ……미안하구나."

"크로이츠 씨가 책임을 느낄 필요는 없습니다."

나는 일부러 가벼운 분위기로 말했다.

"아니, 그럴 수는 없지. 왕국군이면서 백성을 지키지 못한 거니까 말이야. 아가씨가 그렇게 말해도 나는 나 자신을 용서할 수 없어. ……나 혼자 모든 걸 지키는 건 현실적으로 불가능하다는 걸 알면서도. ……미안하다, 공연히 붙잡아서."

마침 아버님의 '집합' 이라는 목소리가 들려왔다. 아무래도 모의전이 대충 끝난 모양이다.

"아닙니다."

그리고 나와 크로이츠 씨는 아버님이 있는 곳으로 향했다.

† † †

"……실례합니다, 장군. 잠시 시간 좀 내 주시겠습니까?"

가젤이 앤더슨 후작가에서 집무를 보고 있을 때 크로이츠가 그렇게 말하며 방으로 들어왔다.

"마침 일단락된 참이다. 그래, 무슨 일이지? 크로이츠."

밝게 웃는 가젤과는 대조적으로 크로이츠는 여전히 진지한 표정이었다.

"멜에 대해 드릴 말씀이 있습니다."

"멜이 무슨 짓이라도 저질렀나?"

딸의 이름이 나오자 가젤의 표정도 진지해졌다.

"멜이 아니라 장군께서 저지르셨지요. ……장군께서는 멜을 어떻게 하실 생각입니까?"

"질문의 의미를 모르겠군."

"저는 오늘…… 그녀를 무섭다고 생각했습니다. 그 아이의 모의전을 보고…….'"

"멋진 재능이지?"

가젤의 말에 크로이츠는 쓴웃음을 지었다.

"……모의전이 시작되기 조금 전부터 그녀에게서 풍기는 분위기가 변한 느낌이 들었습니다. 전장에서 느껴지는 듯한 농밀한 살기를 풍기더군요. 그런 어린 여자아이가 풍기는 분위기라고는 도저히 믿을 수 없을 정도였습니다."

긍정도 부정도 하지 않고 그는 그저 자신이 느낀 것을 있는 그대로 가젤에게 전했다.

"실제 모의전이 시작되자 그 아이는 확실하게 사람을 죽이기 위한 움직임으로 검을 휘둘렀습니다. 위험은 생각지도 않고 방어는 전부 종이 한 장 차이. 아무 망설임 없이 상대의 품으로 파고들더군요. 마치 목숨을 잃을지도 모른다는 리스크를 즐기는 것처럼……. 아니, 애초에 자신의 목숨 따윈 잃어도 좋다고 말하는 듯한, 그런 싸움 방법이었습니다."

그는 순수하게 그녀를…… 두려워했다.

크로이츠가 메를리스와 대화를 하고 있을 때 진지한 표정이었던 것은, 그리고 이상하게 말문이 막혔던 것은 바로 그 때문이었다.

크로이츠는 아군 병사다.

서로 목숨을 뺏고 빼앗는 자리에 섰던 경험도 물론 있다.

하지만 그래도…… 아니, 그렇기에 더더욱 두려웠다.

마치 날붙이를 몸에 숨기고 있는 듯한 예리한 살기도, 그녀의 싸우는 방식도.

정체를 알 수 없는…… 다른 세계 사람을 보고 있다고 느껴질 만큼 그녀는 특출했다.

그 이질적임이 그를 두렵게 했다.

그리고 동시에 그는 경외심을 느꼈다.

어린 여자아이가 그렇게까지 되려면 얼마만큼의 시간과 마음과…… 그리고 얼마만큼의 각오가 필요했을까.

"……그게 멜일세."

조용히, 그리고 타이르듯이 가젤은 말했다.

"오히려 왕도에 온 뒤로 그녀의 검은 그녀다움을 잃었던 거야. 그게 본래의 그녀이며 그녀의 검일세."

"……장군께선 어째서 그녀에게 검을 가르치신 겁니까? 그것은…… 결코 깨워서는 안 되는 재능이었던 것 아닐까 우려가 됩니다. 그 살기와 각오…… 한 발짝만 잘못 내디디면 마음이 망가져도 이상할 것 없습니다. 그녀에게 평화로운 길을 걸어가게 해 주실 수는 없었습니까?"

"……내 이기심이었지."

가젤이 작게 중얼거렸다.

"나도 산적들의 손에 아내를 잃었네. 같은 처지인 셈이지. 내게 그 아이를 멈출 자격은 없어. ……어쨌든 그녀는 덕분에 검을 배울 수 있고, 나는 그 아이에게 딸의 호위를 맡겨서 딸의 안전을 지킬 수 있지 않나."

멜이 그의 진짜 딸이라는 사실은 왕국군에 소속된 그의 부하에게도 비밀이었기 때문에 가젤은 거짓말을 섞어서 그렇게 말했다.

"……하지만 그녀의 재능은 내가 생각했던 것 이상이었지. 기본 자세를 가르치고 그다음은 나와 모의전을 반복했다만…… 가르치지 않아도 어느 샌가 스스로 그 스타일을 몸에 익혔다네."

"……어째서 왕도에 온 후로 그 스타일이 바뀌었던 걸까요."

"실전을 알아 버렸기 때문이지. ……내가 기합을 넣었더니 곧 원래대로 돌아왔다만."

"그러니까 오늘 그녀의 검이 원래대로 돌아온 건 장군 때문이었습니까? 되돌릴 수 있었는데. 검을 두려워하던 그녀에게 어째서……!"

"……그 녀석은 검을 두려워한 게 아니야. 자신의 재능을 두려워한 거다."

"자신의 재능?"

"인간의 목숨을 쉽게 빼앗을 수 있는 자신의 재능을 말이야. 왕도에 온 후로 그 녀석은 우리 영지에 있을 때와는 다르게 꽤나 답답해 보이더군. 마음껏 검을 휘두르면 이길 수 있는데 일부러 무의식적으로 자제를 하고 있었어. 얼마 전에도 사람들과 훈련을 하기 전에 나와 대련을 했다만…… 그렇게까지 자제를 하지 않았던 게 좋은 증거지. 쉽게 상대의 목숨을 빼앗을 수 있는, 그런 미래를 보고 자신을 억누르고 있었던 거야. 즉 내가 훈련시킨 왕국군 병사들조차 그 녀석에게는 적수가 못 된다는 뜻이지. 자네에게는 잔인한 말이지만."

"……그, 런……."

"……자네 말대로 그 녀석에겐 위태로운 구석이 있어. 모든 걸 버려서라도, 얻는 것이 없다 해도 복수를 위해 검을 쥐었지. 그 녀석에겐 검이 전부야."

"……그렇다면 다른 길을 찾게 하면 되잖습니까!"

크로이츠의 외침에 가젤은 슬픈 미소를 지었다.

"……나도 그러길 바랐다네."

"그렇다면……."

"하지만 자네는 그 녀석의 각오를 너무 가볍게 보고 있어. 아니, 나도 그랬지만……."

"……무슨 말씀이십니까?"

"기합을 넣기보다는 검의 길을 그만두게 할 생각이었다네. 이미 꺾인 마음, 모진 말을 하면 뚝 부러질 거라고 생각했지."

검을 쥐지 마. 그때 가젤은 마음속으로 외쳤다.

이제 됐어, 충분해…… 라고.

하지만 그녀는 그에 저항했다.

오히려 검을 버리면 그녀의 마음이 부러질 거라고 확신할 만한 기백을, 그 순간 메를리스는 가젤에게 똑똑히 보여 준 것이다.

"녀석의 마음은 위태롭게 살아 있다네. 오직 검이 전부, 그 외에는 아무것도 보고 있지 않아. 앞으로 아무것도 얻을 수 없다는 걸 알면서도 그 길을 선택한 걸세. 강제로 막든 뭘 하든 그 녀석은 검을 버리지 않아. 그렇다면 그녀의 망설임은 오히려 그녀를 위기에 빠뜨리지. 힘을 억누르는 버릇이 생기면 앞으로 생각지도 못한 함정에 빠지게 될지도 몰라. 그렇기 때문에 그녀는 있는 그대로 그녀답게 검을 휘두르게 하지 않으면 안 돼. 지금 서 있는 위치를 생각해도 그 녀석이 이 길에서 내려오는 방법은 단 하나뿐일세."

"……참고로 그 방법이 뭡니까?"

"결혼."

설령 가젤이 복수 상대를 죽인다 해도 그녀가 앤더슨 후작가의 딸인 이상 그녀의 목숨을 노리는 자는 나타나기 마련이다.

아르메리아 공작은 가젤에게 그렇게 말했다.

만약 그 말이 옳다면…… 아니, 그 가능성이 있는 한 그녀는 자신의 몸을 스스로 지키지 않으면 안 된다.

그게 불필요해지는 것은 그녀가 영웅의 딸이라는 이름에서 벗어나 다른 가문으로 시집을 갔을 때.

"그 녀석을 감당할 남자가 있을까요. 웬만한 남자는 무리일 것 같은데."

"자넨 그 녀석을 잘 아는군."

가젤은 그렇게 말하며 웃었다.

"솔직히 말해서 어떻게 될지는 모르지. 그 녀석에게 자신의 바람이나 다른 그 무엇보다 소중한 사람이 생기면 더할 나위 없겠지만. ……자네 내게 앞으로 녀석을 어떻게 하고 싶으냐고 물었지. 나는 아무것도 하고 싶지 않아. 그게 답일세. 나는 그 녀석이 그저 있는 그대로 행복해지길 바란다네. 그뿐이야. 그뿐인데, 겨우 그것뿐인데 참으로 어렵군."

"……꼭 아버지처럼 말씀하시는군요."

"나는 내가 그 녀석의 아버지라고 생각한다네."

"……장군의 마음은 잘 알겠습니다. 시험하는 것처럼 굴어서 죄송합니다."

"그건 됐네. 앞으로 그 녀석을 잘 지켜봐 주게."

그 말에 크로이츠는 머리를 숙이며 알겠다고 대답했다.

† † †

발밑에 펼쳐진 광경을 물끄러미 바라보았다.

도널티에게 지고 울었던 그날부터 어째서인지 나는 이 탑에서 바라보는 풍경이 마음에 들어서 훈련이 끝난 후 곧잘 이곳을 찾아오게 되었다.

"……오늘은 꽤나 가시 돋친 분위기로군."

"그래?"

인기척이 느껴진다 했더니 루이였다.

혹시 또 만날 수 있을까 생각했는데 설마 이렇게 빨리 만나게 될 줄이야.

"그렇다면 나 자신에게 솔직해졌기 때문일까."

"흐응……."

그는 그렇게 말하며 내 옆에 앉았다.

"있잖아, 넌 뭔가 이루고 싶은 거 있어?"

문득 궁금해져서 나는 그에게 물었다.

"……갑자기 뭐지?"

"지난번엔 나만 떠들어 댔잖아. 이번엔 네 얘기를 듣고 싶어서. 너도 축복받은 환경 때문에 공격당하고 있지? 그래도 넌 꺾이지 않아. ……그건 뭔가 이루고 싶은 게 있기 때문 아닐까 라는 생각이 들어서."

"……너는 오늘과 똑같은 내일이 당연히 올 거라고 생각해?"

"뭐야, 그 질문. 뭐…… 대답은 '아니'야."

내 대답에 루이는 한순간 놀란 표정을 지었다.

"어머님이 살해당했어. 가족이 있고, 어제와 똑같은 오늘, 오늘과 똑같은 내일이 올 거라고 믿어 의심치 않았는데. 일상 따윈 언제 어떻게 될지 모르는 거야."

"……그렇군. 미안해."

"괜찮아. 별로 숨기려던 건 아니었으니까. 그래서 그다음 얘기는?"

"……나는 아버님과 함께 트와일 전쟁에서 희생된 사람들의 무덤에 간 적이 있어. 수많은 이름이 늘어서 있는 그 무덤에. 백성들과 백성들을 지키기 위해 싸운 병사들의 이름이 그곳에 새겨져 있었지."

"……그렇구나."

아버님이라는 영웅이 나타나기 전에 전황은 열세였다.

그만큼 많은 백성과 병사가 희생되었다는 뜻이기도 하다.

"전장에서 싸우다가 부상당한 병사들도 만났어. ……부상자들은 나라를 위해 싸우다 다쳤는데도 제대로 치료를 받을 수 없는 현실을 보러 말이지. 지금은 아버지의 지시로 조금씩 상황이 나아지고 있는 것 같지만. ……이 나라는 이 일상을 지키기 위해 수많은 사람이 희생을 치렀어. 지금도 어디선가 누군가가 희생을 계속하고 있지. 그건 이 나라를 지키기 위해서일까? 아니, 아무도 그런 거창한 걸 보고 있진 않을 거야. 그들은 그들이 지키고 싶은 것을 지키기 위해 싸운 거야."

루이는 살며시 창밖을 가리켰다.

"저기 저 사람에게는 소중한 사람들이 있고, 그 사람들에게도 소중한 사람이 있어. 저 사람도, 저 사람도 마찬가지. ……그렇게 수많은 사람이 모여 나라를 이루지. 그들 한 사람 한 사람의 이야기에 귀를 기울이기는 어렵지만, 그들 한 사람 한 사람이 안심하고 살아갈 수 있도록 이 나라를 지키고 싶어. 이 일상의 풍경이 깨지지 않도록 내 머리를 그들을 돕기 위해 사용하고 싶어. 희생된 사람들에게 경의를 잊지 않고 그들의 유지를 이어 나가고 싶어. 그렇게 생각했어."

"……지키기 위해서……."

나는 그 기분은 이해할 수 없었다.

오히려 구역질이 치밀었다.

"그럼 왜 검을 잡지 않은 거야?"

그 말이 나의 본심이었다.

다른 자를 지킬 필요 따윈 없지 않은가.

강한 것이 전부다.

약한 것은 그것만으로도 죄다.

……그리고 그 약함을 방패로 삼는 백성들이 나는 끔찍하게 싫다.

약함을 방패 삼아 아버님께 보호받았다.

하지만 기껏 지켜 줬더니 아버님의…… 우리의 가장 소중한 것을 빼앗지 않았나.

강하면 상처받지 않는 걸까?

강하면 눈물을 흘리지 않는 걸까?

강하면 무슨 일을 당해도 괜찮은 걸까?

……그럴 리가 없다.

어째서 강한 사람이 약한 사람을 돕지 않으면 안 되는 거지?

약한 사람이 강한 사람이 되면 된다.

그리고 스스로를 지키면 된다.

어째서 강한 사람이 그들을 책임지지 않으면 안 되는 거지?

……모르겠다.

그래서 크로이츠 씨가 내게 사과했을 때는 정말로 놀랐다.

그가 나에게 사과한 의미를 알 수 없었다.

왕국군 사람들은 강해서 좋지만 어째서 그토록 자신이 갈고닦은 기술로 누군가를 지키려고 하는지…… 나로서는 이해할 수 없었다.

"치안 유지뿐만이 아니야. 사람들이 안심하고 살아가기 위해서 정비하지 않으면 안 되는 환경. 그런 것들까지 전부 포함해서 하는 말이야. 어떻게 하느냐에 따라서는 병사들을 지킬 수도 있지. 그래서 나는 아버지의 뒤를 잇고 싶어. ……물론 검술에 재능이 없기 때문이기도 하지만."

그는 내 마음의 중얼거림 따윈 모른 채 말을 이었다.

"……너야말로 어째서 검을 쥐었지?"

"어머님이 살해당했으니까. 어머님을 죽인 녀석들을 이 손으로 지옥에 보내기 위해서."

"……복수, 때문에?"

"응, 그래."

"그렇군……."

그는 고개를 끄덕이며 잠자코 창밖을 바라보았다.

"……지키고 싶다라. 잘 모르겠어."

나도 그의 시선을 뒤쫓듯이 밖을 바라보았다.

"왜 그런 생각을 한 거지? 솔직히 저 사람도 저 사람도…… 모두 모르는 사람이잖아. 소중한 사람도 아닌데 왜 네가 그렇게 애를 쓰는 거야?"

"……더 이상 그런 광경은 보고 싶지 않아. 그저 그뿐이야. 한마디로 자기만족이지."

그렇게 말하며 그는 작게 미소 지었다.

"……너야말로 어때? 그다음은 어떻게 할 거야?"

"그다음?"

질문의 진의를 이해할 수 없어서 그의 말을 그대로 되풀이했다.

"복수를 하고 나서 그다음."

"의미를 모르겠네. 내 목표는 복수. 난 오직 그것만을 위해서 검술을 연마하고, 그것만을 위해서 살고 있는걸."

그렇게 말한 순간 그는 깊은 한숨을 내쉬었다.

"아깝군."

"……무슨 소리야?"

싸늘하게 그를 노려보았다.

감정이 억제되지 않아서 마음속의 짜증이 쉽게 표면으로 드러났다.

"네가. 복수만이 목적이면 그다음은 어쩔 거지? 이루어진 그 순간은 달성감을 얻을지도 몰라. 하지만 거기에만 모든 걸 바치면……

그다음은 아무것도 없잖아. 그래서는 아무것도 남지 않아."

"잃을 것밖에 없어도, 얻을 수 있는 건 아무것도 없어도, 그런 건 아무래도 상관없어. 그래도 나는 이 길밖에 선택할 수 없었어. 아무것도 잃은 적 없는 너는 모르겠지만."

언제부터일까…… 확실하지는 않다. 하지만 어느 샌가 내 시야는 새빨갛게 물들어 있었다.

모든 광경이 흑백으로 보이고 검을 휘두를 때에는 모든 것이 새빨갛게 물든다.

실제로 그 자리에 피 한 방울 없더라도.

유일하게 내 시야를 채색하는 그 색이 아름답게 느껴지기조차 한다.

내 마음은 망가져 있는지도 모른다.

하지만, 그래도.

복수라는 행위가 내 마음을 지탱해 주는 유일한 버팀목이 되었다.

"……그래, 몰라. 나는 너처럼 소중한 걸 빼앗긴 적이 없으니까."

"……그럼 내 복수를 부정하지 마!"

"……부정할 생각은 없어. 그런…… 분해서 눈물을 흘릴 만큼 강해지기를 바라고, 지금도 그렇게 외칠 만큼 강렬한 감정을 쏟아 내고 있는걸. 그만큼 강한 마음이겠지? 네가 아닌 나는 그 근원이 된 경험을 한 적이 없으니까 쉽게 부정할 수는 없어. 부정해 봤자 그 말은 그저 가벼워질 뿐이지. 그런 겉만 번드르르한 말을 강렬한 감정을 품은 너에게 말해 봤자 아무 의미도 없고, 무엇보다도 너에게 실례일 테니까."

그렇게 말하며 그는 내게 시선을 향했다.

……맑은 눈동자였다.

그의 잔잔한 마음을 비추고 있는 것 같은 눈동자.

"하지만 네가 그리는 미래에는 복수를 끝낸 그다음이 없어. 무예에 재능이 없는 나도 그 정도 각오를 가지고 연마해 온 너의 재능이 아깝다는 것만은 알아. 복수를 마친 후 넌 어떻게 할 거지? 적어도 미래를 보지 않는 너를 아깝다고 생각한 거야."

"내 검술을 어디에 사용하든 내 마음이잖아?"

루이는 또다시 한숨을 쉬며 자리에서 일어섰다.

그리고 곧 그 자리에서 사라졌다.

"……아……."

한편 나는.

떠나기 전 그가 던진 말에 격해졌던 감정이 가라앉는 것을 느꼈지만 결국 그 뒷모습을 말없이 바라볼 수밖에 없었다.

† † †

"……오라버니."

탑에서 저택으로 돌아온 후 나는 오라버니의 방으로 향했다.

어쩐지 오라버니와 이야기를 나누고 싶은 기분이었다.

오라버니는 혼자서 반상게임을 하고 있었다.

아마도 로멜르 아저씨와의 시합을 혼자서 '복습' 하고 있는 모양이다.

"마침 쉬는 중이야. 신경 쓰지 마."

"응……."

"……웬일이냐. 메리 네가 내 방을 찾아오다니."

"그런가?"

나는 고개를 갸웃거리며 지금까지의 기억을 떠올렸다.

그러고 보니 내가 이 방을 찾아온 것은 왕도에 온 뒤로 한두 번밖에 없다.

"그런데 무슨 일이야??"

"잠깐 얘기 좀 할 수 있을까요?"

"물론이지. 그러려고 여기 온 거 아니야?"

"네. ……저, 오라버니는 왜 검을 배우려고 생각했나요?"

그렇게 묻자 오라버니는 웃었다.

"이상한 걸 묻는구나. 타스멜리아 왕국의 손꼽히는 무가(武家), 앤 더슨 후작가의 적자가 무예를 수양하지 않는 게 이상하잖아?"

"그건 그렇지만……."

달칵 달칵, 말을 움직이는 것을 멈추고 오라버니는 나와 눈을 마주 쳤다.

"……메리, 묻고 싶은 게 있으면 솔직하게 물어봐. 여긴 너와 나뿐 이야. 가족끼리 지나치게 신경 쓸 필요는 없어."

오라버니의 말에 나는 한순간 움직임을 멈췄다.

……그러고 보니 오라버니와 이렇게 이야기를 나누는 것이 대체 얼마 만일까.

아니, 오라버니뿐만이 아니다.

아버님과도 할멈과도.

나는 가족들과 필요 최소한의 이야기밖에 하지 않았다.

그래서 나는 한순간 망설였다.

하지만 오라버니는 그런 나에게 다음 말을 재촉하지 않고 그저 계 속 물끄러미 바라볼 뿐이었다.

"……오라버니는 어머님의 원수를 갚고 싶다고 바란 적 있나요?"

오라버니는 한순간 생각에 잠긴 듯이 미간을 찌푸렸다.

"솔직히 대답하자면 있어. 어머님을 죽인 자들을 한 놈도 남김없이 이 손으로 지옥에 처박아 주겠다고."

"……지금은?"

나의 물음에 오라버니는 슬픈 듯이 미소를 지었다.

"지금도 그렇게 생각해. 기회가 생기면 나는 망설임 없이 행동할 거야. 나는…… 우리 가족의 소중한 것을, 행복을 빼앗은 자들을 용서할 생각은 털끝만큼도 없어."

"다행이다……."

그 대답에 안도했다.

"하지만 메리, 나는 한편으로는 널 걱정하고 있단다."

"무슨 뜻이죠?"

"넌 복수가 전부라고 했었지. 다시 말해서 너는…… 지금이라는 시간에서 눈을 돌린 채 과거밖에 보고 있지 않다는 뜻이야. 행복을 바라지 않고…… 그저 결코 돌아갈 수 없는 과거의 행복만 좇고 있는 너의 모습을 보고 어떻게 안심할 수 있겠니?"

오라버니는 마치 타이르듯 느긋하게 물었다.

하지만 그 말은 내 마음에 쿵하고 묵직하게 떨어졌다.

……나는 선택했다.

상냥한 '만약'의 세계를 버리고 가시밭길을, 피의 길을 걸어가겠노라고.

그러니까 과거는 되돌아보지 않겠다고.

……하지만 그렇게 생각하던 나야말로 가장 그 상냥한 과거에 매달려 있었는지도 모른다.

되돌아오지 않을 과거를, 따뜻했던 그 나날들을.

하지만 나는 용서받을 수 없다.

왜냐하면 그날…… 어머님이 아버님과 떨어져서 먼저 영지로 돌아온 것은 내가 떼를 썼기 때문이다.

내가 생일 당일에 축하해 달라고 말하지 않았더라면…… 어머님은 아버님과 함께 무사히 저택에 도착했을지도 모른다.

……무엇보다도 내가 용서할 수 없다.

모두의 소중한 사람을 빼앗은 원인을 제공한 나를.

그리고 이 격정을 없었던 것으로 할 수는 없다.

길동무로 삼아서라도 복수하고 싶은 이 격렬한 감정을.

"……너는 그걸로 만족일지도 모르지. 하지만 아버님과 나는 네가 행복해졌으면 좋겠어. 가족이고 사랑하니까. 그래서 네가 안쓰럽고 걱정되는 거야."

하지만 오라버니는 그렇게 생각하는 나를 부드러운 눈동자로 꾸짖었다.

그 다정함이 지금 내게는 아팠다.

"오라버니……."

"네가 산적에게 습격당했다고 들었을 때 온몸의 핏기가 가시는 것 같았어. 그리고 나의 어리석음에 진심으로 화가 났지. ……어머님 사건은 내 안에서 최우선 사항이야. 놈들을 지옥에 처넣기를 바라고 있다는 건 거짓말이 아니야."

그렇게 말하며 오라버니는 나를 향해 손을 뻗었다.

"하지만…… 너는 살아 있어. 살아 있어……!"

나보다 큰 손이 내 손을 힘껏 움켜잡았다. 마치…… 나라는 존재를 확인하는 것처럼.

"나는…… 지금 이 손에 있는 소중한 것에서 눈을 돌렸다가 나중에 후회하고 싶지 않아."

오라버니의 목소리에 차츰 열기가 담겼다. 그리고 그 말은 내 가슴에 깊숙이 박혔다.

요즘 오라버니는 어릴 때처럼 감정 표현이 풍부하다고 생각했다.

아버님과 마찬가지로.

전부 아저씨 덕분이라고 생각했는데…… 그게 아니었나.

"……오라버니는 내가 잘못되었다고 말하는 건가요?"

"아니, 사람의 마음은 그 사람 거야. 정답도 오답도 없지. 네 마음이 너의 바람을 부정하지 않는다면 너에겐 그게 정답일 거야. 그러니까 내가 한 말은…… 내 이기심인 셈이지."

오라버니는 내 손을 놓고 머리를 쓰다듬었다.

"복수하는 걸 부정하진 않아. 아니, 부정할 수 없다…… 고 해야겠지. 너는 네가 원하는 대로 하면 돼. 하지만 잊지 마. 우린 너의 행복을 바라고 있다는 걸."

다정한 부탁이었다.

하지만 얼어붙은 이 마음에 그 따뜻하고 다정한 마음이 스며드는 듯한 기분은 들지언정 얼음 자체는 녹지 않았다.

어째서 행복을 바라는 거지?

그때와 똑같은 행복은 되돌아오지 않는데.

어째서 나의 행복을 바라는 거지?

그때와 똑같은 광경은 볼 수 없는데.

아무리 바라도 그때 빼앗긴 행복은 결코 되찾을 수 없는데.

모든 건 내 탓인데.

……모르겠다.

빙글빙글 의문이 떠올랐다 사라졌다.

그날 밤 나는 오랜만에 곧바로 곯아떨어지지 않고 생각에 잠겼다.

밤새 활짝 열어 둔 창에서 불어오는 밤바람을 맞으며.

그리고 한숨도 못 자고 맞이한 다음 날.

결국 생각을 정리하지 못한 채 나는 평소대로 훈련장에서 검을 휘두르고 있었다.

아무리 생각해도 알 수 없었다.

나의 재능을 아깝다고 말했던 루이의 마음을.

나의 행복을 바란다고 말했던 오라버니의 마음을.

나의 재능은 나의 복수 상대를 도륙하기 위해 갈고닦은 것.

나의 행복은 복수를 이루는 것.

몇 번을 생각해도 내게 그 이외는 없었다.

우리 가족은 어머님을 잃은 후 모두 마음의 일부가 얼어붙었다고 생각했다.

하지만 그렇지 않다.

내 마음이야말로 얼어 있었던 것이다.

아니…… 얼어 있다는 표현조차 부족할지 모른다.

만약 마음에 형태가 있다면 내 마음은 분명 망가져서 너덜너덜하고 일그러져 있을 것이다.

지금도 내 시야는 새빨갛게 물들어 있으니까.

검을 휘두르며 그런 쓸데없는 생각에 빠져 있었다는 사실을 깨닫고 마음을 가다듬었다.

어려운 생각은 그만두자.

지금 이 시간은 오직 검술을 연마하는 것에만 집중해야 하니까.

아아, 마음이 들뜬다. 즐겁다.

즐거워서 견딜 수 없다.

눈에 비치는 붉은 색체에 어두운 기쁨이 느껴진다.

훈련이 끝나고 나는 주변을 돌아봤다.

오늘은 평소보다 사람이 적다.

크로이츠 씨도 오늘은 보이지 않았다.

……무슨 일이라도 있나?

그런 의문이 들었다.

하지만 크로이츠 씨도 없는 이상 물어볼 사람이 없다.

그 이전에 무슨 일이 생겼다 해도 일반 시민인 내게는 아무것도 가르쳐 주지 않을 것이다.

체념과도 같은 기분을 느끼며 나는 정리를 하고 저택으로 돌아왔다.

저택 안에 들어서자 오라버니가 보기 드물게 다급히 내게로 달려왔다.

"메리……!"

"무슨 일이죠?"

"지금 소식이……."

오라버니의 모습을 보고 심상치 않은 일이 벌어졌나 보구나 싶어 각오를 다졌다.

"……아버님이 어머님을 습격했던 산적들을 토벌했다고……."

그 순간 눈앞이 새카맣게 물들었다.

세계가 한순간 고요하게 멈춘 듯한 기분마저 들었다.

"……그게 사실인가요?"

"응, 확실해. 왕국군 사람들을 슬쩍 떠봤어."

"……그렇, 군요……."

오라버니에게 대답한 후 휘청거리며 불안한 발걸음으로 걷기 시작했다.

"자, 잠깐……! 메리!"

그런 나를 붙잡듯이 오라버니가 이름을 불렀다.

"……방으로, 돌아갈게요."

하지만 나는 거절하듯 그렇게 말한 후 방으로 돌아갔다.

……솔직히 그 뒤로 어떻게 방으로 돌아왔는지…… 기억나지 않는다.

기억나지 않지만 정신을 차리고 보니 나는 내 방에 있었다.

멍하니 창밖의 풍경을 바라보았다.

어느새 해가 저물고 하늘에는 밤의 장막이 드리워져 있었다.

조용했다.

마치 이 세상에 나밖에 없는 듯한 착각마저 들 만큼.

또르륵. 물방울이 뺨을 타고 흘러내렸다.

……이건 기쁨의 눈물? 아니면…….

적어도 나의 목적은 확실하게 이루어졌다.

어머님을 습격한 산적들은 아버님에게 토벌되었으니까.

어머님을 빼앗은 자들이다. 아버님도 분명 용서치 않았을 것이다.

멋지게 지옥으로 보내 줬을 것이다.

그러니까 복수는 이루어졌다.

……그건 솔직히 기쁘다. 기쁘지만…… 순순히 기뻐할 수 없었다.

오히려 가슴에 휑하니 구멍이 뚫린 듯한 기분이 들었다.

……내 손으로 결판을 내지 못했다.

그것이 단순한 억지라는 사실은 알고 있다.

그래도 나는 내 손으로, 내가 갈고닦은 검술로, 지금까지 쌓아 온 모든 것을 쏟아부어서 결판을 내고 싶었다.

왜냐하면 나는 그러기 위해 검을 쥐고…… 그러기 위해 검술을 연마하고.

그것만을 위해서 살아 왔으니까.

분했다. 그리고 비참했다.

내 목적은 이루어졌다.

……그럼 나는 어떻게 하면 되지?

이 상실감을 품고서, 살아갈 목적도 의미도 찾을 수 없는데.

그런데 나는 이제 어떻게 살아가면 되지?

마음이 하늘과 똑같은 색으로 물든다.

나는 그날 하루 종일 울었다.

어머님을 잃은 그날처럼.

카앙, 카앙. 검이 부딪치는 소리가 들린다.

평소의 훈련 풍경.

나는 그 풍경을 위에서 바라보고 있었다.

그날…… 오라버니에게 아버님이 산적을 토벌했다는 얘기를 들은 뒤로 훈련에는 나가지 않았다.

줄곧 방에 틀어박힌 채.

아버님과도 오라버니와도 얼굴을 마주하지 않았다.

……벌써 며칠이나 이렇게 지냈을까.

마음에 덩그러니 구멍이 뚫린 채 나는 그저 상실감을 주체하지 못하고 있었다.

이대로 아무것도 하고 싶지 않다…… 그리고 이대로 썩어 버리고 싶다.

그렇게 생각할 만큼.

벌렁 침대에 누웠다.

……하루가 이렇게 길었던가.

아침이 오고 밤이 온다. 그리고 또다시 아침이 온다.

무슨 일이 일어나도 아무 일도 없었던 것처럼 세상의 시간은 흘러간다.

내가 이렇게 방에 틀어박혀 있든 그렇지 않든…… 아무것도 달라지지 않는다.

곰곰이 그런 생각을 하며 바깥 풍경이 시야에 비치지 않도록 눈을 감았다.

그대로 어느새 잠들었는지 해가 제법 기울었다.

나는 느릿느릿 무거운 몸을 일으켰다.

그리고 창가로 다가갔다.

……아무래도 훈련은 끝난 듯하다.

이대로 계속 혼자 여기 있으면서 나는 뭘 어떻게 해야 할까.

……어떻게 하고 싶은 걸까.

창문에 손을 얹었다.

나는 멍하니 바깥 풍경을 바라보았다.

……그때 보았던 풍경을 다시 한번 보고 싶다.

문득 그런 생각이 들었다.

그리고 그렇게 생각한 순간 나는 충동적으로 밖에 나갔다.

저택을 나와서 탑을 향해 달렸다.

목적지에 도착한 후 계단을 뛰어 올라갔다.

"……루이…….”

불쑥 그의 이름을 불렀다.

하지만 그곳에 그의 모습은 보이지 않았다.

자연스레 어깨를 떨궜다.

대체 그와 만나서 뭘 어쩌고 싶었던 건지…… 나 자신도 모르겠지만.

나는 그 자리에 주저앉았다.

이곳이 내가 이 탑에 오를 때 늘 앉는 지정석이다.

슬며시 발밑에 펼쳐진 풍경을 바라보았다.

그 언젠가와는 달리 어둠 속에 어슴푸레하게 떠 있는 거리의 불빛.

그 불빛들이 무수히 겹쳐서 환상적인 풍경을 만들어 내고 있었다.

……아름답다.

평소와는 다른 그 풍경을 평소보다 더욱 넋을 잃고 바라보았다.

문득 부스럭하고 뭔가가 닿는 소리가 들려왔다.

손으로 만져 보니 바닥의 돌과 돌 사이에 종이가 끼워져 있는 감촉이 느껴졌다.

나는 그 종이를 빼냈다.

여기 있는 걸 보면…… 군 관계자가 끼워 놓은 걸까?

하지만 긴 계단을 올라서 여기까지 올 사람은 아무도 없을 텐데.

……혹시.

그렇게 생각하며 나는 그 종이를 펼쳤다.

『목적이 없어지면 또 찾으면 돼. 너에게는 그만한 시간이 있어. 삶을 서두르지 마.』

겨우 세 줄의 문장이었다.

만약 이 타이밍에 보지 않았더라면 무슨 말인지 알 수 없었을 것이다.

하지만 지금의 나는 아플 만큼 알 수 있었다.

방울방울 눈물이 흘러내려 편지를 적셨다.

……나에게는 복수가 전부였다.

그 외에 모든 것을 버리고 그것만을 바라봤다.

그런데 그것을 갑자기 상실했다.

물론 복수는 이루어졌지만…… 내가 바라던 형태와는 전혀 달랐다.

단지 그것만을 보고 전진했는데 갑자기 그 목적지를 옆에서 가로채 버렸다.

그렇게 자각한 순간 발밑이 무너지는 기분마저 들었다.

앞으로 나는 대체 어디로 향하면 좋을까.

앞으로 나는 대체 어떻게 하고 싶은 걸까.

그 외에는 쳐다보지도 않았기에 아무것도 알 수 없었다.

이정표를 잃고 어둠 속에 내던져진 듯한 감각.

막연한 미래에 대한 공포.

그리고 초조함과 공허함.

루이가 말했던 '그다음' 이라는 말의 의미를 비로소 아플 만큼 뼈저리게 이해했다.

"……찾으면 된다, 라."

작게 중얼거리며 웃었다.

『하지만…… 너는 살아 있어. 살아 있어……!』

오라버니의 말이 머릿속에 되살아났다.

……그렇다, 나는 살아 있다.

아직 미래가 있다, 어머님과는 달리.

어머님은 얼마나 원통하셨을까.

……나는 헤아릴 수조차 없다.

나는 어머님을 죽게 만든 원인인 나 자신을 증오하고, 실제로 죽인 놈들을 증오하고, 그렇게 만든 세상에 분노를 쏟아부었다.

그리고 어머님을 잃은 나와 가족들을 가엾게 여겼다.

하지만 가장 분한 사람도, 슬픈 사람도, 분명 어머님일 것이다.

내가 아니라.

어머님은 모든 것을 빼앗겼으니까.

자신이 하고 싶었던 것도, 꿈꾸었던 시간도, 가족과 보낼 시간도.

새삼스럽지만 나는 그 생각에 이르렀다.

그렇게 생각하지 않았기에 나는 자신의 시간을 멈춰 버렸으니까.

그러니까 더더욱.

나는 헛되이 해서는 안 된다. 내던져서는 안 된다.

미래를.

가지지 못한 자가 있다는 걸 알면서 가진 자가 그것을 버리는 건 오만이다.

그리고 동시에 모욕이다.

앞이 보이지 않아서 두려워하는 것이 아니라 앞이 있는 것을 감사하지 않으면 안 된다.

목적이 보이지 않으면 또 찾으면 된다.

목적이 없어졌다 해도 지금까지 쌓아 온 것들까지 사라지는 건 아니니까.

그렇게 생각하자마 조금이지만 기분이 가벼워졌다.

아직 아무것도 정하지 않았지만.

하지만 느긋하게 정하면 된다.

그리고 앞으로 나아가면 된다.

"……어머님. 저는 진정한 의미로 어머님을 보내 드릴 수 있을 것 같아요."

나는 하늘을 향해 그렇게 중얼거렸다.

†　†　†

"……오, 루이. 마침 잘됐다. 이쪽 서류와 이쪽도 추가다. 양쪽 다 기한은 사흘 후다."

산더미 같은 서류를 앞에 두고서 아무것도 아닌 것처럼 말하는 아버지 로멜르에 한순간 살의를 느끼면서도 루이는 그것을 억지로 삼키며 고개를 끄덕였다.

로멜르가 서류를 루이에게 맡기는 것은 직접 경험을 통해 실무를 배우게 하기 위해서다.

……다만 루이 입장에서는 로멜르가 마음만 먹으면 이 정도쯤은 하루 만에 끝낼 수 있다는 사실이 씁쓸하게 느껴지긴 했지만.

"알았어요. 네, 알겠습니다. 그 대신 오늘은 거리에 가지 말고 얌전히 저택에 계십시오. 일전에 건네주신 서류 중에 몇 가지 확인해주셨으면 하는 게 있어서요."

"아…… 알았다. 알았어."

로멜르는 포기한 듯이 고개를 끄덕였다.

"일단 이건 갖고 가겠습니다."

갖고 온 것과 같은 양…… 또는 조금 많아진 양을 들고 루이는 방에서 나갔다.

팔에 묵직하게 전해지는 무게에 무심코 한숨이 흘러나왔다.

복도를 나와 자신의 방을 향해 걷기 시작했다.

문득 창문 너머 탑이 있는 방향으로 시선을 던졌다.

그곳을 바라보며 그가 떠올린 것은 탑에서 만난 메리라는 소녀였다.

……산적이 토벌되었다는 소식을 루이는 로멜르의 일을 돕는 중

에 알게 되었다.

그들이 만약 그녀의 원수라면 축하해야 할 일이다.

……하지만 그와 동시에 어떤 의문이 떠올랐다.

과연 그녀는 그 사실을 어떻게 생각할까…….

그녀는 잃을 것밖에 없다 해도, 얻을 게 없다 해도, 그 길밖에 선택할 수 없다…… 라고 말했다.

……그렇다면 원수를 갚은 그다음은?

그녀의 그 말을 들었을 때 그가 제일 먼저 떠올린 생각은 바로 그것이었다.

자신의 모든 걸 쏟아붓고, 달성하는 것만을 목표삼아 그 밖의 모든 것을 버리고……. 그런데 그 목표가 사라진다면?

쏟아부으면 쏟아부을수록 그 목표가 사라졌을 때의 상실감은 깊어질 텐데.

그렇게 생각하자 그녀가 걱정되었다.

위태로울 만큼 일편단심으로, 일직선으로 목표를 향해 달리는 그녀가.

다른 사람에게 져서 분하다고 눈물을 흘렸던 것도, 자신의 길을 나아갈 뿐이라고 미소를 지었던 것.

그저 복수라는 목적이 있었기 때문이라면.

그것이 사라졌을 때 그녀는 무엇에 울고 무엇에 웃을까.

상실감에 괴로워하지는 않을까.

망가져 버리지는 않을까.

그런 걱정이 들었다.

다시 한번 시선을 서류로 되돌렸다.

그녀가 걱정되지만 당분간은 탑에 갈 수 없다.

그도 자신의 목표를 위해 달리고 있으니까.

소식을 들은 후 몇 번인가 간신히 시간을 내서 탑에 가 봤지만 결국 그녀를 만나지 못했다.

……그래서 하다못해 이거라도 하자는 생각에 편지를 두고 왔지만.

공식적인 서한 외에 편지를 쓰는 것은 처음이라 꽤나 헤맸지만 이 제 와서 생각해 보면 좋은 추억이다.

겨우 세 줄.

그 세 줄을 쓰느라 얼마나 헤매었던가.

다음에 만날 땐 하다못해 화를 내 줬으면.

상실감에 짓눌려 마음을 닫고 감정을 잃어버리지는 말았으면.

그럴 바에는 불합리함에 분노하고 목적을 빼앗긴 것을 한탄하는 게 훨씬 낫다.

그 생기 넘치는 그녀의 얼굴이 마음에 든다고 생각하게 된 것은 언 제부터였을까.

언제까지나 지켜보고 싶다고 생각하게 된 것은 언제부터였을까.

다른 귀족 영애처럼 감정을 거의 얼굴에 드러내지 않고 그저 부드 럽게 웃는 것보다 울고 웃고 화내고…… 솔직하게 휙휙 감정이 바 뀌는 그녀의 얼굴이 무척이나 반짝반짝해 보였다.

"……실례합니다, 루이 님. 로멜르 님께서 부르십니다."

멈춰서 있던 그에게 고용인 한 명이 말을 건넸다.

"아버님이? ……알았어. 미안하지만 이 서류를 내 방에 갖다놔 줘."

"알겠습니다."

……일단 빨리 눈앞의 일을 처리해 버리자.

마음을 새롭게 다잡으며 그는 로멜르의 방으로 향했다.

제3장
공작 부인, 꿈을 꾸다

검을 휘두른다.

……약간의 위화감에 싸우면서 눈썹을 찡그렸다.

아니나 다를까, 검이 튕겨 나갔다.

"갑자기 쉰 것도 그렇고, 어떻게 된 거야?"

대련 상대인 크로이츠 씨가 의아한 듯이 내게 물었다.

"검에 망설임이 느껴져."

"그렇군요. 아직 마음이 정리되지 않았나 봐요."

크로이츠 씨는 내 말을 납득하지 못한 것 같았지만 더 이상 추궁하지는 않았다.

……결국 나는 다시 훈련을 시작했다.

왜냐하면 내겐 그것밖에 없으니까.

그 후로 잔뜩 울었다.

잔뜩 울고, 생각했다.

하지만 역시 지금 내게는 목표도 의미도 아무것도 찾을 수 없었다.

지금까지 아무것도 보지 않았으니까.

복수 외에는 눈길조차 주지 않고 그저 그것만을 추구해 왔다.

그래서 지금 내게는 판단을 내릴 만한 재료가 아무것도 없다.

어떤 선택지를 고를 것인지…… 애초에 어떤 선택지가 있는지조차.

판단할 재료가 없는 나는 아무것도 알 수 없다.

하지만 계속 멈춰서 있을 수는 없다.

멍하니 시간이 흐르기를 기다리기만 할 수는 없다.

시간의 흐름이 멈춰 버린 어머님을 위해서라도.

그래서 나는 돌아왔다.

아무것도 찾아내지 못했지만 내겐 이것밖에 없으니까.

이것 말고는 아무것도 없다. 하지만 멈춰서 있고 싶지는 않다.

그렇다면 쓸데없는 생각에 빠져서 괜히 헤매는 것보다는 설령 변하는 게 없더라도 이렇게 다시 훈련을 시작하는 게 좋을 듯한 기분이 들었다.

아무래도 나는 머리로 생각하는 것보다 몸을 움직이는 편이 적성에 맞는 모양이다.

아직 마음이 완전히 정리되지는 않았지만 다시 훈련을 시작하고 검을 휘두르면서 조금씩 마음의 안정을 되찾았다.

크로이츠 씨는 아무 말도 하지 않는 대신 내 머리를 헝클이듯 쓰다듬었다.

"아…… 오늘은 여기 있는 놈들이랑 이따가 밥 먹으러 갈 건데, 꼬마 아가씨도 같이 갈래?"

갑작스러운 권유에 한순간 머리가 굳어 버렸다.

하지만 잠시 생각한 후 고개를 끄덕였다.

"네."

"그래? 그럼 장군께는 내가 말씀드리마."

"고맙습니다."

여러 가지를 눈에 담아 보자.

여러 가지를 해 보자.

그렇게 생각했다.

목표는 아직 보이지 않지만, 아니, 그렇기 때문에 더더욱.

지금까지 검 이외의 모든 것으로부터 눈을 돌리고 있던 자신을 바꾸자고.

그러니까 이건 좋은 기회다.

그리하여 나는 훈련이 끝난 후 거리로 나왔다.

생각해 보면 거리의 가게에 가는 것은 처음이었다.

지금까지 내가 직접 물건을 산 적도 없고, 하루 종일 훈련을 하느라 바쁘기도 했고.

어떤 의미로 나도 귀족답게 온실 속의 화초라면 화초다.

두리번두리번 가게 안을 둘러보며 크로이츠 씨 뒤를 따라갔다.

"크로이츠 씨!"

가게 귀퉁이에 자리 잡고 있던 왕국군 사람들이 크로이츠 씨를 불렀다.

"오, 기다렸지, 미안—!"

크로이츠 씨도 싱글싱글 웃으며 대답했다.

"진짜 늦으셨네요. 대체 뭐 하다가…… 헉! 크로이츠 씨, 멜을 유괴한 겁니까?"

"바보 같은 소리 하지 마. 내가 꼬마 아가씨를 유괴할 이유가 없잖아. 그러다 오히려 내가 당할걸."

"하긴."

흥미진진하게 대화를 듣고 있던 모두가 동시에 고개를 끄덕였다.

모두 앤더슨 후작가에서 훈련을 하고 있는 멤버들인지 하나같이 낯이 익었다.

"아, 뭐 멜이 여기 올 줄은 몰랐거든요. 어서 와, 멜. 환영한다."

"고맙습니다."

분위기가 단숨에 밝아졌다.

"잘 왔다."

"와 줘서 기뻐."

"크로이츠, 잘했다! 시커먼 사내놈들만 우글거리는 자리에 꽃이 핀 것 같군."

입을 모아 던지는 환영의 말에 나는 놀라서 머뭇머뭇 주위를 둘러본 후 크로이츠 씨에게 시선을 옮겼다.

"왜 그러냐?"

"저어, 갑자기 따라왔는데 왜 다들 환영해 주시는 건지⋯⋯."

"당연하지! 같은 곳에서 계속 함께 땀을 흘리며 수련한 사이 아니냐. 꼬마 아가씨는 우리의 동료야."

"그럼요! 전 멜을 존경합니다. 저렇게 작은데 그렇게 강하다니. 내가 멜만할 때는 놀기만 했는데―."

"처음에는 장군님이 아끼는 아이고 나발이고 알 게 뭐냐! 라고 생각했는데―."

"그런 질투는 진작에 사라졌습니다. 멜의 자율훈련량을 알고 나서 얼마나 기겁을 했는지."

"아― 이해해. 난 절대 못할 거야."

모두의 입에서 흘러나오는 말에 멍하니 입을 벌렸다.

"⋯⋯다들 꼬마 아가씨를 높이 평가하고 있어. 그저 말할 기회가 없었을 뿐이지. 지금까지 아가씨에게서는 '다가오지 마.'라는 벽이 느껴졌거든."

"……그랬, 나요?"

"그래. 가끔은 겁 말고 주위도 둘러보도록 하렴."

정곡을 찌르는 말에 하는 한순간 할 말을 잃었다.

확실히 지금까지의 나는 그랬었지…….

그런 생각을 하고 있을 때 크로이츠 씨가 토닥토닥 머리를 쓰다듬었다.

조금 전 모두의 말과 그 손길에 왠지 미안함과 간질간질한 기분이 느껴져서 고개를 숙였다.

"크로이츠 씨, 멜이랑 둘이서 무슨 얘길 하는 겁니까? 여기 와서 다 함께 얘기하시죠."

"그래. 자, 가자, 꼬마 아가씨."

"……네!"

그 후로 자리에 앉아서 모두가 마음껏 마실 것과 먹을 것을 주문했다.

집이 아닌 곳에서 처음 먹는 음식에 조금 흥분하며 나는 모두의 대화에 귀를 기울였다.

"……여러분은 왜 병사가 된 건가요?"

분위기가 무르익었을 때 즈음 나는 평소 궁금했던 것을 물어보았다.

"왜 병사가 되었냐고……? 그야 돈 때문이지. 난 형제가 많거든."

형제가 많은 게 무슨 상관인지 이해할 수 없어서 무심코 고개를 갸웃거렸다.

"아— 뭐냐, 그러니까 식비를 줄이기 위해서란 뜻이야. 배운 게 없는 내가 쉽게 위로 올라가려면 실력주의인 군이 제일 좋았으니까. 뭐 실력에 조금 자신이 있기도 했고."

식비를 줄이기 위해서라는 말에 나는 적잖은 충격을 받았다.

……그런 건 몰랐으니까.

먹고 싶으면 먹고 싶은 만큼 따뜻한 식사가 나오고 그게 당연하다고 생각했으니까.

그건 당연한 게 아니었나?

"그 자신감도 곧바로 장군님께 박살났지만."

머릿속으로 이런저런 생각을 하고 있을 때 다른 사람이 장난스럽게 말했다.

다른 사람들은 나처럼 놀라지 않은 눈치였다.

오히려 그의 말을 당연하게 여기는 것처럼.

"시끄러워. 그러는 너야말로 왜 병사가 됐냐."

"나? 멋지니까! 장군님이 개선해서 나라로 돌아왔을 때 나중에 꼭 군인이 되자고 생각했어."

"아— 이해해. 이 사람이 있으면 우리는, 그리고 이 나라는 괜찮을 거라는 생각이 절로 드니까. 나도 그래."

"맞아요. 장군님의 존재는 정말로 크죠. ……저는 전쟁 때 장군님께서 우리 마을을 구해 주셨습니다. 그래서 그분을 따라가자, 나도 누군가를 지킬 수 있는 사람이 되자, 그렇게 결심했죠."

"나는 너희처럼 뜻이 있거나 결의를 했거나 환경 때문이 아니라 어쩌다 보니 병사가 된 것뿐이지만 그 마음은 알아. 군에 들어와서 운 좋게 장군님 부대에 배속됐는데, 그분의 뒤를 따르는 건 힘들지만 어디까지나 따르고 싶다는 생각이 들더군. 어느새 자랑스럽게 느껴지게 됐어."

어느 샌가 화제가 바뀌어서 아버님의 훈련 내용과 아버님의 무용담, 그런 이야기가 흘러나오기 시작했다.

험상궂은 얼굴의 그들이 마치 어린아이처럼 눈을 빛내며 아버님에 대해 이야기한다.

아버님처럼 누군가를 지키는 사람이 되고 싶다고.

너무나도 뜨겁게 이야기를 나눈다.

"……여러분은 어째서…… 누군가를 지키고 싶어 하는 건가요?"

문득 옆에 앉아 있는 크로이츠 씨에게 의문을 던졌다.

"지킨다라. 처음부터 그런 거창을 뜻을 품고 있던 사람은 이 녀석처럼 전쟁에 휘말렸던 사람들 정도일걸. 돈, 명예…… 이 자리에 있는 사람들은 모두 각자 다른 이유를 품고 군에 들어왔지. 처음부터 지키니 뭐니 하는 고상한 뜻을 품고 있던 게 아니야. 하지만 어느 샌가 우리에게는 장군님 밑에서 일한다는 긍지가 모든 것이 되어 버렸지. 다들 홀딱 반한 거야. 장군님께. 그런 장군님처럼 되고 싶다고 자연스레 몸이 움직이지. 그리고 그게 누군가를 지키는 것으로 이어져서 또다시 우리의 긍지가 되는 거야. ……돌고 돌아서 나라를, 소중한 사람들을 지킬 수 있다면 좋겠다고 생각하면서."

"돌고 돌아서……."

"뭐 꼬마 아가씨도 언젠가는 알게 될 거야."

크로이츠 씨의 말은 누군가가 부르는 바람에 거기서 끊겼지만 그때 느꼈던 답답함은 내 마음속 깊은 곳에 줄곧 응어리져 있었다.

……그것은 집으로 돌아간 후에도 마찬가지였다.

역시 잘 모르겠다.

누군가를 지키고 싶은 마음을.

언젠가 루이도 말했던 그 말의 의미를.

어째서 아버님은 어머님을 빼앗겼으면서…… 그래도 백성들을 지키는 일을 계속하는 걸까.

상처투성이가 되면서도, 그래도 그들은 그 길을 나아가는 걸까.

"멜, 다녀왔니."

"……할멈. 아버님은 돌아오셨어?"

작은 목소리로 그녀의 귓가에 물었다.

"네. 돌아오셨습니다."

"찾아뵈어도 괜찮을까?"

"……집사 말로는 오늘은 더 이상 일정이 없다고 합니다."

"그래? 그럼 잠깐 다녀올게."

쪼르르 아버님의 서재로 향했다.

그러고 보니 아버님과 얼굴을 맞대고 대화하는 건 오랜만일지도 모른다.

적어도 아버님이 산적을 토벌한 직후에는 방에 틀어박혀 있었고 그 후에는 아버님이 정신없이 바쁘셨으니까.

조금 긴장하며 아버님 방에 들어가자 아버님은 느긋하게 술을 즐기고 있었다.

"메리? 네가 내 방에 오다니 웬일이냐. ……그러고 보니 오늘 크로이츠 패거리와 밖으로 놀러 갔다지?"

"네, 굉장히 즐거웠어요."

"그거 다행이구나. ……그런데 무슨 일이냐?"

"그냥 아버님께 묻고 싶은 게 있어서요."

"호오…… 뭐지? 말해 보거라."

"……아버님은 어째서 백성들을 지키는 건가요?"

느닷없는 질문에 아버님은 조금 놀란 표정을 지었다.

"……오늘 함께 놀러 간 사람들과 이야기를 하다가 어째서 병사가 됐는지 물어봤어요. 여러 가지 이유가 있다는 걸 알았죠. 각자의 이유와는 별개로 어느 샌가 아버님을 동경하고, 아버님처럼 나라를…… 백성들을 지킬 수 있기를 바라게 됐다는 것도. ……하지만 저는 그 이야기를 근본적으로 이해할 수 없어요. 왜 아버님은 백성들을 지키려고 하는지."

"……내가 백성을 지키려고 하는 게 그렇게 이상한가?"

"네, 아버님. 왜냐하면…… 어머님은 아버님이 지켜 줬던 백성들에게 살해당했잖아요."

내 말에 아버님은 숨을 삼켰다.

"얼굴도 모르고 이름도 모르는 백성들을 지키는 게 그렇게 중요한가요? ……언제 은혜를 원수로 갚을지 모르는데."

"……너에게 백성들은 적이냐?"

"아뇨. 하지만 좋게 생각하지 않는 것도 사실이에요. 가만히 앉아서 보호받기만 하지 말고 스스로 강해지면 되잖아요. 스스로 강해져서 자신이 지키고 싶은 걸 지키면 되잖아요! 왜 아버님이 모든 사람을 지켜야 하죠? 제게는 트와일 국의 병사들보다 이 나라 백성들이……."

철썩. 메마른 소리가 울려 퍼졌다.

뺨이 화끈거리는 감각에 나는 내가 아버님에게 맞았다는 사실을 깨달았다.

"……더 이상 말하지 마라. 더 이상은 말해서는 안 된다."

아버님의 낮은 목소리에 나는 하려던 말을 삼켰다.

"나도 처음부터 백성과 나라를 지키겠다는 고상한 뜻을 품었던 건 아니다. 그저 자신의 힘을 시험해 보고 싶었던 것뿐이다."

후우. 아버님은 무거운 한숨을 내쉬었다.

"정신없이 싸웠다. 전쟁 속에서 속수무책으로 유린당하는 백성들을 보며 싸울 기술을 가진 내가 지키지 않으면 안 된다고 생각하자 자연스레 몸이 움직였다."

벌컥. 아버님은 손에 들고 있던 잔을 기울였다.

안에 든 술을 단숨에 들이켠 후 아버님은 또다시 한숨을 내쉬었다.

"멜리루다가 죽은 후 나도 많은 생각을 했다. 이 나라 사람이 내 아내를 죽였다고 생각하니 그때 필사적으로 싸웠던 건 뭐였을까 싶어 허무해지기도 했다. ……하지만 내가 해 온 일들은 헛되지 않았다는 것을 다름 아닌 백성들이 가르쳐 줬다."

그렇게 말하는 아버님은 눈에 보일 만큼 슬픈 듯이 웃었다.

"영웅이다 뭐다 떠받들어진 후에는 뭐…… 그 이름이 가진 책임을 다하지 않으면 안 된다는 생각에 무턱대고 달리기만 했다. 하지만 어느새 내 뒤에는 길이 생겼더구나. 그 길로 드문드문 내 뒤를 따르는 자들이 생기기 시작했지. 다름 아닌 백성들 중에서. ……너도 들었겠지. 전쟁으로 마을이 불타 버린 자가 병사가 된 것을. 그때까지 내가 해 왔던 일들을 보고 자신도 누군가를 지키는 자가 되고 싶어서 병사가 된 자들을. 내 뒤를 따르는 자들이 얼굴도 모르는 누군가의 소중한 사람을 지키고, 내 뒤를 따르는 자들의 뒤를 또다시 새로운 자들이 따르겠지. 그렇게 길이 이어지는 것에 나 또한 긍지를 느끼고 구원받았다. 내가 해 온 것들은 무의미하지 않다고. 돌고 돌아서 나처럼 소중한 자를 잃는 슬픔을 맛보는 자가 사라질지도 모른다고."

"……하지만!"

"백성들 모두가 산적이더냐? 산적이 되는 것이냐? 백성들 또한 소중한 자가 있다는 것을 너는 모르느냐? 스스로 지키지 못하고 지켜 달라고 매달리는 것은 죄라고 생각하느냐?"

"……!"

"모든 사람이 너처럼 무예에 재능이 있는 것은 아니다. 재능이 있다 해도 하루하루 생활에 쫓겨 그 재능을 갈고닦을 틈이 없는 자들도 있다. 그런 자들을 너는 스스로 자신을 지키라고, 그러기 위해서 너처럼 훈련을 하라고 매정하게 뿌리칠 수 있느냐? 그건 오만이다."

"하지만 저는……."

점점 반론할 말이 없어져 가는 것은 스스로도 알고 있었다.

"예를 들어…… 그래, 할멈이 도와달라고 하면 너는 도와주지 않을 거냐?"

"……할멈은 제 소중한 사람이에요. 물론 도와야죠."

"할멈의 소중한 사람이 도움을 청하면?"

"……할멈이 슬퍼할 테니까 지킬 겁니다."

"스스로 지키라고 뿌리치지 않을 게냐? 얼굴도 이름도 모르는 자인데 지켜 주겠단 말이냐?"

나는 더 이상 아무 말도 할 수 없었다.

아버님이 무슨 말을 하려는지 그 의미를 알았기 때문이다.

"그런 것이다. 돌고 돌아 누군가의 소중한 자를 지킨다는 것은. ……모든 백성이 나쁜 게 아니야. 네 어머니를 죽인 것은 어디까지나 산적이다. 죄는 그 자들에게 있고 책임은 그녀를 지키지 못한 나에게 있다. 모든 백성에게 죄를 묻는 것은 잘못된 것이다."

아버님의 커다란 손이 살며시 내 뺨을 감쌌다.

더 이상 화끈거림도 아픔도 없었다.

대신 눈시울이 뜨거워지고 눈물이 흘러넘쳤다.

"네가 모르는 누군가에게는 그 사람을 소중하게 생각하는 사람이 있다. 나는 나처럼 소중한 사람을 잃고 슬퍼하는 모습을 보고 싶지 않아. ……그러니까 나는 그저 앞으로 나아갈 뿐. 그렇게 생각하고 있다."

아버님은 내 눈물을 닦아 주며 그렇게 말하고는 미소를 지었다.

나는 마음속으로 몇 번이나 아버님의 그 말을 되새겼다.

『나는 나처럼 소중한 사람을 잃고 슬퍼하는 모습을 보고 싶지 않아.』

……그 말만은, 그 마음만은…… 나도 알 수 있다.

그때의 절망을, 그대의 슬픔을…… 그때의 증오를.

나는 이제 두 번 다시 맛보고 싶지 않다.

동시에 나의 소중한 사람들도 맛보게 하고 싶지 않다.

그 괴로움을 나 자신이 알고 있기에…….

그렇게 생각한 순간 문득 전에 루이가 했던 말이 떠올랐다.

『……이 나라는 이 일상을 지키기 위해 수많은 사람이 희생을 치렀어. 지금도 어디선가 누군가가 희생을 계속하고 있지. 그건 이 나라를 지키기 위해서일까? 아니, 아무도 그런 거창한 걸 보고 있진 않을 거야. 그들은 그들이 지키고 싶은 것을 지키기 위해 싸운 거야.』

그 탑에서 그는 그렇게 말했다.

……그게 사실이라면. 그때 나처럼 이 세상의 불합리함에 절망하고, 상실감에 괴로워하는 자들이 또 있단 말인가.

거기까지 생각이 미친 순간 나는 나 자신을 부끄러워했다.

나는 지금까지…… 내가 이 세상에서 제일 불행하다고 생각했다.

소중한 사람을 빼앗긴 것은 틀림없이 불행한 일이고 이 세상을 저주하기에는 충분한 동기일 것이다.

하지만 나 말고도 그런 사람이 있다는 건…… 생각지도 못했다.

가까이에 있었는데.

오라버니와 아버님도…… 소중한 사람을 잃어버렸다.

그런데도 나는…… 그들의 마음 따윈 생각하지 않았다.

그저 이 세상의 불합리함을 저주하고, 자신의 무력함을 부끄러워하고, 그리고 어머님이 돌아가신 계기가 된 나라는 존재를 미워했다.

오직 복수에만 눈을 고정한 채 나는 그곳을 자신의 종착점으로 생각했던 것이다.

『나는…… 지금 이 손에 있는 소중한 것에서 눈을 돌렸다가 나중에 후회하고 싶지 않아.』

같은 괴로움을 맛본 오라버니는 나를 위해서 그런 상냥한 소망을 품었는데.

다음 날 나는 훈련을 마치고 탑으로 향했다.

해 질 녘의 풍경은 어딘가 쓸쓸하지만 그렇기에 따뜻하다.

『저기 저 사람에게는 소중한 사람들이 있고, 그 사람들에게도 소중한 사람이 있어. 저 사람도, 저 사람도 마찬가지. ……그렇게 수많은 사람이 모여 나라를 이루지. 그들 한 사람 한 사람의 이야기에 귀를 기울이기는 어렵지만, 그들 한 사람 한 사람이 안심하고 살아갈 수 있도록 이 나라를 지키고 싶어. 이 일상의 풍경이 깨지지 않도록 내 머리를 그들을 돕기 위해 사용하고 싶어. 희생된 사람들에게 경의를 잊지 않고 그들의 유지를 이어 나가고 싶어. 그렇게 생각했어.』

머릿속에 떠오르는 것은 역시 루이의 말.

수많은 사람이 거리를 오가고 있다.

이름도 모르는, 내게는 그저 아무래도 상관없는 존재.

지키고 싶다, 그런 마음은 이곳에 와도 전혀 느껴지지 않는다.

……하지만.

저들은 그 절망을 맛보지 않았으면 좋겠다.

그 괴로움을 맛보지 않았으면 좋겠다.

……내가 그 절망과 괴로움을 알고 있는 만큼.

저 아래 있는 얼굴도 모르는 사람들과 그들의 소중한 사람들.

그 소중한 사람들에게는 또 다른 소중한 사람이 있겠지.

부모, 형제, 친구, 연인…… 관계는 뭐든 상관없다.

잃어버리면 마음에 커다란 구멍이 뚫릴 듯한, 그런 소중한 사람들이 그들에게도 존재한다.

혹시나 거슬러 올라가면 내가 아는 사람이 어딘가에서 이어져 있을지도 모르고.

……아니, 틀림없이 이어져 있을 것이다.

이 거리가…… 이 세계가 아무리 넓다 해도 사람과 사람의 연결은 마치 거미줄처럼 복잡하게 뒤얽혀서 이루어져 있으니까.

즉 얼굴도 모르는 누군가라 해도 어쩌면 나와 관련이 있는 사람들의 소중한 사람일지도 모른다는 뜻이다.

떠오르는 것은 아버님과 오라버니, 앤더슨 후작가에서 일하는 고용인들과 호위대 대원들, 왕국군 사람들…… 그리고 루이.

그들이 그때의 나 같은 괴로움을 맛보는 것을 나는 받아들일 수 있을까.

그 웃는 얼굴이 어두워지는 모습을 보며 견딜 수 있을까.

……나는 그렇게 자신의 마음에 물었다.

답은 '아니'다.

행복하길 바란다.

살아서, 살아서…… 될 수 있으면 웃었으면 좋겠다.

그랬으면 좋겠다.

그걸 위해 검을 쥘 수 있다면…… 그건 무척 의미 있는 일 아닐까.

지킨다는 숭고한 마음을…… 나는 알지 못한다.

하지만 나는…… 나를 위해서.

누군가가…… 내 주위에 있는 사람들이 나 같은 괴로움을 맛보지 않도록.

나는 내가 배운 검을 휘두르자.

그렇게 결심했다.

† † †

탁탁탁. 소녀가 거리를 달리고 있다.

무언가로부터 도망치듯 필사적으로.

하지만 그녀의 모습을 보아하니 한계가 머지않았다.

호흡은 가쁘고 다리는 휘청거리고 있다.

그 결과, 조금만 더 가면 큰길이 나오는 곳에서 소녀는 길가의 작은 돌멩이에 걸려서 그대로 넘어져 버렸다.

뒤에서 들려오는, 자신에게 다가오는 발소리에 그녀는 절망한 표정을 지었다.

"아가씨, 이러면 안 되지. 왜 우릴 귀찮게 하시나?"

"그래그래, 아가씨. 아버지가 데리러 올 때까지 얌전히 기다리시지—."

"알겠지? 아버지가 데리러 올 때까지 아가씨가 무사할 수 있을지 없을지는 아가씨 하기에 달렸어."

남자들이 비열한 미소를 지으며 다가왔지만 그래도 그녀는 도망치듯 뒤로 물러섰다.

그런 그녀의 행동이 마음에 들지 않았던 걸까, 남자 한명이 혀를 차며 짜증스럽게 말했다.

"……일단 묻겠는데, 아저씨들. 정말 그 아이를 아버지에게 데려다줄 생각이 있어?"

별안간 조금 전까지 이 자리에 없던 제3자의 목소리가 들려왔다.

아직 앳되고 믿음직하지 못한 목소리였지만 그래도 남자들이 아닌 또 다른 누군가의 목소리에 안심하며 그녀는 고개를 들었다.

"응? 괜찮아?"

위를 올려다보자 보이는 것은 작은 그림자.

남자들에게 쫓기던 소녀와 비슷한 또래일까.

머리카락과 옷차림을 보아하니 소년일 거라고 그녀는 생각했다.

그 소년은 두려워하는 기색도 없이 그녀를 보며 싱긋 미소 지었다.

"저 사람들, 아는 사이야?"

뒤이어 흘러나온 질문에 그녀는 몇 번이나 고개를 저었다.

"그래, 그렇군……."

소년은 알겠다는 듯이 고개를 끄덕였다.

뭐야, 이 태평한 반응은……. 그 모습을 본 그녀는 눈썹을 찡그렸다.

"뭐냐? 너는."

"너한테는 볼일이 없다. 다치고 싶지 않으면 빨리 꺼져라."

"이 아이와 함께라면 여기서 떠나 주지. 아니면 여기 계속 있을 거야. ……어떻게 할래? 아저씨들."

노려보는 남자들 따윈 아랑곳없이 소년은 표표하게 말했다.

"혼을 나 봐야 알겠군!"

남자들은 각각 무기를 들고 소년에게 달려들었다.

그녀는 그 무서운 광경에 한순간 눈을 감았다.

……아무리 사내아이라 해도 나와 비슷한 또래의 아이가 저들을 당해 낼 리 없어.

그녀의 뇌리에는 그 말과 함께 무시무시한 광경이 떠올랐다.

저렇게 체격 차이가 나는데…… 분명히 심하게 다치고 말 거야. 그렇게 생각했다. 하지만.

머뭇머뭇 눈을 뜨고 본 광경은 오히려 정반대였다.

성인 남자들이 상처투성이로 바닥에 굴러다니고 있었던 것이다!

그녀는 그 광경을 멍하니 바라볼 수밖에 없었다.

이건 꿈 아닐까. 저도 모르게 뺨을 꼬집었다.

……의외로 세게 꼬집는 바람에 아팠다.

"괜찮아?"

소년은 그녀에게 다가왔다. 이 광경을 만들어 낸 인물이지만 두렵지는 않았다.

오히려 안도와 기쁨이 그녀를 감쌌다.

"……네, 네에. 괜찮아요……."

"그래……? 다행이다. 무서웠지. 이렇게 상처까지 나고……."

소년은 그녀의 뺨을 어루만졌다.

차마 제 손으로 꼬집어서 빨갛게 부은 거라고는 말하지 못하고…… 부끄러움과 소년의 다정한 손길에 황홀해하며 그녀는 눈을 가늘게 떴다.

"도와주서서 고맙습니다."

"인사는 필요 없어. 너 같은 귀여운 아이가 이런 길을 다니면 안 돼. 자, 큰길까지 데려다줄 테니까 같이 가자."

그의 손에 이끌려 소녀는 일어서서 걷기 시작했다.

그들은 어떻게 됐을까. 또 뒤에서 습격해 오지는 않을까. 조금 걱정이 돼서 한순간 흘낏 뒤를 돌아보았다.

"걱정 마. 놈들은 꽉 묶어 놨으니까 혼자서는 일어설 수 없어."

그녀의 생각을 꿰뚫어 본 것처럼 소년은 쓴웃음을 지으며 말했다.

"그, 그렇군요……."

"응. 나중에 군에 넘길 거야."

"알겠어요. 정말로 당신 덕분에 살았어요. 고맙습니다."

그녀의 인사에 이번에는 소년도 순수하게 활짝 웃었다.

그 웃음에 멋지게 마음을 빼앗긴 그녀는 그 후 길을 걷는 내내 아무 말도 할 수 없었다.

무사히 큰길에 도착해서 조금 걸었을 때 인파 속에서 이질적일 만큼 존재감을 뿜어내는 집단이 반대 방향에서 걸어왔다.

……왕국군 병사들이다. 그것도 장군 직속 병사들.

그들은 장군의 이름에 부끄럽지 않은 군부 최고의 실력파이자 혹독한 훈련을 헤쳐 나온 탓인지 행동거지도 늠름하다.

"……앗, 큰일 났다……."

그들을 본 순간 지금까지 그녀와 마찬가지로 말없이 걷던 소년이 작게 중얼거렸다.

명백하게 당황하고 있었다.

성인 남자들에게도 과감하게 덤비던 그가 어째서…… 그런 의문이 그녀의 머릿속에 떠올랐지만 그 답은 곧 알 수 있었다.

왕국군 병사들을 이끌듯이 걷고 있던 남자가 소년을 보자마자 노골적으로 놀란 표정을 지으며…… 돌진해 온 것이다.

"……이 바보 녀석!"

……잔뜩 화난 목소리와 함께.

무슨 일인가 의아해하고 있을 때 남자가 소년의 머리에 꿀밤을 먹였다.

"안 보인다 했더니 이런 곳에서 뭘 하고 있는 거냐! 아니, 잠깐…… 대충 알겠다. 정말이지…… 넌 끼어들지 말라고 했잖아!"

"처음부터 끼어들려고 나온 건 아니에요. 거리를 걷다가 이번 사건을 알게 됐고, 조금 걷다 보니 그녀를 발견한 것뿐이에요."

"……하아아. ……이제 됐다. 빨리 돌아가거라."

"네에. ……미안해. 그렇게 됐으니까 난 이만 가 볼게."

소녀는 팔랑팔랑 손을 흔들며 곧바로 그 자리를 떠났다.

"……아……."

소녀는 그를 불러 세우려고 했지만…… 이름조차 몰라서 그럴 수가 없었다.

"늦어서 죄송합니다. 제 이름은 가젤이라고 합니다. 당신을 맞이하러 왔습니다."

평소 같으면 영웅의 등장에 잔뜩 들떠서 악수를 청했을 것이다.

하지만 지금은 눈앞에 있는 국가의 영웅보다 자신의 영웅이 중요했다.

……그 후 돌아가는 길에 그녀는 몇 번이나 장군에게 소년의 이름을 물었지만…… 장군은 말을 흐릴 뿐 결코 가르쳐 주지 않았다.

……반드시 또 만나고 말 거야.

그때는 꼭 고맙다고 인사하고, 그리고…… 그런 결의를 품으며 소녀는 마음속으로 맹세했다.

† † †

"파커스 님, 어서 오십시오."

저택으로 돌아오자마자 우연히 오라버니와 마주쳤다.

일단 다른 사람들의 눈이 있었기 때문에 어디까지나 호위인 척하며 인사했다.

"어서 오라는 말은 네가 아니라 내가 해야 할 말 같은데. ……또 거리에 나갔었나."

"윽……."

거리를 돌아다닐 때 입는 복장을 한 채로 마주쳤으니 곧바로 들키는 건 어쩔 수 없는 일이다.

발뺌할 수도 없었다.

그래서 누구와도 마주치지 않도록 길을 골라서 다녔는데…… 운이 나빴던 걸까.

"병사들도 거느리지 않고 함부로 거리에 나다니지 말라고 그렇게 주의를 줬는데. 아버님의 영웅이라는 이름을 시샘하는 귀족도 많다. 네가 강하다는 건 물론 알고 있지만 암살자들을 떼거리로 보내기라도 하면 아무리 너라도 어찌 될지 몰라. 호위 역인 네가 그런 일로 쓰러지기라도 하면 본말전도다. ……뭐 지나간 일은 어쩔 수 없지만 적어도 아버님께는 들키지 않도록 해라."

"……아……. 가젤 님께는 이미 들통 났습니다."

조금 말하기 민망해서 허공을 바라보았다.

"뭐?"

내 말에 오라버니는 번뜩 날카로운 눈빛으로 나를 바라보았다.

"거리에 나갔더니 귀족 아가씨가 사라졌다며 큰 소동이 벌어져서…… 그래서 찾아다니다 발견했는데 데려다주려고 같이 걷다가 우연히 가젤 님을 만났습니다."

요즘 나는 틈만 나면 거리에 나간다.

이전에도 혼자서 거리에 나간 적은 있지만 그때는 큰길을 가로질러 탑을 오가는 게 고작이었다.

지금은 그뿐만 아니라 거리 구석구석까지 돌아다니고 있다.

크로이츠 씨를 따라 거리에 나갔을 때, 생전 처음 보고 듣는 것들이 너무 많아서 여러 가지로 알고 싶었기 때문이라는 것이…… 그 이유 중 하나.

그리고 가장 큰 이유는 내 안의 각오가 녹슬지 않게 하기 위해서다.

탑 위에서 멀리 내려다보는…… 그것만으로는 부족하다고 생각했다.

좀 더 그들을, 그들의 생활을 가까이에서 느끼고 알고 싶었다.

줄곧 멀리해 왔던 백성들을.

가까이에서 느끼면 내 결의는 더욱 깊어질 것이다…… 그 생각은 완전히 틀리지는 않았다.

……나 같은 괴로움을 맛보지 않았으면 하는 바람.

그들을 가까이에서 느끼면 느낄수록 그 바람은 더욱 강하게 내 마음에 새겨졌다.

하지만 오늘 일은 완전히 우연이었다.

거리를 탐색하고 있을 때 길 한 모퉁이에서 작은 소란이 일어났다.

무슨 일인가 하고 흥미 삼아 기웃거리자 놀랍게도 소녀가 사라졌다는 것이다.

그것도 귀족아가씨가 사라졌다니 소동이 일어난 것도 당연하다.

조금 찾아보자고 만난 적도 없는 소녀를 생각하다가…… 바깥세계를 잘 모른다는 점은 분명히 나랑 똑같을 테니까, 그렇다면 내가 흥미를 느낄 만한 곳을 찾아보자…… 라고 생각해서 돌아다닌 결과 그녀를 찾았다.

귀엽고 심플한 옷을 입은 소녀는 내가 도착했을 때에는 이미 가까이 하고 싶지 않은 남자들에게 쫓기고 있었다.

그러고 보니 그 아이, 큰길까지 데려다주는 동안 계속 아무 말도 없었지.

……역시 남자들을 쓰러뜨릴 때 내 모습이 무서웠던 걸까.

오라버니는 깊은 한숨을 쉬었다.

그 모습에 미안함을 느끼면서도 여전히 그 소녀를 구했다는 만족감이 마음을 차지하고 있었다.

"아버님은 장군이지만 현장에 나가는 걸 좋아하시니까…… 게다가 귀족 영애가 납치당한 사건이니 당신이 나서는 게 좋다고 생각하셨겠지. 뭐 할 수 없지. 포기하고 가서 혼나고 와라."

"이미 혼났습니다만……."

"안일하긴. 다시는 거리에 나가지 못하도록 혹독한 훈련이 기다리고 있을걸."

"뭐 그건 그거대로 좋지만요."

"그 훈련을 상이라고 기뻐하는 건 너뿐일 거다."

오라버니는 헛웃음을 지으며 내 머리를 토닥토닥 쓰다듬은 후 또다시 걷기 시작했다.

그 후 나는 내 방으로 돌아와서 옷을 갈아입었다.

"……멜, 주인님께서 부르십니다."

마침 옷을 다 갈아입었을 때쯤 할멈이 방 안으로 들어와서 그렇게 알렸다.

"휴우…… 멜, 너무 위험한 짓은 하지 마세요. 이 할멈, 몸이 버티지 못합니다."

묘하게 엄한 표정을 짓고 있다 했더니 아주 커다란 한숨과 함께 잔소리가 날아왔다.

……할멈에겐 걱정만 끼치는구나.

"미안해. 그치만 나답지 않아?"

짐짓 큰소리를 치자 할멈은 포기한 듯 또다시 한숨을 쉬었다.

"……주인님을 기다리게 해선 안 되죠. 빨리 가세요."

"네엡."

나는 할멈이 시키는 대로 얌전히 걷기 시작했다.

할멈은 함께 가지 않는 건지 그 자리에 그대로 서 있었다.

"……그렇게 생각하니까 곤란한 거예요. 말려야 할 제가 앞을 바라보며 걷는 그 모습을 '아가씨답다'라고 생각하다니."

등 뒤에서 그런 말이 들려왔다. 정말 작디작은 목소리로.

하지만 똑똑히 들려온 그 말에 나는 무심코 미소를 지었다.

아버님 방에 도착하자 방 중앙에 놓인 의자에 아버님이 앉아 있었다.

할멈과 마찬가지로 엄격한 얼굴.

할멈과 다른 것은 역시나 아버님답게 박력의 차원이 다르다는 점이었다.

"……나한테 뭔가 할 말은?"

"멋대로 굴어서 죄송해요."

입을 열자마자 나는 먼저 아버님께 사죄했다.

걱정을 끼친 건 틀림없는 사실이니까.

하지만 아버님은 내 사죄에 어째서인지 커다란 한숨을 쉬었다.

"정말이지 너는…… 아니, 됐다. 용케 맥클레인 백작가의 영애를 지켰구나. 고맙다."

아버님의 말에 나는 머리를 숙였다.

"하지만 내 지시를 어기고 거리에 혼자 나간 것도 사실. 벌로 내일부터 일주일 동안 혹독한 훈련을 실시한다. 당분간 거리에 나갈 생각은 하지도 마라."

"네."

오라버니 말대로 특별 훈련인가.

……최근 거리를 돌아다니느라 훈련량이 조금 줄었다. 마침 좋은 기회라고 생각하고 다시 단련을 해 볼까……. 그런 생각을 하며 나는 아버님을 향해 또다시 머리를 숙였다.

† † †

"……하아, 하아……!"

저 아래로 보이는 것은 앤더슨 후작가 훈련장.

그 중앙에 메를리스가 있었다.

그녀는 지금 거칠어진 숨을 가다듬고 있었다.

땀이 뚝뚝 흘러내려서 멀리서 봐도 옷이 땀을 흠뻑 흡수해서 짜낼 수도 있을 정도였다.

"남의 교육 방침에는 별로 참견하지 않는 주의다만…… 꼬마 아가씨에겐 훈련 목록이 너무 혹독하지 않나? 가젤."

로멜르는 그녀의 그런 모습을 관찰하며 뒤에 있는 가젤에게 말했다.

"너무 혹독해? 제멋대로 군 벌이다. 좀 혹독한 정도가 딱 좋아."

가젤은 코웃음을 치면서도 좀처럼 메를리스를 쳐다보려 하지 않았다.

굳이 감시하지 않아도 그녀가 자신이 지시한 훈련을 확실하게 해낼 거라는 자신이 있는 모양이다.

물론 가젤의 생각대로 그녀는 다른 사람들과 떨어져서 그가 지시한 가혹한 훈련을 혼자 해내고 있었다.

"제멋대로 군 벌이라니…… 거리를 돌아다닌 것뿐이잖아?"

"자네가 어떻게 그걸…… 아니, 실언을 했군. 매번 생각하지만 자네는 정말 모르는 게 있긴 한가?"

"바보 같은 소리 하지 마. 나도 모르는 건 있어."

"글쎄, 과연……."

"호오, 유난히 트집을 잡는군."

표표하게 대답하는 로멜르를 가젤은 슬쩍 노려보았다.

그 모습을 바라보며 로멜르는 웃었다.

그의 반응에 가젤의 눈빛은 점점 더 사나워졌다.

……더 이상 웃으면 폭발하겠군. 로멜르는 웃음을 거두고 한숨을 쉬었다.

"나도 모르는 것투성이야. 특히 사람에 대해서는."

대신 그는 가젤에게 그렇게 말했다.

그 목소리에 조금 전까지의 가벼움은 없었다.

오히려 재상으로서 이 나라를 지탱하는 그의 고생이 배어 나오는 듯한, 그런 묵직함이 있었다.

"……무슨 뜻이지?"

그런 로멜르의 모습에 가젤도 진지한 목소리로 물었다.

"말 그대로야. 예를 들면, 그래……. 어째서 인간이란 분수에 맞지 않는 것을 바라는 걸까. 희망은 등불이야. 하지만 바람이 지나치게 강해서 제어할 수 없어지면 그것은 야망으로 변하지. 지나친 야망의 불길은 자신의 몸을, 그리고 이 나라를 태울 뿐이건만."

뒤이어 흘러나온 로멜르의 말에 가젤은 고개를 갸웃거렸다.

"뭐 그냥 해 본 말이야. 그보다 왜 꼬마 아가씨가 거리를 돌아다니면 안 되는 거지?"

"갑자기 말 돌리지 마! ……뭐 좋아. 그럼 반대로 묻겠는데 귀족영애가 멋대로 거리에 나가면 부모는 화내겠지?"

"하지만 꼬마 아가씨는 위험에 대처할 힘이 있잖아?"

"아이를 걱정하는 부모에게 그런 건 상관없어. 산적들을 뒤에서 조종한 흑막도 아직 잡지 못했잖아. 그런데 어떻게 저 녀석이 밖에 나가는 걸 허락할 수 있겠…… 설마 자네……."

문득 어떤 생각을 떠올린 가젤은 말을 멈췄다.

"감이 좋군?"

로멜르 또한 가젤이 떠올린 생각을 이미 간파했는지…… 그가 말을 꺼내기도 전에 그렇게 대답했다.

"역시 저 아이를 미끼 삼아 배후에 있는 놈들을 끌어내려는 건가?"

가젤의 목소리가 한층 낮아졌다.

영웅이라고 칭송받는 그의 그 분위기는 보통 사람이 감당할 수 있는 정도가 아니다.

그런데도 로멜르의 태도는 조금 전과 전혀 달라지지 않았다.

"너무 앞서 나가는군. 뭐 그런 생각을 안 해 본 건 아니야. 하지만 나는 꼬마 아가씨가 얼마나 강한지 모르니까 말이야. 꼬마 아가씨가 미끼가 되어도 문제없을 만큼 강하다고 자네가 보장해 준다면 또 몰라도……."

"바보 같은 소리 하지 마. 저 녀석에게 그런 위험한 짓을 시킬 수는 없어."

"그렇겠지. 알았으니까 그렇게 노려보지 마."

"……글쎄."

"이런……. 날 우습게 보지 말게나."

가젤의 추궁에 로멜르의 목소리는 오히려 더욱 진지해졌다.

로멜르 또한 가젤과는 다른 곳에서 싸우고 있는 백전연마의 장군이다.

"나는 '감이 좋다'라고 했지 '정답'이라고 말하진 않았어. ……내가 움직일 수 없는 건, 자네를 움직이지 않는 건, 그러다 우리가 불리해지지 않기 위해서야. 그녀를 움직이면 상황을 움직이기 수월해질지도 모른다고 생각했지만…… 그녀에게 그 역할을 맡기지 않아도 다른 책략을 사용하면 돼…… 그런 거라네."

"……갑자기 진지해지지 마."

"이봐, 내 말 끝나자마자 첫마디가 그건가?"

"흥……."

마침 그때 경기장 쪽에서 환성이 울려 퍼졌다.

로멜르는 반사적으로 그쪽을 바라보았다.

보아하니 수많은 남자 또한 훈련장 중앙에 서 있는 메를리스를 주목하고 있었다.

아무래도 가젤이 지시한 훈련을 마친 후 통상 훈련을 하는 사람들과 합류하여 모의전에서 멋지게 승리를 거둔 모양이다.

그 증거로 그녀에게 진 자들에 땅을 굴러다니고 있었다.

"호오, 저런. 자네 딸은 정말…… 어처구니없군."

로멜르가 무심코 언성을 높였다.

그리고 그의 목소리에는…… 재미있어하는 듯한 그의 감정이 실려 있었다.

로멜르는 각 방면으로 메를리스의 정보를 어느 정도 파악하고 있다.

하지만 그래도 그는 지금 처음으로 그 현장을 보며 놀라고 있었다.

"누가 상상할 수 있을까. 저 가냘픈 여자아이가 웬만한 군인보다 강하다니."

"……본인이 말하기를 집중하면 '주위의 움직임이 느리게 느껴져서 상대가 어떻게 움직이는지 똑똑히 보인다.' 라고 하더군. 그리고 '청각이 예민해져서 상대의 호흡과 자신의 몸의 근육 하나하나가 움직이는 소리가 들린다.' 라고 하던데."

"가젤, 자네도 그런가?"

"설마. 나는 남들보다 조금 감이 좋은 평범한 사람일 뿐이야."

"자네가 할 소린 아닌 것 같은데. ……뭐 좋아. 오늘은 재미있는 걸 봤군. 또 술을 들고 놀러 오지."

"다음엔 맥켈란산을 가져오게."

"네, 네."

로멜르는 가젤에게 작별 인사를 한 후 자택으로 돌아갔다.

돌아간 순간 기다리고 있었다는 듯이 루이가 그의 눈에 들어왔다.

"나 왔다—."

"오셨군요. ……당장 집무실로 돌아가 주시겠습니까?"

갓 열 살을 넘긴 루이는 도무지 그 나이로는 보이지 않는다.

날카로운 눈매, 온화함과는 동떨어진 이목구비 때문이기도 하지만 무엇보다도 루이에게서 풍기는 분위기가 가장 큰 이유일 것이다.

어린아이가 아니라 책임을 짊어진 어른조차 무색하게 만드는 그 분위기.

가끔 직장에서 아이들 얘기를 들을 기회가 있다만…… 그들에게서 듣는 아이와 루이는 꽤나 다르다는 것이 로멜르의 감상이었다.

"매정해라."

"그게 누구 때문이라고 생각하십니까."

"글쎄. 자, 너도 빨리 일해라."

그렇게 시치미를 떼며 그는 쓴웃음을 지었다.

아이답지 않은 건 반쯤은 내 탓일지도 몰라…… 라는 생각이 들어서.

아직 어린아이라고 불리는 나이인데도 루이는 이미 로멜르의 일을 보좌하고 있다.

그 자체는 로멜르가 어렸을 때도 마찬가지였으니 아마도 아르메리아는 대대로 그래 왔을 것이다.

로멜르는 잡념을 떨쳐 내며 눈앞에 놓인 대량의 서류를 훑어보았다.

"어이, 루이."

도중에 로멜르는 손을 멈추고 루이를 불렀다.

"왜 그러십니까?"

"그쪽 자료도 전부 해 주마. 대신 이 자료를 자세히 조사해서 정리해 와라."

의아해하며 서류를 건네받은 루이는 그 서류를 본 순간 순식간에 안색을 바꿨다.

"이건……."

"말하지 않아도 알겠지? 최우선 사항이다."

"물론입니다. 용병만으로도 골치 아픈데 설마 림멜 공국의 일부가 움직이기 시작했습니까."

"……용케 용병을 알아차렸구나?"

"네…… 라고 말하고 싶지만 아버님의 종적을 조사한 결과입니다. 그러니까 저 혼자 알아낸 건 아닙니다."

"그래도 대단해. ……용병은 이제 어쩔 수 없으니 차라리 이쪽은 내가 처리하마. 너도 물론 날 도와주겠지?"

"네, 물론."

루이의 대답에 고개를 끄덕이며 로멜르는 일에 몰두하기로 했다.

† † †

아아, 온다…….

카앙, 카앙 목검이 부딪히는 소리가 점점 멀어져 간다.

그와 동시에 자신의 신경이 지독히 예민해지는 감각.

나라는 존재가 멀어지고, 머릿속이 맑아지고, 그저 적과 자신과…… 사우는 것에 집중한다.

상대의 움직임이 느리게 느껴질 만큼 또렷하게 보이는 눈.

상대의 호흡, 그리고 자신의 근육 하나하나가 움직이는 소리마저 들릴 만큼 또렷하게 들리는 귀.

그 정보를 통합하여 최적의 움직임을 만들어 내는 뇌.

한참 싸우는 동안…… 혹은 싸우라고 스스로에게 지시를 내리는 순간 그런 감각이 나를 점령하게 된 것은 새롭게 결의를 다진 그날부터였다.

그 감각이 나를 지배할 때면 나라는 존재가 멀리 느껴져서 그게 묘하게 무섭게 느껴질 때도 있지만…… 그와 동시에 충족감이 나를 채운다.

시야를 채색하는 것은 예전처럼 검은색과 빨간색뿐만은 아니다.

싸우는 동안 결코 넋을 잃을 수는 없지만…… 선명한 색의 홍수가 내 시야속의 세계를 채색한다.

그것이 얼마나 아름답고 감미로운지.

"승자 멜!"

심판의 목소리에 나는 겨우 정신을 되찾았다.

"졌다. ……너 컨디션이 좋구나. 움직임이 전혀 다르잖아?"

"감사합니다. 크로이츠 씨."

대전 상대였던 크로이츠 씨와 악수를 나눴다.

"무슨 좋은 일이라도 있었던 거냐?"

"좋은 일…… 굳이 말하자면 즐거워요."

"……즐거워?"

"지금까지의 저는 의무감 때문에 강해져야 한다고 생각했거든요."

복수를 위해서.

현실의 불합리함에 이길 수 있도록.

잃지 않기 위해서.

강해지지 않으면 안 된다고 스스로를 타일렀다.

아무리 강해져도 만족할 수 없었다.

……그저 부족하다고 계속 나 자신을 책망했다.

"강해져야 하는 목적이 모조리 사라졌지만…… 그래도 저한테는 이것밖에 없어요. 그 사실을 깨달았을 때 저는 한 번 절망했죠."

계속 방에 틀어박혀서 세상을 거절하며.

텅 빈 자신이 슬퍼서, 눈을 돌리고 싶어서 시간이 빨리 흘러갔으면 좋겠다고 생각했다. 동시에 아무것도 하는 일 없이 시간이 흘러가는 게 두려웠다.

"하지만 크로이츠 씨와 이 훈련에 참가하고 있는 분들…… 제 주위의 많은 사람에게 미래를 향해, 앞을 향해 나아가는 게 얼마나 소중한지 배웠어요. 이것밖에 없다면 이걸 끝까지 갈고닦겠다…… 그렇게 생각했죠. 새로운 목표를 향해서. 이번에는 강해지지 않으면 안 되는 게 아니라 더더욱 강해지고 싶다고 바라게 됐어요. 그랬더니 어깨의 힘이 빠져서…… 지금은 단순히 즐거워요. 훈련이 즐겁다니 불성실해 보일지도 모르지만."

"아니, 좋은데? 하지만 그렇군……. 멜이 새로운 한걸음을 내디뎠다면 나는 온 힘을 다해서 환영해야지."

다정한 말과 함께 던진 그 따뜻한 말에 나도 미소를 지었다.

"자, 그럼 새출발을 축하하는 뜻에서 밥이라도 먹으러 갈까?"

"네!"

훈련이 끝난 후 나는 크로이츠 씨 일행과 함께 밥을 먹으러 갔다.

"……내가 먹으러 가자고 해 놓고 이런 말 하긴 좀 그렇지만…… 멜, 참 잘 먹는구나."

"네?"

훈련 후라 배가 고파서 우걱우걱 먹고 있었다.

소녀 실격이려나……. 뭐 새삼스럽긴 하지만.

덧붙여서 우걱우걱 먹는 사람은 나 혼자뿐, 다른 사람들은 홀짝홀짝 술을 마시며 안주 삼아 조금씩 집어 먹는 정도였다.

"훈련 후에는 배가 고프니까요. 원래 평소에도 이 정도는 먹지만……. 물론 너무 많이 먹어서 살이 찌면 몸의 움직임이 둔해지니까 어느 정도 자제하고 있어요."

"아니, 그게 아니라. 장군의 그 지옥 훈련을 마치고 나서 잘도 먹을 기운이 있구나 싶어서."

"그러게 말입니다. 저라면 토할지도 몰라요."

사람들의 말에 나는 쓴웃음을 지었다.

"저도 예전에는 그랬어요."

그 말에 모두가 경악했다.

한동안 아무도 그대로 움직이지 않았다. 마치 이 테이블만 시간이 멈춰 버린 것 같았다.

"……저어, 제가 무슨 이상한 말이라도 했나요?"

그렇게 묻자 겨우 모두의 시간이 다시 흐르기 시작했다.

"……아, 아니. 조금 의외라서……."

"나, 나도. 그런 멜은 상상도 안 가."

"그러게. 항상 태연한 얼굴로 훈련을 하는 멜이 설마 그런……."

"……비교적 어릴 때 장군님의 제자가 됐으니까요. 처음에는 너무 힘들다 보니까 몸이 음식을 받아들이지 못해서 고생했죠. 하지만 뭐…… 인간은 하다 보면 뭐든 익숙해지는 법이죠."

"흐, 흐음……. 그러니까 어렸을 때부터 그렇게 무지막지한 훈련을?"

"물론 처음부터 그 정도 훈련은 무리죠. 조금씩 늘려 온 결과예요. 지금의 훈련량이 당연해질 때까진 시간이 걸렸죠."

"다, 당연하다고······?"

사람들의 얼굴이 모두 경련하듯 일그러졌다.

"그런데 여러분, 대낮부터 술을 마셔도 되나요?"

이런 어린아이를 술집에 데려온 것도 그렇지만 대낮부터 술을 마시는 것도 놀랍다.

뭐······ 함께 가자고 해 준 것 자체는 모두와 거리가 가까워진 것 같아서 기쁘지만.

물론 나는 아이답게 혼자 과일즙으로 만든 음료수를 마시고 있다.

"뭐 괜찮아. 우린 오늘 비번이니까."

"와아······. 휴일에도 훈련인가요. 역시 대단하네요."

"장군님의 훈련······ 군부에서도 그렇지만 특히 앤더슨 후작가의 사적인 훈련은 인기가 엄청나거든. 애초에 앤더슨 후작가의 사병 훈련에 우리가 끼어든 거나 마찬가지나 참가 인원도 한정되어 있고. 같은 부대에 있어도 쉽게 참가할 수 없으니까 항상 치열한 경쟁이 벌어지지."

"그래. 우리 같은 말단은 장군님의 시간이 비었을 때 휴일을 희생해서 참가하는 것밖에 방법이 없거든."

"장군님을 존경하니까 훈련에 참가하기 위해서라면 휴일 따윈 얼마든지 날릴 수 있어. 하지만 덕분에 휴일에도 사내놈들한테 둘러싸여서······ 여자를 만날 기회가 없지 뭐야."

"말도 마. ······그런데 정말 내 인생의 봄은 언제쯤 찾아오려나······."

갑자기 모두가 아련한 눈빛으로 먼 곳을 바라보았다.

애수가 감도는 그 모습이 조금 처량해 보였다.

"너무 비관적으로 생각하지 마."

크로이츠 씨 역시 연민의 눈으로 그들을 바라보고 있었다.

"기혼자 주제에 우리 마음을 어떻게 알아!"

"옳소! 지금처럼 항상 오른쪽을 봐도 왼쪽을 봐도 시커먼 사내놈들만 우글우글…… 아아, 마음이 허하다."

아하. 크로이츠 씨가 혼자 여유로웠던 건 그가 기혼자였기 때문이었나.

……그런데.

"일단 저는 시커먼 사내놈이 아닌데요……."

어째서인지 다들 나를 사내놈 취급하는 것이 마음에 걸린다.

"아, 물론 멜은 남자가 아니지만……."

"그래……. 네가 무슨 말을 하고 싶은지는 알아."

내가 질문을 던지자 그 말을 들은 남자의 시선이 허공을 방황했다.

그가 무슨 말을 하고 싶은 건지 주위 사람들은 이해한 모양이었다.

"멜은 웬만한 남자보다 남자다우니까."

……뭐?

나는 그들의 말에 고개를 갸웃거렸다.

"남자도 죽는 소릴 할 만큼 엄청난 훈련량을 약한 소리도 내지 않고 오히려 즐겁게 해치우는 도량과 인내력."

"자율훈련을 하면서 탐욕스럽게 더더욱 강함을 추구하는 그 모습."

"바람처럼 나타나서 위기에 처한 소녀를 구해 주는 멋진 모습."

"아— 우리가 졌어."

힘없이 고개를 숙인 그들은 한숨을 내뱉은 후 낄낄 웃기 시작했다.

"자, 마시자!"

"그래! 오늘은 홀몸끼리 날짜가 바뀔 때까지 마시자!"

"우리 독신동맹이여 영원하라!"

"너 그렇게 말해 놓고 빠져나갈 거지?"

"그럴 리가! 난 이 동맹에서 절대 안 빠질 거야!"

"자자…… 싸우지 마. 우린 동료다!"

그들은 잔뜩 신이 나서 차례차례 술잔을 비웠다.

"……독신동맹이여 영원하라……. 그럼 봄은 영원히 오지 않는다는 뜻이네요? 차라리 빨리 빠지는 게 낫지 않나요……."

"……아픈 곳을 찌르는군. 이 세상에는 건드리면 안 되는 게 있단다. 멜, 넌 그냥 따뜻하게 지켜봐 다오."

내가 그들의 말에 이해할 수 없다는 듯 작게 중얼거리자 그 말을 들은 크로이츠 씨는 따뜻한 눈으로 그들을 바라보며 내게 말했다.

하긴……. 나는 고개를 끄덕이며 그들에게서 시선을 돌렸다. 더이상 깊은 어둠에 발을 들여놓고 싶진 않으니 나 또한 그저 따뜻하게 그들을 지켜보기로 했다.

그 후 부어라 마셔라 즐거운 시간을 보낸 뒤 모임은 끝났다.

나는 앤더슨 후작가 문 앞에서 모두와 헤어졌다. 다른 사람들은 나를 저택 앞까지 데려다준 후에 다시 술을 마시러 가기로 했단다.

크로이츠 씨는 "휴일만이라도 집에서 밥을 먹지 않으면 마누라가 나한테 정나미가 떨어질지도 몰라……!"라고 우는 소리를 하며 도망치려고 했지만 안타깝게도 모두에게 잡혀서 연행되었다.

크로이츠 씨는 "멜, 저택 안까지 데려다주게 해 줘. 응? 괜찮지? 괜찮다고 말해 줘! 내가 도망칠 구실…… 아니, 내가 같이 가자고 했으니까 역시 돌아갈 때도 끝까지 책임을 져야지."라고 눈물을 흘리며 도움을 청했지만 나는 멍하니 그런 그를 바라보았다.

그를 포획할 때 모두의 움직임이 훈련을 할 때보다 훨씬 빨라서 나조차 간신히 반응하는 게 고작일 정도라 순수하게 놀랐기 때문이었다.

······결코 '마누라'라는 단어에 모두의 눈이 험악하게 빛나는 걸 보고 그게 무서워서 못 본 척한 것은 아니다.

"멜―!"

"에이, 크로이츠 씨. 멜은 호위가 없어도 괜찮아요. 저 눈앞의 문으로 들어가기면 하면 후작가 저택 안이고, 아직 날도 밝고, 무엇보다도 멜은 우리보다 강하잖아요. 그러니까 안심하고 마시러 갑시다."

멀리서 그런 목소리가 들려왔다. 나는 마음속으로 살며시 크로이츠 씨를 응원했다.

그건 그렇고······ 아직 해 질 녘.

모처럼 거리에 나왔는데 이대로 돌아가긴 아까워서 탑에 가기로 했다.

요즘 아버님이 엄격해서 좀처럼 혼자 거리를 돌아다닐 수 없다.

아마 크로이츠 씨도 감시 겸 나를 집까지 데려다주라는 지시를 받지 않았을까.

그렇게 생각하면 사실 크로이츠 씨의 판단이 제일 옳았던 셈이다.

이젠 경비병과도 낯을 익혀서 얼굴만 보고 안으로 들여보내 줬다.

그리고 그대로 몇 층이나 되는 계단을 올랐다.

"루이······."

최상층에 도착하자 눈에 들어온 낯익은 뒷모습에 무심코 말을 건넸다.

중얼거림에 가까운 그 목소리가 그의 귀에 닿은 것일까, 그가 천천히 뒤를 돌아보았다.

"오랜만이야, 메리."

오랜만에 조금 피곤한 표정을 지으면서도 그는 부드러운 미소를 짓고 있었다.

"응, 정말 오랜만이네."

"……생각보다 잘 지낸 것 같군."

그러고 보니 산적이 잡힌 이후 그와는 한 번도 마주치지 못했다.

조금 놀란 듯한, 그리고 의외인 듯한 표정을 짓는 그를 바라보며 나는 무심코 웃었다.

"그땐 미안했어."

"……왜 네가 사과하는 거지?"

"일방적으로 추궁해서 널 몰아붙였으니까. 미안해."

머리를 숙이는 고지식한 그를 바라보며 웃음은 더욱 깊어졌다.

"사과하지 마. 솔직히…… 그땐 짜증이 났지만…… 하지만 네 말이 맞았어."

나는 웃음을 거두고 진지한 목소리로 전해야 할 것을 전하기 위해 신중하게 말을 골랐다.

"나 계속 과거에 얽매여서 지금 내가 갖고 있는 소중한 것들을 전부 팽개치고 있었어. 실제로 산적들이 잡힌 후에…… 살아갈 목적을 전부 잃고 텅 빈 인간이 되어 버렸어."

이정표를 잃고 어둠에 내던져진 듯한 감각과 막연한 미래에 대한 공포.

그리고 초조함과 허무함.

그대로…… 앞이 보이지 않은 채 살아가는 걸 상상하면 소름이 끼친다.

"하지만…… 그럴 때 오라버니의 말과 너의 편지가 나를 앞으로 향하게 해 줬어."

『목적이 없어지면 또 찾으면 돼. 너에게는 그만한 시간이 있어. 삶을 서두르지 마.』

그런 그의 말이 적혀 있던 편지.

『하지만…… 너는 살아 있어. 살아 있어……!』

그런 오라버니의 절규와도 같은 진지한 말.

그 말들이 있었기에 나는 지금 살아 있다는 걸 감사할 수 있었다.

줄곧 눈을 돌리고 있었던 미래라는 시간을 볼 수 있었다.

그때부터 내 안의 시간은 다시 흐르기 시작했다.

"……그러니까, 고마워."

그렇게 말하며 웃자 그도 미소를 지었다.

"너, 변했구나."

"그래?"

"응. 다가가면 찔릴 것 같은 가시 돋친 분위기가 사라졌어."

어디선가 들어 본 적 있는 표현이다.

그리고 보니 크로이츠 씨도 전에 그런 말을 했었지.

"……그럴지도 몰라. 지금 무척 즐겁거든."

"그래? 다행이다."

그 말에 왠지 부끄러워져서 나는 난폭하게 그의 옆으로 걸어갔다. 그리고 그 자리에 털썩 주저앉았다.

앉으면 그의 얼굴을 볼 수 없기 때문이다.

거리가 내려다보이는 이 위치에 앉아서 발밑에 펼쳐진 풍경을 바라보고 있으면 서 있는 그와 시선을 마주치지 않아도 부자연스럽지 않겠지.

"……그리고 보니 넌 어떻게 붙잡힌 산적이 내 표적이었다는 걸 알았지? 설마 알고 있었던 거야?"

"그럴 리가. 그저 '만약 그렇다면' 이라고 생각한 것뿐이야."

"그렇구나……."

그도 내 옆에 앉았다.

"먹을래?"

문득 그가 품에서 꾸러미를 꺼냈다.

"시장 구석에 있는…… 파로 영감님네 가게에서 파는 만두야."

"고마워. 잘 먹을게."

여섯 개의 만두 중에서 아무렇게나 하나를 골라서 입에 넣었다.

그 순간 말로 표현할 수 없는 매운 맛이 입 안 가득 퍼졌다.

"……윽?!"

"앗, 꽝을 뽑았구나."

내 반응을 보고 루이가 대수롭지 않게 중얼거렸다.

"콜록…… 콜록! 꽝……이라니 무슨 소리야!"

"……맛이 다른 만두 여섯 개를 한 세트로 파는데, 그중 다섯 개는 다른 곳에서는 맛볼 수 없을 만큼 맛있지만 어째서인지 항상 딱 하나는 엄청나게 매워. 꽝이 있다는 걸 알면서도 자꾸 사게 될 만큼 맛있는 걸로 유명하지. 뭐 요즘은 친구들끼리 나눠 먹다가 누가 꽝이 걸리면 그걸 보면서 재미있어하는 사람도 있는 것 같지만."

그가 그렇게 말하며 건네준 물통을 열고 벌컥벌컥 물을 마셨다.

물통이 텅 빌 때까지 마셨지만 아직도 입 안이 얼얼했다.

"잘도 한입에 먹는구나 했는데…… 몰랐구나. 하긴 하필 단번에 꽝을 뽑다니……."

루이는 입술을 깨물며 웃음을 참고 있었다.

"……이익! 알았으면 좀 더 신중하게 골랐을 거야."

내 반론에 루이는 더 이상 참을 수 없는지 소리를 내서 웃기 시작했다.

처음에는 나도 루이의 반응이 못마땅해서 발끈했지만 점점 웃겨서 웃음을 터뜨렸다.

그러는 동안 어느 샌가 입 안의 얼얼함이 차츰 가라앉기 시작했다.

"……아까 그게 꽝이라면 이제 더 이상 꽝은 없는 거지? 하나 더 줘."

"응, 물론이지."

그가 건네준 만두를 머뭇머뭇 입 안에 넣었다. 무척 맛있었다.

"……멀쩡하게 맛있네. 왜 굳이 꽝을 끼워서 파는 걸까?"

"글쎄? 뭐 꽝도 꽝 나름대로 매운 걸 좋아하는 사람에겐 인기라더군."

"이해할 수 없어."

진심이다. ……꽝의 세례를 받은 입장에서는.

"……루이 넌 자주 거리에 나오니?"

이 탑에 아이 혼자 얼굴 하나로 들어올 수 있는 걸 보면 그의 아버지는 상당히 지위가 높은 사람일 것이다.

그런데도 그는 어떻게 혼자 거리를 돌아다니는 걸까. 이해할 수 없다.

"……글쎄. 어른이 되면 될수록 분명히 움직이기 힘들어질 거야. 시간적으로도 입장상으로도. 아무리 원해도 지금만큼 자유로울 수는 없겠지. 그러니까 지금 마음껏 즐기려고."

"흐응……."

루이도 만두 하나를 들고 먹고 있었다.

"뭐 덕분에 이런 맛있는 만두도 발견했고."

"나도 요즘 거리를 돌아다니게 됐어. 지금까지 계속 훈련만 했으니까. 아직 모르는 것투성이야. 그 파로 영감님의 만두도 그렇고."

"그렇구나. ……거리는 어때? 마음에 들어?"

그의 물음에 나는 한순간 생각에 잠겼다.

"……글쎄. 아직까진 마음에 들어."

"그럼 이제부터 찾아 나가면 돼. ……알아 가면 되잖아. 자신이 몰랐던 걸 알게 되는 건 그 무엇보다도 행복한 거야."

"그건 그래."

"그럼 다음에 여기저기 먹으러 다녀 볼래? 몇 군데 추천할 곳이 있어."

"와 정말? 약속이다!"

미래의 약속.

그것은 앞으로 나아가기 위한 새로운 한 걸음.

"그래."

그와 나눈 약속이 나를 설레게 했다.

† † †

"으음……."

저쪽에 놓으면 이쪽이 막히고.

이쪽에 놓으면 저쪽이 막히고.

게임판과 아무리 눈싸움을 해도 좋은 수가 떠오르지 않는다.

아니, 이미 퇴로는 끊겨 있었다.

"……졌습니다."

결국 나는 깨끗하게 행복했다.

"오라버니, 또 강해졌네요."

"아직 이길 수 없는 사람이 있지만."

오라버니가 쓴웃음을 지으며 말했다. 그 말에 나는 자연스럽게 아저씨, 아니 로멜르 씨를 떠올렸다.

이렇게 강한 오라버니조차 상대가 되지 않다니…… 그 사람은 대체 정체가 뭘까.

"요즘 통 우리 집에 놀러 오지 않던데 또 어디서 술을 마시며 돌아다니고 있는 걸까요……."

"글쎄. 의외로 일이 바쁠지도 모르지."

"일? ……솔직히 아저씨가 열심히 일하는 모습은 상상이 안 가는데요."

항상 술에 잔뜩 취해 있는 모습밖에 기억나지 않는다.

무엇보다도 바람처럼 자유로워 보이는 그 사람이 어느 상회나 국가의 톱니바퀴가 되어 일하는 모습이 내 머릿속에 있는 그 사람의 이미지와 아무래도 연결되지 않는다.

"사람이란 의외로 알 수 없는 거야. 너처럼."

"? 내가 아저씨랑 비슷하단 말인가요?"

"방향은 달라도 뿌리는 같지. ……사나운 발톱을 숨기고 있다는 점에서."

오라버니의 추상적인 말에 나는 그저 고개를 갸웃거렸다.

"……어쨌든 같이 놀아 줘서 고마워요. 전 이만 자러 갈게요."

시계를 확인하고 자리에서 일어섰다. 슬슬 잠자리에 들 시간이다.

"안녕히 주무세요."

"그래. 잘 자렴."

다음 날 나는 해가 뜨기 전부터 자율훈련을 했다.

스스로 정한 훈련 목록을 한차례 마친 후 밥을 먹고 공부를 한다.

……군략에는 통 재능이 없어서 공부하지 않고 있지만 그래도 귀족 영애로서 최소한의 공부는 해야 한다는 아버님의 지시에 따른 것이다.

아마도 틈만 나면 거리로 뛰쳐나가는 딸을 막기 위해서인 듯하다.

물론 필요해서이기도 하지만.

안타깝게도 크로이츠 씨나 다른 군부 사람들, 또는 우리 후작가의 호위들과 함께 다닌다면 몰라도 혼자 돌아다니다가 지난번처럼 어떤 사건에 끼어들지 모르니까…… 라는 이유 때문이다.

그거야 뭐 전과가 있어서 반론할 수는 없지만…….

그렇지만 가르쳐 주는 사람도 없이 "공부해라."라고 과제만 던져 주는 건 아무리 우리 아버님이라도 좀 그렇지 않나.

내가 아가씨의 호위 멜이라는 명목으로 후작가에 머물고 있는 이상 가정교사를 고용하기란 어렵다는 것쯤은 알고 있지만.

그런 이유로 공부는 하나부터 열까지 나 혼자 힘으로 할 수밖에 없었다.

다행히도 귀족의 저택에는 크든 작든 도서관이라는 게 있다.

거기서 조사해서 배울 수도 있고, 그래도 끝까지 모르는 건 우수한 오라버니에게 물어서 어떻게든 과제를 해 나갔다.

어제의 반상 게임도 공부한 후에 어쩌다 보니 하게 되었다.

공부하는 대가로 한판 두는 것이 최근 점차 일과가 되어 가고 있다.

내 입으로 말하기는 그렇지만 내가 과연 오라버니의 상대가 되긴 하는지는 매우 의문이다.

일단 거의 매일 반상 게임을 하는 덕분에 조금이나마 실력이 나아진 듯한 기분이 든다. 그만큼 내가 오라버니를 의지하고 있다는 증거이기도 하지만.

여담이지만 딸을 위해 가정교사를 부르지 않는 이상 아버님도 귀족 여성의 예법은 전혀 모르기 때문에 예법 교육은 받지 않아도 된다는 점이 그나마 다행이라면 다행이다.

아무튼 하루 할당량을 마친 나는 몹시 무료했다. 이대로 얌전히 집에 있을까. 아니면……

문득 그런 생각을 하며 창밖을 바라보자 그곳에서는 앤더슨 후작가의 호위병들이 훈련을 하고 있었다.

"슈레 씨!"

훈련 광경을 보고 몸을 들썩거리다가 결국 나는 훈련장으로 내려갔다.

"오오, 멜!"

훈련 도중 짧은 휴식 시간에 병사들을 감독하는 남자에게 말을 걸었다.

앤더슨 후작가 호위대 부대장 슈레 씨는 앤더슨 후작령 훈련장에서 함께 훈련을 받으며 얼굴을 익힌 사이다.

"오랜만이네요. 무슨 일이라도 있었나요?"

"아니. 일단 앤더슨 후작령에 돌아가서 영지의 치안을 확인하고 온 거야."

앤더슨 후작가의 호위병들은 아버님이 훈련시킨 강인한 전사…… 그것도 정예 병사다. 그 때문에 앤더슨 후작가 내의 치안 유지 활동을 맡고 있다.

말하자면 경비대, 또는 왕도의 군부와 같은 역할을 하고 있는 셈이다.

……그들이 아버님의 훈련을 견딘 자들이기에 범죄자들이 함부로 날뛰지 못하도록 두려움을 주는 효과를 노린 것이다.

무엇보다 가장 큰 이유는 아버님에게 호위가 필요 없기 때문에 임무다운 임무가 별로 없고, 그렇다고 앤더슨 후작가에서 일하는 그들을 갑자기 해고할 수도 없기 때문……이라고 한다.

"……그렇군요. 영지의 상태는 어떤가요?"

"여전해. 가젤 님이 다스리는 영지에서 바보 같은 짓을 할 녀석은 없으니까."

"다행이다."

"그보다 멜. 너 꽤나 날뛰고 다니는 것 같더구나."

"날뛰고 다녀? ……딱히 그런 적은 없는 것 같은데요…….."

요즘 아버님의 감시가 심해져서 혼자 거리를 돌아다니기도 어렵고.

"재미있는 농담이구나. 크로이츠를 때려눕혔다는 얘기가 내 귀까지 들어오던데."

"아하……."

"이것 봐."

슈레 씨의 이야기에 무심코 쓴웃음을 짓고 있을 때 그가 훈련용 검을 건넸다.

"지금 너의 실력을 보여 줘. 크로이츠 씨를 뛰어넘은 너의 실력을."

씨익 웃는 슈레 씨의 눈동자에는 투쟁심이 빛나고 있었다.

정말 호전적이군.

역시 아버님에게 직접 훈련받은 사람답다.

"굉장한 얼굴이군."

그런 생각을 하고 있을 때 슈레 씨가 웃으며 말했다.

"⋯⋯얼굴?"

그 지적에 고개를 갸웃거리며 뭐라도 묻었나 싶어 더듬더듬 얼굴을 만지다가 입꼬리가 올라가 있는 것을 눈치챘다.

아무래도 나는 나도 모르는 사이에 웃고 있었던 모양이다.

남 말할 처지가 아니로군.

나 또한 슈레 씨와의 싸움을 상상히고 흥분이 고조되어 있으니까.

"⋯⋯그럼 시작해 볼까요."

"⋯⋯승부다!"

그리고 나는 달려 나갔다.

달리면서도 신경을 예리하게 곤두세우고 슈레 씨의 움직임을 읽었다.

순간 무시무시한 속도로 검이 다가왔다.

나는 그것을 검으로 막아 냈다.

"호오⋯⋯."

슈레 씨가 씨익 웃었다.

"이렇게 간단히 막을 줄이야⋯⋯!"

그렇게 말하며 슈레 씨는 다시 움직이기 시작했다.

팔을 움직이는 자세와 시선, 그의 사소한 동작을 통해 검의 궤적을 읽고 역시 검을 휘둘렀다.

"무서워라—. 더 강해졌잖아?"

도중에 나와 거리를 취하며 슈레 씨가 말을 건넸다.

"슈레 씨야말로."

나는 그렇게 대답하며 또다시 움직이기 시작했다.

"우왓⋯⋯!"

몇 번인가 계속 검을 부딪쳤다.

슈레 씨는 반응이 빨라서 '됐다……!' 라고 생각해도 결정타로 이어지지 않는다.

반대로 지나치게 파고들면 강렬한 일격이 날아온다.

……그렇게 검을 주고받으며 나는 또다시 웃었다.

즐겁다. 이 아슬아슬한 공방이.

일격, 일격, 한 번만 잘못 반응해도 패배로 이어지는 이 상황이.

그리고 그에 따른 긴장감과 흥분이…… 나에게 살아 있음을 실감시켜 준다.

하지만 그런 즐거운 한때도 끝을 맞이했다.

나는 슈레 씨의 검을 튕겨 내고 목덜미에 검을 겨눴다.

"……졌다."

"감사했습니다."

슈레 씨의 말에 나는 그의 목덜미에서 검을 거뒀다.

"이야…… 정말 강해졌구나. 나도 꽤나 실력이 늘었다고 생각했는데…… 아직 멀었군."

"아직 멀었다니 아니에요……. 저야말로 몇 번이나 위험했는걸요."

"됐어. ……아아, 돌아가서 또 훈련해야지."

"……무슨 말씀이시죠, 슈레 씨?"

"……응?"

내 물음에 슈레 씨는 딱딱하게 굳었다.

"해가 질 때까지 아직 시간이 있어요. 이대로 훈련을 계속하도록 하죠."

"아, 아니, 저기…… 난 장군님께 보고를 드려야 해서!"

"가젤 님은 해 질 녘까지 돌아오시지 않는데요? 아니면 다른 일이라도 있나요?"

"없지만……."

"그럼 훈련하죠?"

생긋 웃으며 그렇게 말하자 슈레 씨는 포기한 듯이 미소를 지으며 검을 쥐었다.

그 뒤로 몇 번인가 슈레 씨와 대련을 한 후 나는 몇몇 앤더슨 후작가 호위대 사람들과 1대 다수로 싸우는 훈련을 했다.

적 한 사람에게만 의식을 집중하는 것이 아니라 그 자리의 공기를 잃고 자신의 주위에 있는 자들이 어떻게 움직이는지 항상 주변을 살펴볼 수 있도록 하는 훈련이다.

앤더슨 후작가 사람들은 내가 훈련을 시작하고부터 줄곧 지켜봐 주고 있는 사람들이기 때문에 아낌없이 훈련을 함께하고 조언을 해 준다.

그럴 때마다 마음이 간질거리면서도 즐겁다.

그에 비해 왕도에서 훈련받는 사람들은 나를 대등하게 대우해 준다.

……아마도 훈련에 참가하는 군부의 사람들 중에서도 필두 격인 크로이츠 씨가 그렇게 행동하기 때문이라는 이유가 클 것이다.

앤더슨 후작가 호위대 사람들도 군부 사람들이나 기사단 사람들이 함께 있는 자리에서는 역시 크로이츠 씨와 비슷한 대응을 해 준다.

아무래도 교체가 잦고 결코 호의적인 어른들만 있는 것이 아닌 환경 속에서 아무도 나를 얕보지 않도록 배려해 주는 것이리라.

나를 보는 엄격한 시선 속에서도 오히려 어엿한 한 사람으로 대우해 주는 것이 자랑스럽기도 했다.

앤더슨 후작가 호위대 대원들과의 훈련은 마치 집으로 돌아온 것처럼 느긋하게 움직일 수 있는 반면…… 왕도에서의 훈련은 항상 긴장감이 넘치는 직장 같은 느낌이다.

뭐 실제로 일을 해 본 적이 없으니 상상하자면 어쩐지 그런 느낌이 드는 것뿐이지만.

어느 한쪽이 좋은 게 아니라 어느 쪽도 내가 성장하기 위해서는 필요한 존재다.

"아, 크로이츠 씨!"

우연히 얼굴을 내민 크로이츠 씨에게 말을 건넸다.

"아, 멜. ……또 요란하게 저질렀구나."

내 주위에 널브러져 있는 시체들……이 아니라 쓰러져 있는 호위대 사람들을 보고 크로이츠 씨는 쓴웃음을 지었다.

"……크로이츠 씨, 오늘은 웬일로 이곳에? 가젤 님은 아직 돌아오지 않으셨는데요."

그런 크로이츠 씨의 반응에 나도 미소를 지으며 물었다.

"앗, 정말이냐……. 그럼 엇갈렸군. 뭐 상관없어. 그냥 근처에 온 김에 들른 거니까."

"여어, 크로이츠."

"오, 슈레. 이쪽에 와 있었나."

부활한 슈레 씨가 크로이츠 씨에게 말을 건넸다.

두 사람은 동갑인 데다 크로이츠 씨가 앤더슨 후작가의 사적인 훈련에 종종 참가하는 바람에 얼굴을 맞댈 기회도 많아서 완전히 의기투합한 사이다.

"……아까 그 모습을 보아하니 돌아오자마자 멜한테 격파됐나 보군."

"아…… 뭐, 보다시피. 네가 졌다는 얘길 듣고 얼마나 성장했나 했더니…… 정말 훌륭하던걸."

"그렇지?"

"그건 그렇고…… 이봐, 크로이츠. 오늘 시간 있나?"

"응? 아, 뭐. 아까 인계를 끝낸 참이야."

"그럼 밤에 한잔하러 가자. 오랜만에 왕도에 왔는데 좀 어울려줘."

"아…… 뭐 좋아. 그럼 오늘 훈련하러 나온 놈들도 일이 끝날 시간이니까 불러서 같이 마실까."

"오— 그거 좋지."

"……멜, 너는 어떻게 할래?"

둘이서 대화를 나누던 크로이츠 씨가 갑자기 내게 말을 돌렸다.

"같이 가도 되나요?"

"응, 물론이지. 여기서 함께 땀을 흘리는 동료인걸. 슈레의 왕도 방문을 함께 축하하자고."

"네! 감사합니다."

……그리하여 나온 거리.

마침 외출하기 전에 아버님이 돌아오셔서 슈레 씨와 크로이츠 씨는 각각 아버님에게 보고를 하고 나도 이제부터 슈레 씨 일행과 함께 외출하겠다는 뜻을 전했다.

"뭐…… 슈레와 크로이츠의 눈이 있으면 너도 이상한 짓은 하지 않겠지."라며 무사히 허락을 받았으니 다행이지만…….

그건 그렇고 아무래도 아버님은 '내가' 뭔가 소동을 일으키진 않을까 그 점을 걱정하는 것 같은데……. 아무리 그래도 너무하는 것 아니냐는 말이 저도 모르게 튀어나올 뻔했다.

물론 지은 죄가 있어서 입을 다물긴 했지만.

울지 않는 꿩은 총에 맞지 않는다는 옛말도 있다. 나는 현명한 꿩이 되기를 선택했다.

그건 그렇고 밤에도 북적거리는 번화가.

여기저기 가게에서 많은 사람이 먹고 마시고 있다.

우리는 그중에서도 비교적 차분하고 조금 비싸 보이는 가게 안으로 들어갔다.

사실 이 가게에 오는 것은 벌써 두 번째.

전에는 크로이츠 씨와 훈련장 사람들을 따라왔었다.

"어머, 슈레 씨. 오랜만이네. 당분간 왕도에 머물 거야?"

자리에 앉자마자 한 여성이 다가와서 슈레 씨에게 인사를 했다.

이 가게의 주인인 마담 칼뤼다.

"글쎄. 솔직히 모르겠어."

"하하. 뭐 일이 있다는 건 좋은 거지. 열심히 일해서 돈을 벌고 그 돈으로 여기서 느긋하게 쉬어 줘."

"안 그래도 종종 찾아오고 있잖아, 마담."

슈레 씨는 쓴웃음을 지으며 대답했다.

그 반응에 마담은 요염한 미소를 지었다.

나는 대화를 주고받는 두 사람에게서 시선을 돌려 가게 안을 둘러보았다.

가게 안에는 아름답게 치장한 여인들이 분위기를 화사하게 장식하고 있었다.

오늘도 제법 번창하고 있는 모양이다.

"어머……! 오늘은 멜도 함께 왔네."

"오랜만입니다, 마담."

"어머…… 여전히 예의 바르구나! 게다가 너무 귀여워."

마담이 반짝반짝 빛나는 눈으로 나를 바라보며 얼굴을 쓰다듬었다.

지난번에 왔을 때 어째서인지 마담은 나를 무척 마음에 들어 했다.

이렇게 아름다운 사람이 순수한 호의를 보여 주는 것은 무척 기분 좋은 일이다.

……사방에서 날아온 시선이 온몸을 쿡쿡 찌르는 듯한 기분이 들지만 상관없다.

"멜, 오늘은 뭐 마실래? 멜을 위해서 다양한 과일을 들여놓았단다."

"정말요? ……감사합니다, 마담."

"자, 함께 자리로 가자꾸나."

마담에게 손을 이끌려 자리까지 걸어갔다.

그때 나는 마담과의 대화에 푹 빠져서 미처 눈치채지 못했다.

"……이봐, 크로이츠. 마담이랑 멜, 왜 저렇게 사이가 좋은 거냐?"

"그게…… 마담이 소매치기를 당했을 때 멜이 도둑맞은 물건을 되찾아 줬더군. 바람같이 나타나서 범인 앞을 가로막고 흥분해서 덤비는 놈들을 멋지게 처단. 답례도 바라지 않고 심지어 돌아오는 길에 호위까지 해 줬다나. 마담 왈, 저 귀여운 얼굴에 남자보다 남자다운 행동, 반할 것 같아! 라고 하더군. 덧붙여 말하자면 멜 본인은 그 일을 완전히 잊어버리고 있었던 것 같다만."

"백전연마의 마담을 푹 빠지게 만들다니…… 장래가 두렵군."

"그래. 정말 여러 가지 의미로 말이지."

……뒤에서 그런 대화가 오가고 있다는 것을.

자리에 앉자 몇몇 여인들이 함께 테이블에 앉았다.

마담은 내 옆에 앉아서 부지런히 나를 챙겨 줬다.

다 함께 대화를 즐기고 합석한 여인들이 더욱 분위기를 띄우며 이야기꽃을 피웠다.

"이 과일주스, 맛있네요. 고맙습니다, 마담."

"멜한테 고맙다는 말을 듣다니 기뻐라. 준비해 둔 보람이 있는걸."

마담의 웃는 얼굴이 눈부시다.

합석한 여인들은 마담의 웃는 얼굴이 신기한지 눈을 깜빡거리며 그녀를 바라보았다.

"마담은 정말 멜이 좋은가 봐. 그러고 보니 전에는 크로이츠 씨 일행이랑 같이 왔었고, 이번에는 슈레 씨 일행이랑 같이 오고…… 멜과 여러분은 대체 어떤 관계인가요?"

그중 한 여인이 그렇게 물었다.

"이 녀석은 우리와 함께 훈련을 하고 있어."

그 물음에 대답한 것은 크로이츠 씨였다.

"네? 이렇게 어린 나이에? 여러분은 강하잖아요? ……그런데 함께 훈련할 수 있나요?"

"물론이지. 안 그러면 우리와 함께 여기 올 수도 없었을걸."

여인의 말에 크로이츠 씨는 쓴웃음을 지었다.

아니…… 크로이츠 씨뿐만이 아니다.

이 자리에 있는 모두가 똑같은 표정을 짓고 있었다.

"그치만 굉장히 혹독한 훈련이라고 들었는데…… 멜, 괜찮아?"

"저는 슈레 씨 일행과 마찬가지로 호위 역할을 맡고 있습니다. 주인을 위해서 강해지지 않으면 안 되죠."

일단 표면적인 설정을 내세워서 말했다.

내 설명에 더욱 놀라는 사람도 있고 고개를 끄덕이는 사람도 있고…… 모두의 반응이 무척이나 재미있었다.

여기서 진짜 신분을 말하면 어떻게 될까, 조금 궁금해졌다.

……뭐, 말할 일은 없겠지만.

"그렇구나…… 이렇게 어린데 대견하네."

"아뇨, 그렇지는……."

조금 부끄러워서 얼굴이 뜨거워졌다.

"……사실 나한테는 여동생이 있어. 아마 멜이랑 비슷한 또래일 거야."

"와…… 여동생이요? 언니의 여동생이라면 분명히 귀여울 거예요."

실제로 눈앞에 있는 그녀는 엷은 금발의 생머리가 특징인 우아한 미인이다.

"어머, 멜도 참."

내 말에 그녀는 쿡쿡 웃었다.

……음, 역시 아름답다.

슈레 씨 옆에 있는 남성…… 건즈 씨가 그녀를 보고 뺨을 붉히는 것이 좋은 증거다.

문득 내 모습을 살펴보았다.

……여자다움과는 거리가 먼 옷차림.

크로이츠 씨와 슈레 씨, 그리고 훈련소 사람들에게는 남자보다 남자답다는 소리나 듣는 처지.

딱히 거기에 불만은 없고 지금까지 신경 쓰지도 않았지만…… 이렇게 아름다운 사람들에게 둘러싸여 있으니 역시 신경이 쓰였다.

"왜 그러니, 멜."

표정에 드러난 걸까, 아니면 그녀가 예리한 걸까. 그녀가 내게 물었다.

"여러분이 너무 아름다워서요."

"후후후…… 고마워. 하지만 멜도 충분히 귀엽단다."

"……그런, 가요."

"그러엄. 초조해하지 않아도 여자아이는 누구나 되고 싶은 자신이 될 수 있단다. 멜이 원한다면 조금만 더 크면 분명히 누구나 돌아보는 미인이 될 거야."

누구나 돌아보는……. 솔직히 상상도 되지 않지만 그녀의 말에 위안을 받았다.

"멜, 혹시 고민이 있으면 언제든지 말하렴. ……멜 주위에는 멜의 편이 되어 줄 사람이 잔뜩 있을지도 모르지만, 역시 같은 여자에게 묻고 싶은 것도 앞으로 잔뜩 생길 거야."

"고맙습니다. 저어……."

"난 룰리아라고 해."

"룰리아 씨, 앞으로 잘 부탁드립니다."

그날 밤 룰리아 씨를 비롯하여 마담의 가게에 있는 언니들과 친해져서 즐거운 시간을 보내고 가게를 나왔다.

† † †

그로부터 며칠 후, 나는 훈련을 마치고 탑으로 향했다.

아버님은 당분간 영지에 돌아가 계신다.

이틈에 잠시…… 하고 빠져나온 것이다.

"……오랜만이군, 멜."

그곳에서 루이를 맞았다.

"……오랜만이야, 루이."

딱히 약속을 하고 만난 것은 아니다.

애초에 그에 대해서 이름 외에는 아무것도 모르기 때문에 연락할 방법이 없다.

"너 살 빠졌니?"

말랐다기보다는 초췌해졌다는 게 올바른 표현이려나.

……내 물음에 그는 쓴웃음을 지었다.

"요즘 조금 바빠서. 멜 넌 건강해 보여서 다행이다."

"……응, 뭐."

살며시 발밑에 펼쳐진 풍경을 바라보았다.

그도 내 옆에서 역시 지상을 내려다보고 있었다.

"……그러고 보니."

루이가 문득 생각난 듯이 입을 열었다.

"약속했었지? 함께 거리를 돌아다니자고."

그 말에 어째서인지 가슴이 설레었다.

"지금 가 보지 않을래?"

"기꺼이!"

그리고 나는 그와 함께 거리로 내려갔다.

"여기가 전에 먹었던 파루 영감의 가게. 그리고 저기가 루즈베리라는 가게인데……."

"아, 나 여기 들어 본 적 있어! 여기 과자가 유명하다던데."

왕국군 사람에게 가게 이름은 들어 본 적이 있다.

"그래. 먹어 본 적은?"

"……아쉽지만 없어."

다만 유감스럽게도 왕국군 사람들은 적극적으로 달콤한 음식을 먹으러 가는 사람이 없어서 아직 가 본 적은 없다.

"그럼 가 볼까."

"……그래도 괜찮아?"

"그야 당연히……. 나도 마침 먹고 싶었던 참이야."

"고마워. 그럼 가자!"

루이의 말을 냉큼 받아들여서 우리는 나란히 그 과자점으로 들어갔다.

가게 안은 유명한 만큼 많은 사람으로 붐비고 있었다.

"……뭐 먹을지 정했어?"

"잠깐 기다려. 파이를 먹을지 스콘을 먹을지 아직 결정 못 했어."

나는 진열된 상품을 보며 진지하게 고민했다.

둘 다 인기가 많은지 테이블에 앉아 있는 사람들도 대부분 그 둘 중 하나를 먹고 있었다.

"……그럼 파이랑 스콘 하나씩."

내가 고민하는 동안 루이는 재빨리 주문을 하고 돈을 지불했다.

"루이? 나 아직 결정 못 했는데……."

"? 둘 다 먹고 싶다면서? 그럼 둘 다 주문해서 반씩 먹으면 되잖아."

지극히 당연한 듯이 말하는 루이를 바라보며 나는 멍한 표정을 지었다.

"그래도 돼?"

"너무 조심스러워하지 마."

그렇게 말하며 루이는 쓴웃음을 지었다.

"아, 그럼 돈이라도……."

내 말이 끝나기도 전에 루이는 잠자코 고개를 저었다.

"꼬마 아가씨, 이럴 땐 사양하면 안 돼. 모처럼 데이트잖니. 남자친구 체면을 세워 주렴."

가게 아주머니가 내게 그렇게 말하며 루이에게 파이와 스콘을 건넸다.

"데이……."

데이트라는 말에 마음이 유난히 시끄럽게 반응했다.

지금까지 인연이 없던 말이고 앞으로도 없을 거라고 생각했는데…….

"아, 멜. 저쪽에 자리가 비었어. ……어라, 무슨 일 있었어?"

혼란에 빠진 나에 비해 루이는 평소와 다름없는 모습이었다.

아주머니 목소리가 들리지 않았을 리 없는데.

……지극히 냉정한 루이의 태도가 조금 분했다.

"아니. 아무것도 아니야. 고마워, 루이."

과연 유명한 가게인 만큼 과자는 무척 맛있었다.

다 먹고 나서 우리는 또다시 거리를 걸었다.

……조금 전 아주머니 말이 신경 쓰여서 자꾸만 그가 의식됐다.

하지만 루이는 역시 평소대로.

왠지 나만 의식하는 것 같다. 바보처럼……. 나는 내심 한숨을 쉬었다.

문득 귀여운 액세서리가 진열된 가게가 눈에 들어왔다.

……내가 이렇게 귀여운 액세서리를 달고 다니는 아이였다면 루이도 조금은 날 의식해 줄까.

애초에 루이는 내가 여자라는 걸 알고 있을까.

나는 옷차림도 행동도 꼭 사내아이 같은데.

……하지만 이제 와서 나를 바꿀 수는 없다.

아니, 그보다 이제 와서 저런 귀여운 액세서리를 달고 다니는 건…… 조금 부끄럽다.

저 머리장식 자체는 귀엽긴 하지만.

"……저어, 괜찮아?"

멍하니 그런 생각에 잠겨 있을 때 느닷없이 루이가 시야에 뛰어 들어왔다.

"우왓!"

내 반응에 그는 쿡쿡 웃었다.

"미안, 미안. ……아까부터 조금 멍해 보이던데, 혹시 지쳤어?"

"아, 아니. 잠깐 생각을 하느라."

"그래?"

루이는 그렇게 반응한 후 성큼성큼 앞으로 걸어갔다.

…… 걱정해 주는 건 기쁘지만 좀 더 뭔가 말해 주면 좋을 텐데…… 그런 제멋대로인 생각이 떠올랐다.

그런 생각을 하며 걷던 탓일까, 문득 지나가는 사람과 부딪혔다.

"아……."

길에는 많은 사람이 걷고 있어서 멈춰선 순간 곧 루이의 모습은 보이지 않게 되었다.

그 순간 나는 커다란 한숨을 내쉬었다.

……모처럼 즐거운 시간을 보내고 있었는데.

안 좋은 생각에 사로잡히다니 이게 무슨 바보 같은 짓이람.

"멜."

멈춰 서서 반성하고 있을 때 루이가 나를 데리러 왔다.

"떨어져서 미안해, 루이."

"무사히 다시 만났으니까 됐어. 나야말로 너무 빨리 걸어서 미안해. 자."

내 사과에 루이는 대수롭지 않게 반응하며 내게 손을 내밀었다.

"이제 떨어지지 마."

"……응!"

나는 그 손을 꼬옥 잡고 보폭을 맞췄다.

그리고 우리는 또다시 거리를 걷기 시작했다.

……역시 루이와 보내는 이 시간이 즐겁다.

그러니까 쓸데없는 생각은 그만두자.

모처럼 즐거운 이 시간을 즐겁게 보내고 싶으니까.

"그러고 보니 이 근처에 무기 전문점이 있었지. 아. 저기다."

루이가 문득 생각난 듯이 말했다.

나는 그 말에 반색을 하며 반응했다.

"……무기점? 가 보고 싶어!"

그런 나의 반응에 쿡쿡 웃으면서도 루이는 무기점으로 발걸음을 향했다.

가게가 늘어서 있는, 왕도에서도 1, 2위를 다투는 큰길.

그 가게는 큰길 끄트머리에 자리 잡고 있었다.

안으로 들어가자 과연 전문점답게 다양한 무기가 빼곡하게 장식되어 있었다.

본 적이 있는 무기부터 그렇지 않은 무기까지 잔뜩 진열되어 있어서 순수하게 보는 것만으로도 재미있다.

먼지가 조금 많은 게 옥에 티랄까.

콜록거리면서도 그 광경에 흥분해서 곧 푹 빠져들었다.

"어서 오세…… 뭐야, 너냐."

안에서 나타난 가게 주인인 듯한 노인이 루이에게 가볍게 말을 걸었다.

"'뭐야'라니 뭐야."

루이도 익숙한 듯이 가볍게 대답했다.

"오랜만에 왔다 했더니만…… 그런 귀여운 아가씨를 이런 곳에 데려오면 안 되지. 빨리 돌아가서 그 아가씨를 즐겁게 해 줘라."

"하지만 이 애가 여기 오고 싶다고 했는걸."

"응?"

"처음 뵙겠습니다, 할아버지. 전 무기를 보는 게 좋다고 해야 하나…… 흥미가 있어요. 구경해도 될까요?"

내 물음에 노인은 말없이 나를 바라보았다.

그리고 이윽고 쿡쿡 웃었다.

"……진심인 것 같구나. 정말 특이한 아이로구먼."

그 중얼거림이 가슴에 푸욱 꽂혔다.

조금 전까지 내가 귀여운 여자아이라면 어땠을까 고민하고 있었는데 결국 욕망에 져서 루이를 따라 이런 곳까지 오고 말았다. 내가 생각해도 어처구니가 없다.

"뭐, 좋아. 구경하거라."

주인의 허락에 루이가 쿡쿡 웃었다.

"다행이다. 여기 주인장은 장사할 마음이 없어서…… 마음에 안 드는 사람은 곧바로 가게에서 쫓아내거든."

"……책임감이 강한 할아버지네."

루이의 말에 내가 보인 반응은 그 한마디였다.

……왜냐하면 이곳은 무기점이기 때문이다.

무기는 사용하기에 따라서는 사람을 상처 입히기 위한 도구.

그걸 알고 있기에 눈앞의 주인장은 이익을 중시하지 않고 비뚤어진 생각을 가진 자인지 아닌지 직접 가려내고 있는 것이다.

그 무게를 이해하고 있기에.

"꼬마 아가씨, 이쪽에 따로 빼 둔 굉장한 물건이 있는데. 보여 줄까?"

"물론이죠!"

할아버지가 안쪽에서 갖고 온 것은 다양한 공방에서 만든 검이었다.

그는 자세한 설명과 함께 검을 하나씩 보여 줬다.

"확실히 라이들리 공방에서 만든 검은 너무 무거워. 공격도 묵직해질지 모르지만 난 오히려 검에 휘둘릴 것 같군."

두 사람에게서 떨어져서 가볍게 휘둘러 보았다.

"……익숙하군, 꼬마 아가씨."

할아버지의 작은 중얼거림에 나는 무심코 쓴웃음을 지었다.

내 반응을 본 할아버지는 슬픈 듯이 미소를 지었다.

아마도 할아버지는 눈치챈 모양이다.

지금 휘두르기를 보고 내가 얼마나 훈련을 했는지.

얼마나 많은 시간을 검의 길에 바쳤는지.

"뭐 쓸데없는 건 묻지 않으마. ……꼬마 아가씨는 소중한 사람이 있나?"

"네. 물론."

나를 위로하는 듯한 그 물음에 힘 있게 대답하자 조금 전까지의 무거운 분위기는 사라지고 할아버지는 대신 부드러운 미소를 지었다.

"그래, 그래……. 소중히 하렴. 널 이해해 주고 곁에 있어 주는 사람을. 그리고 저 꼬마 도련님도."

"고맙습니다, 할아버지."

그 후로 또다시 아무 일도 없었던 것처럼 할아버지와 검 이야기로 이야기꽃을 피웠다.

정신을 차리고 보니 제법 많은 시간이 흘러 있었다.

"또 올게요, 할아버지."

"그래그래, 기대하마."

완전히 사이가 좋아진 할아버지에게 작별인사를 하고 루이와 둘이서 가게를 나왔다.

밖은 태양이 기울어 가고 있었다.

"즐거웠어. 고마워, 루이."

"그래. 네가 즐거웠다면 다행이다."

……둘이 나란히 걸어서 도착한 곳은 또다시 탑이었다.

루이 뒤를 따라서 제일 꼭대기까지 올라갔다.

"……늘 찾아오는 곳이지만 나는 이 시간 이곳에서 보는 풍경이 제일 좋아."

확실히 루이 말대로다.

위를 올려다보자 옅은 보랏빛 하늘.

밤의 어둠과 석양의 붉은빛이 뒤섞여 환상적인 색을 자아내고 있었다.

왼쪽을 바라보면 새빨간 석양이 지고 있고.

오른쪽을 바라보면 희미한 달이 옅은 어둠 속에 빛나고 있다.

저 아래로 보이는 거리의 사람들은 어른들도 아이들도 집으로 돌아가고 있었다.

그 때문일까, 아까 길을 걷고 있을 때보다 거리를 오가는 사람이 많아진 듯한 기분이 들었다.

"……저어, 루이……."

"왜?"

"전에 루이가 말했었지? '그들 한 사람 한 사람이 안심하고 살아갈 수 있도록 이 나라를 지키고 싶어.' 라고."

"……그랬, 었지."

"난 이 나라를 지키고 싶은 마음 같은 건…… 역시 잘 모르겠어."

내 말에 루이는 아무런 반응도 보이지 않았다. 그저 조용히 다음 말을 기다리는 것처럼.

"그치만 나, 생각해 봤어. 원수를 갚는다는 목표가 사라지고 아무것도 남지 않게 됐을 때, 앞으로 어떻게 살아가고 싶은지. 이제부터 어떻게 되고 싶은지. 잔뜩 생각하다가 여기서 결심했어. 앞으로…… 나처럼 소중한 사람을 잃고 슬퍼하는 사람이 생기지 않았으면 좋겠다고. 그 괴로움을 알고 있기 때문에 누구도 나 같은 일을 겪게 하고 싶지 않아. 나는 그걸 위해서 검을 휘두르겠다고, 그렇게 결심했어."

"……어렵게 생각할 필요는 없지 않을까?"

루이의 말에 나는 한순간 고개를 갸웃거렸다.

"그게 지키고 싶은 마음이잖아?"

하지만 뒤이어 흘러나온 말에 웃음이 치밀었다.

……그런, 가. 이게 지키고 싶다는 마음이었나…….

동시에 함께 훈련하는 왕국군 병사들의 얼굴이 떠올랐다.

그들처럼 되고 싶다고.

아버님이 만들어 낸 길을 뒤따라 달려가는 그들처럼.

돌고 돌아 나의 소중한 사람들이 웃는 얼굴로 살아갈 수 있도록.

나 또한 왕국군의 대원으로서.

"……고마워, 루이."

내 인사에 루이는 쓴웃음을 지었다.

"난 아무것도 한 게 없는걸. 네가 고민하고 내린 결론이잖아."

"응, 하지만 루이한테 고맙다고 말하고 싶었어. 그리고 오늘 무척 즐거웠거든. 그것도 고맙다고 말하고 싶고."

"그렇군."

루이는 살짝 웃었다.

그다지 표정이 변하지 않는 편이지만 지금 미소를 짓고 있다는 것만은 알 수 있었다.

"……아, 맞다. 이거."

문득 루이가 내게 작은 꾸러미 하나를 건넸다.

"……이건?"

"풀어 봐."

시키는 대로 포장을 풀자 안에는 귀여운 머리장식 하나.

내가 거리에서 멍하니 바라보던 머리장식이었다.

"루이, 이건!"

"계속 보고 있었지?"

"그, 그렇지만…… 그치만 나한테는 어울리지 않아……."

아까도 무기점에도 잔뜩 흥분하지 않았는가……. 아무리 생각해도 이런 귀여운 것과는 어울리지 않는 성격이다.

"어울려."

그렇게 말하며 루이는 내 머리에 그 장식을 달아 줬다.

"……음, 역시 어울려."

얼굴이 뜨겁다.

부끄러워서, 기뻐서…… 아무것도 생각할 수 없다.

……하지만.

"기쁘지만 받을 수 없어……."

역시 사양하는 마음이 앞섰다.

"새로운 출발을 축하하는 선물이야."

그런 나에게 루이가 말했다.

"……뭐?"

"네가 새로운 길을 발견한 축하 선물. 같은 고민을 갖고 있던 너에게 뭔가 해 주고 싶었어. 그러니까 받아 줘. 그리고 네가 받아 주지 않으면 쓸데도 없는걸?"

평소 그답지 않은 농담 섞인 그 말에 웃음이 밀려왔다.

"고마워, 루이."

……그 머리장식을 망가지지 않도록 조심스럽게 움켜쥐며 나는 그에게 인사했다.

그것이 나의 가장 소중한 보물이 된 것은 물론 말할 필요도 없다.

† † †

"……달콤쌉싸름한 얘기네."

그로부터 며칠 후, 나는 상담을 하기 위해 마담의 가게에 홀로 찾아갔다.

상담 내용은 어떻게 하면 루이에게 받은 머리장식이 어울리는 귀여운 아이가 될 수 있을까……였다.

아, 물론 루이는 어울린다고 말해 줬지만.

조금이라도 좀 더 귀엽고 좀 더 어울리게 되고 싶다……라는 생각이 들었다.

하지만 후작가 사람들 중 누군가 상담할 만한 사람을 생각해 봐
도…….

떠오르는 사람이 없었다.

애초에 혼자 거리를 나다녔다는 걸 들키는 것도 무섭고.

게다가 무엇보다도 전부터 마담네 가게의 언니들은 예뻐서 좋겠
다……라고 생각했었다.

그래서 마담의 가게를 찾아왔지만…….

결국 언니들이 꼬치꼬치 캐묻는 바람에 대충 사정을 털어놓게 되
었다.

언니들은 모두 뜨뜻미지근한 눈으로 나를 상냥하게 바라보았다.

그게 오히려 부끄러웠다.

"……그, 그래서 말인데요. 어떻게 하면 언니들처럼 예뻐질 수 있
나요?"

그렇게 또다시 묻자 언니들은 웃음을 터뜨렸다.

"무슨 소릴 하는 거니, 멜."

룰리아 씨가 쿡쿡 웃으며 말했다.

……역시 나 같은 게 예뻐지고 싶다니…… 도저히 무리일까. 그렇
게 포기하려던 순간.

"어머, 얘들아. 말을 하려면 똑바로 해 줘야지. 멜이 엉뚱한 착각
을 하고 있잖니."

마담이 그렇게 말하며 모두를 나무랐다.

"어머, 미안해, 멜. 그치만 새삼스럽게 무슨 말을 하는 걸까 우스
워서 그만."

역시 쿡쿡 웃으며 룰리아 씨는 내 뺨으로 손을 뻗었다.

"멜은 벌써 여자아이가 제일 예뻐지는 마법에 걸려 있는데. 새삼스럽게 예뻐지려면 어떻게 해야 하냐고 묻다니⋯⋯."

"⋯⋯제일 예뻐지는 마법?"

"마음이야, 마음. 전에도 말했지? 예뻐지고 싶다, 그렇게 생각하면 여자아이는 언제든지 예뻐질 수 있다고."

"맞아, 맞아. 특히 사랑에 빠진 소녀는 최강이지."

조물조물, 언니들이 내 뺨을 만지작거리며 말했다.

"⋯⋯사, 사랑?"

"하고 있잖아, 멜."

"맞아─. 아무리 생각해도 사랑에 빠진 소녀의 발상 같은데?"

내 과도한 반응에 언니들은 웃음을 터뜨렸다.

사랑, 사랑, 사랑⋯⋯?

"어머, 그래서였니?"

새빨개진 나를 바라보며 룰리아 씨는 쓴웃음을 지었다.

"그를 위해서 예뻐지고 싶다고 생각한 거지?"

그 말에 나는 고민하면서도 고개를 끄덕였다.

"그 사람의 말과 행동에 일희일비하고⋯⋯ 하지만 그게 행복하지?"

나는 또다시 그 말에 고개를 끄덕였다.

"멜, 그 사람 말고 또 그런 느낌이 드는 사람 있니?"

나는 고개를 저었다.

"그게 답 아닐까? 내가 이런 말 하긴 좀 그렇지만. 솔직해지렴, 멜. 답은 네 안에 있단다."

문득 루이를 떠올렸다.

이것저것 쓸데없는 생각을 떨쳐 버리고 오직 그만을 생각했다.

그를 생각하는 것만으로도 가슴이 두근거리고.

기쁘고, 행복하고.

……그에게밖에 느낄 수 없는 이 특별한 감각.

그 특별함을 사랑이라고 부른다면.

나는 분명 그를 사랑하고 있다.

"아무튼 사랑에 빠진 소녀는 그것만으로도 점점 예뻐지기 마련이란다."

다른 언니의 말에 나는 고개를 갸웃거렸다.

"어머, 안 믿는구나?"

예리한 룰리아 씨의 말에 나는 말문이 막혔다.

"그럼 하나만 물어보자, 멜. 너 지난번과는 달리 매일 머리카락을 관리하고 있지?"

……그렇다.

조금이나마 어떻게든 해 보려고 할멈에게 배운 방법대로 매일 밤 머리카락을 관리하고 있다.

"그를 의식하기 전에도 관리를 했었니?"

그 물음에 나는 고개를 저었다.

"피부도 전보다 매끌매끌해졌어. 뭔가 하고 있지?"

다른 언니의 날카로운 지적에 이번에는 고개를 끄덕였다.

그녀 말대로 머리카락과 마찬가지로 얼굴도 할멈에게 배운 방법대로 매일 밤 관리하고 있다.

"그렇게 사소한 부분에 신경을 쓰면서 차근차근 쌓아 나가는 거야. 아름다움에 지름길은 없어. 조금씩 해 나가렴."

"……뭐 멜은 본판이 예쁘니까. 곧 모두가 뒤를 돌아볼 만한 미녀가 될 거야."

"맞아, 맞아. 멜, 일단 자신을 가지렴. 네가 널 믿지 않으면 누가 믿어 주겠니?"

그렇군. 무조건적으로 그렇게 생각할 만큼 심오한 그 말에 나는 진지하게 고개를 끄덕였다.

"좋아. 그럼 지금부터 조금씩 더 예뻐지도록 노력하렴. 우리도 응원할게."

"고마워요, 언니들."

"……하지만 그 전에 멜. 멜의 달콤쌉싸름한 얘기를 좀 더 들려 줘."

반짝. 언니들의 눈이 수상하게 빛났다.

"……네?"

그 후 언니들은 나를 실컷 갖고 놀았다.

† † †

검이 부딪히는 소리가 들린다.

"……승자, 멜!"

후우……. 땀을 흘리며 승리를 솔직하게 기뻐했다.

"정말 컨디션이 좋구나, 멜."

시합을 지켜보던 크로이츠 씨가 말을 건넸다.

"고맙습니다, 크로이츠 씨."

아름다움의 길이 힘겹고 험난하다는 사실을 알게 된 후에도 그건 그거고 이건 이거.

나는 하루의 대부분을 훈련에 소비하고 있었다.

목표가 명확해졌기 때문일까, 더욱 열심히 훈련에 임하게 된다.

덕분에 크로이츠 씨 말대로 확실히 컨디션이 좋았다.

"멜, 한 판 더 하자!"

쪼그려 앉아 있던 대전 상대가 눈을 빛내며 내게 제안했다.

"물론이죠."

……어쩔 수 없다.

훈련을 할수록, 싸우면 싸울수록 내겐 피와 살이 되니까.

훈련이 끝난 후에도 몇몇 사람과 모의전을 하거나 자율훈련을 한후 나는 저택으로 돌아왔다.

"파커스 님."

방으로 돌아가는 도중 오라버니와 마주쳐서 말을 건넸다.

"입학 준비는 어떻게 되어 가시나요?"

새해부터 오라버니는 학원에 입학한다.

그 학원은 귀족 자제와 자녀들이 모여서 고도의 지식을 배우는 동시에 귀족 간에 친분을 다지기 위한 곳이다.

오라버니라면 일단 공부 쪽은 문제없을 것 같은데.

"음, 거의 끝났다. 뭐 별로 준비할 것도 없으니까."

"그렇군요. ……파커스 님이 없으면 쓸쓸해지겠군요."

학원은 기숙사 생활이 기본이기 때문에 오라버니는 당분간 이 집을 떠나게 된다.

"그런 소리 하지 마. 휴일에는 돌아올 거니까."

"그럼 그때 꼭 학원 얘기를 들려주세요."

"그래……."

스윽. 오라버니가 내 귓가에 다가왔다.

"너도 3년 후에는 다니게 되겠지만."

그리고 작은 목소리로 그렇게 속삭였다.

"그렇군요. 하지만 솔직히 내키지 않습니다."

"그래?"

"네⋯⋯. 저는 파커스 님과는 달리 그렇게까지 공부에 힘을 쏟지 않았으니까요. 무엇보다도 그럴 시간이 있으면 훈련을 하고 싶습니다."

전혀 쓸모없는 건 아니지만 학원에 들어가서 기숙사 생활을 시작하면 훈련에 참가할 수 없다.

애초에 자율훈련이 가능할지도 의문이다.

그렇게 생각하면 될 수 있는 대로 학원에는 가고 싶지 않다. 이대로 집에 남아서 훈련에 힘을 쏟고 싶은 것이 솔직한 심정이다.

"그렇군. 뭐 앞으로 3년이나 남았으니 앞일은 천천히 잘 생각하도록 해라."

"⋯⋯네."

고개를 끄덕이자 오라버니는 내 머리를 쓰다듬었다.

"참, 일단 잠시 영지에 돌아가기로 했다."

오라버니가 문득 떠오른 듯이 중얼거렸다.

"⋯⋯네?"

"학원에 들어가기 전에 여러 가지로 끝내 두고 싶은 게 있어서. 오랫동안 돌아가지 않았으니까 이번에 돌아가기로 했다. 뭐 받고 싶은 선물이라도 있나?"

"아뇨⋯⋯ 딱히 없습니다. 그보다 파커스 님, 괜찮으십니까?"

"일단 이래 봬도 나름대로 훈련을 받고 있다. 호위병도 데려갈 테고. 걱정해 주는 건 고맙지만 괜찮아."

오라버니의 쓴웃음에도 나는 자꾸 불안해졌다.

어머님도 그렇고 나도 습격을 당했다.

걱정하지 말라는 게 무리다.

고민하고 불안해하는 동안 시간은 하루하루 흘렀다.

그리하여 오라버니가 영지로 출발하는 날.

나는 몰래 오라버니 뒤를 쫓아가기 위해 말을 타고 있었다.

나중에 아버님께 혼나는 건 불가피하겠지만 그래도 역시 오라버니가 걱정됐다.

들키지 않도록 거리를 두며 나는 오라버니 일행의 뒤를 쫓았다.

아무래도 경계를 해서인지 이번에는 상당수의 호위병들이 오라버니와 함께했다.

수적으로도 그렇지만 슈레 씨를 비롯하여 모두 상당한 정예들이다.

하지만 호위병 멤버를 확인한 결과 그중에 왕국군 병사들이 섞여 있다는 사실을 눈치챘다.

……어째서 왕국군 병사들이?

기분 탓인가 했지만 매일 훈련에서 얼굴을 보는 자들이다…… 잘못 볼 리 없다.

게다가 왕국군 멤버 중에는 부장군인 크로이츠 씨도 섞여 있었다.

……말도 안 돼.

아무리 오라버니가 걱정된다 해도 아버님이 왕국군을 사적인 일에 이용할 리 없다.

대체 어째서…….

말로 표현하기 힘든 위화감이 마음속에 소용돌이쳤다.

멤버만 따지면 문제없지만 그 위화감이 나를 떠밀었다. 나는 결국 그들을 따라가기로 했다.

왕도를 지나 한적한 풍경 속을 달렸다.

오라버니 일행이 사람들이 많은 길로 다니는 덕분에 아직까지는 내가 뒤를 쫓아도 눈에 띄지 않는다.

만약을 위해 후드가 달린 케이프를 입고 있긴 하지만.

……그러고 보니 왕도를 떠나는 것도 오랜만이구나.

문득 그런 생각이 떠올랐다.

동시에 지금쯤 아버님이 내 쪽지를 발견하고 오라버니를 따라간 내게 불같이 화를 내고 있지 않을까 라는 상상이 들었다. 돌아와서 어떤 처분을 받게 될지 걱정이다.

일단 당분간 거리에 나가기는 힘들어지겠지.

얼마나 혼날까……. 걱정을 끼친 건 사실이니까 순순히 벌을 받자.

아버님이 화내는 건 무섭지만 그보다 후회하는 게 더 무섭다.

오라버니에게 무슨 일이 생기기라도 하면 아무리 후회해도 부족할 것이다.

그러니까 아버님의 분노가 두려워서 돌아갈 생각은 없다.

……무슨 일이 있어도 여행을 계속할 거야. 그리고 오라버니를 지킬 거야……!

그렇게 각오하며 여로에 올랐지만 여행을 계속하는 동안 한 가지 문제가 생겼다.

여행을 계속하면서 가장 문제가 된 것…… 그건 돈이었다.

여행에는 나름대로 돈이 든다.

그렇다고 몰래 여행을 떠나면서 집에 손을 벌릴 수는 없었다.

일단 있는 돈은 모조리 들고 왔지만…… 목에 걸려 있는 지갑은 상상 이상으로 가벼워서 너무 불안하다.

옷에 꿰매 놓은 돈을 생각해도 과연 부족하지 않을지…….

……시간이 흐를수록 원래 얇았던 지갑이 더더욱 얇아지는 모습을 보며 나도 초조해지기 시작했다.

하지만 내게 되돌아간다는 선택지는 없었다.

그래서 일단 숙박비를 절약하기로 했다.

……가능하면 습격에 대비해서 같은 여관에 묵는 것이 좋지만.

아무래도 무리라서 최대한 가까운 여관을 잡는 것으로 타협했다.

오라버니가 머무는 여관을 확인한 후 그곳에서 제일 가깝고 제일 싼 여행자용 여관을 고르는 것이다.

그 밖에도 식비와 물 값은 가능하면 여행하는 동안 스스로 조달해서……. 그런 야전병 같은 생활도 마다하지 않는 눈물겨운 노력을 하며 계속 오라버니 뒤를 쫓았다.

그리하여 이제 곧 영지에 도착하는 곳까지 왔다.

차츰 인적이 줄어들어 미행하는 게 어려워졌다.

그 때문에 나는 정비된 길이 아니라 그 주변의 길이 아닌 길을 이동했다.

점점 야생화가 되어 가는 자신을 조금 서글프게 느끼며 앞으로, 앞으로 나아갔다.

……여기서 아무 일도 일어나지 않으면 되돌아가자.

그렇게 생각하고 있을 때 주변의 기척이 바뀌었다.

오라버니를 습격하는 집단이 나타난 것이다.

일단 몸을 숨기고 상황을 살펴보았다.

……대체 놈들의 정체는 뭐지?

산적치고는 장비하고 있는 물건들이 지나치게 실용적이다.

귀족을 노렸다기보다는 애초에 앤더슨 후작가 자체를 노리고 습격한 것은 아닐까 라는 의문이 떠올랐다.

왕국군과 호위대는 각각 연대하여 싸우고 있지만…… 그 연대는 멀리서 보기에도 어설펐다.

하지만 그것도 어쩔 수 없는 일이다. ……아무래도 소속되어 있는 집단이 다르기 때문이다.

다만 그 때문에 그들 개개인의 기량을 완전히 살리지 못하는 것처럼 보이기도 했다.

평소 훈련을 보고 그들의 기량을 알고 있기 때문에 더더욱 그런 생각이 드는 것일지도 모른다.

적은 수적인 우세함에 힘입어 차츰 오라버니에게 다가오고 있었다.

그 광경에 나는 고삐를 조종하여 말이 달리는 속도를 높였다.

동시에 내 안에서 이글이글 분노가 타올랐다.

감히 오라버니를 노리다니…….

"……멜?"

교전하고 있던 슈레 씨가 제일 먼저 나를 발견했다.

"호위대! 파커스 님을 지켜라!"

그렇게 말하며 적 한 명을 해치웠다.

"……고맙다!"

슈레 씨는 곧바로 호위대를 이끌고 더욱 철통같이 오라버니를 보호했다.

그리고 뒤에서 오라버니를 노리는 적들과 교전하기 시작했다.

……늦지 않았다.

휴우. 짧게 안도의 숨을 내쉬었다.

그리고 나는 눈앞의 적들을 확인했다.

갑자기 난입해 온 나라는 존재에 눈앞의 적들은 아무래도 당황하고 있는 눈치였다.

하지만 그들은 곧바로 엷은 미소를 지었다.

"너 같은 꼬맹이가 나설 자리가 아니다! 물러가라!"

그렇게 외치며 다가온 적 한 사람의 목을 나는 단칼에 베었다.

내 몸 안의 피가 끓어오르는 것처럼 뜨겁게 달아오르기 시작했다.

하지만 반면 머리는 냉수를 뒤집어쓴 것처럼 차가웠다.

마치 머리도 몸도, 나를 구성하는 모든 것이 싸움에만 집중하기 위해 다시 구축되고 있는 것처럼.

"······꼬맹이 손에 죽다니 꼬맹이만도 못하군."

나는 깔보듯이 담담하게 중얼거렸다.

내가 좀 전의 기습 같은 형태가 아니라 정면으로 적을 쓰러뜨리자 시간이 멈춘 것처럼 정적이 감돌았다.

"가볍군······. 각오도 신념도 없는 너희의 검은 너무 가벼워."

그 가운데 나는 말을 이었다.

"흥, 각오? 신념? 그게 다 무슨 소용이지?"

뒤이어 몇 사람이 일제히 내게 달려들었다.

하지만 그 상황과는 반대로 마음은 침착하고 감각은 지극히 예리해져 있었다.

"가젤 장군에게 단련된 병사들이여, 이자들에게 똑똑히 새겨 주어라! 신념을 지닌 진정한 강함을! 진짜 싸움을!"

뒤에 있는 왕국군에게 외쳤다.

와아아. 뒤에서 함성 소리가 울려 퍼졌다.

"나를 따르라!"

그렇게 말하며 나는 적을 향해 나아갔다.

병사들이 내 뒤를 따라 말을 달렸다.

그 모습을 흘낏 확인하며 적 집단으로 돌진했다.

그리고 스쳐 지나가며 한 사람, 한 사람 차례차례 도륙했다.

내가 노리는 것은 적 집단 깊숙한 곳에 있는 리더 같은 인물.

그가 리더라는 걸 어떻게 알았냐고 묻는다면…… 그건 직감이라고밖에 설명할 방법이 없다.

점점 깊숙이 파고드는 나를 향해 적들이 달려들었다. 아군이 나를 원호하며 적들과 맞서 싸웠다.

나는 계속해서 앞으로 나아갔다.

"……네놈들, 앤더슨 후작가를 노려 놓고 살아서 돌아갈 생각은 하지 마라!"

가까이 있는 적들을 베며 분노를 담아 외쳤다.

찌릿찌릿. 공기가 떨리는 듯한 기분이 들었다.

적이 그 외침에 주춤하는 동안에도 나는 계속해서 말을 달렸다.

그리고 리더를 베었다.

……그 순간, 적 측에 동요가 이는 것이 느껴졌다.

"한 사람당 한 놈씩, 반드시 죽여라!"

그렇게 외치며 나는 가까이 있는 적들을 베었다.

한 사람 한 사람, 눈앞을 가로막는 적을 '반드시 죽여라'. ……그 지시대로 모두가 내 뒤를 이어 적을 도륙했다.

예상대로 적들은 단숨에 오합지졸로 전락했다.

이제부터 소탕전은 그리 힘겹지는 않을 것이다.

뼈와 살을 찢는 생생한 소리와 함께 그리운 쇠 냄새가 코끝을 스쳤다.

나를 포함한 왕국군 병사들도 차례차례 적을 도륙하며 그들을 포위하듯 둥글게 에워싸고 차츰 원을 좁혀 나갔다.

이윽고 남은 적은 한 손으로 헤아릴 수 있을 정도였다.

"……히익."

그들은 떨면서 나를 올려다보았다.

이미 말에서 끌려 내려와 겁에 질려 주저앉아 있었다.

언젠가 봤던 것과 똑같은 광경에 나는 이 상황에 어울리지 않는 미소를 지었다.

"정말 어설픈 각오로구나."

"각오, 각오…… 그게 대체 뭔데!"

적은 허세를 부리듯 내게 외쳤다.

"죽일 각오와 죽을 각오다."

나는 그 말에 담담하게 대답했다.

그 말에 적들뿐만 아니라 아군까지도 놀란 듯했다.

"……죽을 각오?"

"딱히 죽음을 바라는 건 아니야."

왕국군 중 한 사람의 물음에 나는 쓴웃음을 지으며 그렇게 변명했다.

"싸움에 '절대' 라는 건 없어. 아무리 몸을 단련해도, 기술을 연마해도…… 패배해서 죽을 수 있지."

그건 아버님께 어릴 때부터 줄곧 들었던 말이다.

내가 어릴 적부터 어렴풋하게나마 죽음을 이해하게 된 근원이 된 그 말.

"왜냐하면 전장에서 강자 따윈 존재하지 않으니까. 중요한 건 어떻게 적을 쓰러뜨리느냐……. 그걸 추구하고 또 추구한 자냐, 그렇지 않은 자냐. 그것뿐이니까."

나는 적들 중 한 사람과 눈높이를 맞추듯 쪼그려 앉았다.

"너희는 그 각오가 없었어. 그러니까 자신들이 불리해지자마자 그토록 쉽게 무너지기 시작한 거야. 정말로 그런 각오를 갖고 있었더라면…… 애초에 그 가능성을 두려워해서 안일하게 행동하지 않고 좀 더 생각을 해서 움직였겠지."

"……멜, 너는 어째서 그런 각오를 가지게 된 거냐?"

위에서 크로이츠 씨의 물음이 들려왔다.

그 진지한 목소리는 이 자리의 분위기와 어우러져서 지독히 크게 울려 퍼졌다.

"처음부터. 검을 쥘 때는 이미 각오를 하고 있었어요."

아버님의 말씀도 있긴 했지만.

당시에는 무엇보다도 복수를 이룬 후를 생각하지 않았기 때문이다.

하지만 복수라는 목적을 이룰 수만 있다면 적과 길동무가 되어도 좋다는 그 생각은 죽을 각오보다는 죽음을 바라는 것에 가까웠다.

"……하지만, 음. 지금은 그냥 그 두려움 이상으로 지키고 싶은 신념이 있어요. 그러니까 나는 계속 각오를 품고 살아갈 수 있어요."

아무도 나 같은 일을 겪게 하고 싶지 않아……. 그러기 위해 목숨을 거는 것은 주저하지 않는다.

그리도 동시에 나를 소중하게 생각하는 사람들을 위해서 나는 무슨 일이 있어도 살아남지 않으면 안 된다. ……그렇기 때문에 죽음이 두렵다.

죽음을 두려워하고 그렇기에 죽음을 각오하는 것.

그런 상반된 감정이 내가 말하는 죽을 각오다.

"……그런가."

"이야기가 길어졌군. 누가 이자들을 묶어라! 왕국군은 이자들을 연행하도록! 호위대 일동은 파커스 님을 호위해서 무사히 앤더슨 후작가까지 모셔라!"

싸움이 끝나고 조금 시간이 흘렀지만 아직 그때의 기분을 떨쳐 버리지 못하고 그만 거친 말투로 지시를 내렸다.

하지만 왕국군 병사들은 내 지시대로 척척 움직이기 시작했다.

……새삼스럽지만 용케 싸울 때 왕국군 병사들 모두 내 지시를 따라 줬구나.

대외적으로는 후작가와 관계없는 단순한 호위 겸 대역이라는 위치고, 애초에 후작가 영애라 해도 왕국군에 소속되어 있지 않은 내 지시를 따를 까닭은 없는데.

"……뭐, 아무렴 어때."

"……지금 뭐라고 했지? 멜."

"아뇨, 아무것도. 그럼 이자들을 잘 부탁합니다!"

그리고 나는 결국 오라버니와 함께 오랜만에 영지에 발을 들여놓았다.

제4장
공작 부인, 장래를 생각하다

가젤은 몇몇 호위를 거느린 채 말을 타고 달리고 있다.

파커스가 떠난 날과 같은 날 밤, 메를리스의 쪽지가 발견됐다. 저택에는 큰 소동이 일어났다.

고용인들은 쪽지를 뒤늦게 발견한 것을 사죄했지만 가젤은 그들을 질책하지 않았다.

본래 메를리스는 평소 훈련을 하느라 저택 안에 돌아오는 것은 해가 진 후.

게다가 대외적으로 메를리스는 귀족 영애가 아닌 단순한 대역 취급.

그녀가 진짜 후작가의 영애라는 사실을 아는 사람은 그녀가 할멈이라고 부르는 늙은 여인뿐이다.

다른 고용인들이 그녀가 없는 것을 의아하게 여기지 않는 것도 어쩔 수 없는 일이다.

그녀를 당장 데리고 돌아올 생각도 했지만…… 결국 그만뒀다.

일단 그녀도 움직이고 있다. ……따라잡기는 어렵다.

일행 중에는 호위대와 왕국군 병사들도 있다. 그들과 함께라면 어지간한 일이 없는 한 안전할 것이다…… 그렇게 생각해서 내린 판단이었다.

그 후 파발의 보고를 통해서 그녀가 싸움이 벌어진 순간까지 따로 행동했다는 사실을 알게 된 가젤은 그 안일한 생각을 뼈저리게 후회했지만.

"……장군, 기다리고 있었습니다."

앤더슨 후작령과 그 이웃 영지의 경계에 위치한 왕국군 초소에 도착하자 크로이츠가 기다리고 있었다.

"이번 일은 수고했네."

초소 안을 걸으며 가젤은 먼저 크로이츠를 치하했다.

초소 자체는 그리 넓지 않아서 순식간에 안쪽 간부용 방에 도착했다.

"……그런데 적은?"

아무도 없는 방에 들어가자마자 가젤은 곧바로 본론을 꺼냈다.

"사전 정보대로 용병이었습니다. 보수가 두둑해서 의뢰를 받아들였다고 하더군요. 앤더슨 후작령의 영지 경계선에서 신분이 높아 보이는 자를 무차별로 습격하는 것이 의뢰 내용이었다고 자백했습니다."

크로이츠의 보고에 가젤은 무거운 한숨을 쉬었다.

"그래……. 의뢰인은?"

"그게……."

한순간 크로이츠의 얼굴이 어두워졌다.

"모른다고 합니다."

"……모른다고?"

생각지도 못한 그 대답에 가젤은 눈살을 찌푸렸다.

"네. 직접 고용된 게 아니라 중개인을 통해서 계약을 했다더군요. 그 중개인에 대해 조사하고 있습니다만 아직 종적을 잡지 못해서…… . 살아남은 자들을 모두 심문했지만 모두 같은 대답이었습니다."

"……계속 수색에 힘써 주게."

"예! ……그럼 사전 정보를 어디서 얻었는지 가르쳐 주시겠습니까? 그쪽 얘기를 들어 보면 흔적을 찾기도 좀 더 수월해질 것 같습니다만."

"……아르메리아 공작가 가주."

"……네? 공작님께서?"

생각지도 못한 인물에 크로이츠는 그만 멍하니 되물었다.

"그래. 공작에겐 내가 물어보지. 뭔가 알아내는 대로 자네들과 정보를 공유하겠네."

"알겠습니다. ……그런데 공작님이 어째서…… ."

"그분의 정보망은 대단하니까. ……그리고 정보원은 절대 다른 사람에게 말하지 말게."

"네."

거기까지 말한 후 가젤은 지친 듯이 의자에 앉았다.

왕도에서 여기까지 거의 자지도 쉬지도 않고 달려왔으니 무리도 아니다.

함께 온 호위대 대원들은 도착하자마자 수면실에서 숙면을 취하고 있었다.

"……멜은 어땠나?"

가젤의 대수롭지 않은 물음에 크로이츠는 대답하지 않았다.

기이하게 여긴 가젤이 시선을 던지자 크로이츠는 떨림을 억누르지 못하고 있었다.

"……무시무시했습니다."

한순간 침묵에 잠긴 후 크로이츠는 무겁게 입을 열었다.

"호오……?"

"개인의 기량도 그렇거니와 곧장 상황에 맞는 지시를 내리는 결단력. 무엇보다…… 그 기백."

두려움에서 오는 떨림인가 했더니 그게 아니었다.

그는 흥분하고 있었던 것이다.

"그녀의 지시를 따를 이유가 없는데…… 정신을 차리고 보니 그녀를 따르고 있었습니다. 그런 건 아무래도 상관없다고. 자연스레 스무 살이나 어린 그녀의 등을 쫓고 있었습니다."

그 증거로 그의 말에는 차츰 열기가 고이기 시작했다.

"장군과는 다르지만 그녀는 분명 장수의 재능을 지니고 있습니다."

"나와는 다른 장수의 재능이라. 참고로 어떻게 다른가?"

"장군의 등은 등대입니다. 장군을 따라가면 괜찮다고…… 그 등을 따르는 것 자체가 자랑이며 이정표입니다. 그렇기 때문에 망설임이 없습니다. 반면 그녀의 등은…… 타오르는 업화 같았습니다. 우리 안에 도사리고 있는 본능에 불을 지펴서 억지로 망설임을 없애버리죠. 어디까지나 개인적인 느낌입니다만."

……뜨겁다.

메를리스가 적을 바라보는 그 순간, 크로이츠를 비롯한 왕국군 병사들이 느낀 감정은 바로 그것이었다.

뼛속까지 얼어붙는 듯한 목소리와는 달리 사람을 뒤흔드는 그 말과 행동.

그것을 보고 듣는 동안…… 어느 샌가 내면에서 타오르기 시작한 불꽃이 그날 그곳에서 그들을 움직인 것이다.

"……그렇군."

"일전에 장군께서 벨리스에게 파커스 님의 군략 교육을 의뢰하셨을 때 저는 최강의 군단이라도 만들 생각인가 하고 내심 야유했습니다만…… 완전히 틀린 생각은 아니었군요."

"자네가 그렇게까지 말할 줄은……. 뭐 좋아. 크로이츠. 나는 내일 아침 이곳을 떠나 영지로 향할 걸세. 만약 의뢰인에 대해 뭔가 알아내면 곧장 영지로 파발을 보내게."

"알겠습니다."

크로이츠는 그렇게 대답한 후 인사를 하고 방에서 나갔다.

문이 닫히고 그 모습이 완전히 보이지 않게 됐을 때 가젤은 또다시 한숨을 쉬었다.

그리고 천천히 눈을 감았다.

어깨의 힘이 빠진 탓일까. 차츰 의자 등받이 쿠션이 깊숙이 눌렸다.

거의 자지도 쉬지도 못하고 여기까지 달려온 탓에 아무리 가젤이라도 지친 모양이다.

그는 그대로 그곳에서 잠들었다.

† † †

『설마 따라올 줄이야……. 정말 어처구니없는 여동생이군. 그래도 구해 준 건 고맙다.』

그렇게 말하며 쓴웃음을 짓는 오라버니와 함께 영지에 발을 들여

놓은 지 며칠.

드디어 아버님이 도착했다는 소식이 들려왔다.

그리고 동시에 아버님께 호출을 당했다.

……각오는 하고 있었지만 무서운 건 어쩔 수 없군.

조금 두려움에 떨며 나는 아버님의 서재로 향했다.

"바보 같은 놈!"

아니나 다를까, 입을 열자마자 제일 먼저 벼락이 떨어졌다.

"대체 얼마나 많은 사람이 널 걱정했는지 아느냐! 제멋대로 구는 것도 정도가 있지!"

"멋대로 행동해서 걱정 끼친 점은 변명할 여지가 없습니다. 죄송해요, 아버님……."

내가 순순히 머리를 숙이고 사과하자 아버님은 나를 끌어안았다.

"네가 무사해서 정말 다행이다……! 그리고 파커스를 지켜 줘서 고맙다……!"

그렇게 말하는 아버님의 목소리는 떨리고 있었다.

그 말을 들은 순간…… 나도 가슴속에 뜨거운 것이 치밀어 올라 저도 모르게 눈물이 흘러내렸다.

"정말 죄송해요……."

……그리하여 오라버니는 무사히 용무를 마치고 우리는 모두 왕도로 돌아가게 되었다.

"……메리, 조금 진정하렴."

왕도로 돌아가는 마차 안, 계속 안절부절못하는 내게 오라버니가 말을 건넸다.

"그치만 오라버니. 오랜만에 드레스를 입었더니 진정이 안 돼서……. 그리고 손에 검이 없는 건 아무래도……."

메를리스로서 왕도로 향하게 된 나는 귀족 영애답게 드레스를 입고 마차를 타고 있었다.

익숙하지 않은 옷과 환경에 아무래도 마음이 불편했다.

그런 내 모습에 오라버니는 쓴웃음을 지었다.

"아버님도 함께다. ……그렇게 걱정하지 않아도 괜찮아. 너는 느긋하게 바깥 풍경이라도 보고 있으면 돼. 아무래도 올 때는 그럴 여유가 없었겠지?"

"……네."

고개를 끄덕이긴 했지만 그 상황에 곧바로 익숙해지지는 않았다. ……결국 그 탓에 집으로 돌아가는 길은 올 때보다 오히려 피로감이 느껴졌다.

밤이 지나고 아침 식사를 한 후 곧 멜의 옷으로 갈아입었다.

늘 입고 다니는 복장으로 갈아입고 나서야 겨우 살 것 같은 기분이 들었다.

이제부터는 전에 영지에서 그랬던 것처럼 멜과 메를리스 이중생활이다.

훈련을 할 때는 멜, 그 외에는 메를리스로 지낸다.

훈련을 계속하는 것에 아버님이 난색을 표하진 않을까 생각했지만 의외로 쉽게 허락해 주셨다.

그 사실에 안도하며 나는 훈련장으로 향했다.

"……멜."

나를 부르는 목소리에 발걸음을 멈추자 할멈이 나를 바라보고 있었다.

"걱정했답니다. ……정말로. 당신에게 무슨 일이 생기면 저는 어떻게 하지요? 아가씨께도 주인님께도 면목이 없습니다."

"……걱정 끼쳐서 미안해요. 하지만 보다시피 난 멀쩡해요."

"……조금만 더 쉬면 좋을 텐데. 오늘 막 돌아왔잖아요?"

"네. 하지만 앤더슨 후작가에 다녀오느라 꽤 오랫동안 쉬어서요. 몸이 둔해지지 않도록 되도록 오늘부터 훈련에 참가하고 싶어요."

"그렇군요. ……당신이라면 걱정은 필요 없겠지만 그래도 조심하세요. 전 아가씨는 어떠신지 확인하고 올 테니까요."

할멈은 멜이 메를리스라는 것을 아는 몇 안 되는 고용인이자 협력자.

그녀가 없으면 이 이중생활은 성립되지 않을 것이다.

지금도 이 아무도 없는 방에서 마치 메를리스와 함께 지내는 척해 주고 있다.

"고맙습니다. 그럼 아가씨께 안부 전해 주세요."

그렇게 말한 후 훈련을 하러 나갔다.

몸을 움직였다고 실감할 수 있었던 것은 오랜만이었다.

앤더슨 후작령에서는 멋대로 군 벌로 훈련 참가 금지를 명령받았고 돌아오는 길에도 계속 마차를 타고 있었기 때문이다.

땀을 흘린 덕분에 마음마저 개운해진 기분이었다.

"……멜, 오랜만이구나."

"크로이츠 씨! 지난번에는 감사했습니다."

내 인사에도 크로이츠 씨는 아무런 반응도 하지 않았다.

의아한 마음에 고개를 갸웃거리자 크로이츠 씨가 갑자기 웃음을 터뜨렸다.

"아, 그냥 평소의 너구나 싶어서."

"무슨 뜻이죠?"

"아니, 아무것도 아니야."

크로이츠 씨가 웃음을 꾹 참으며 말했다. 나는 역시 영문을 모른 채 고개를 갸웃거릴 수밖에 없었다.

"아— 멜!"

"오랜만이구나. 어떻게 됐냐? 장군님께 칭찬받았냐?"

크로이츠 씨와 이야기를 나누고 있을 때 다른 왕국군 병사들이 다가왔다.

"오랜만입니다, 여러분. 지난번에는 감사했습니다. 실은 멋대로 구는 바람에 많이 혼났어요……. 당분간 근신을 명령받았습니다. 근신이 풀린 후에 혼자 말을 타고 왕도로 돌아와서 오늘 도착했습니다."

"아— 그럼 장군 일가와는 따로 행동했겠구나."

"네. 하지만 호위 역인데 아가씨와 너무 오래 떨어져 있을 수는 없어서…… 빨리 돌아왔습니다."

"그렇군. 참, 그런데 너 아가씨 봤냐?"

"오, 봤어, 봤어, 슬쩍 본 것뿐이지만."

"으음— 너무 멀어서 잘 보이진 않았지만 역시 멜이랑 닮았더군."

"맞아—."

그 대화에 철렁 가슴이 내려앉았다.

닮은 게 아니라 본인이다…… 라고는 입이 찢어져도 말할 수 없다.

"닮지 않으면 대역 노릇을 할 수 없으니까요."

내 말에 그들은 납득한 듯이 고개를 끄덕였다.

"그건 그래. 하지만 외모는 비슷해도 알맹이는 영 딴판이잖아? 재미있는걸."

"그러게 말이야. 한쪽은 병약한 후작가 영애. 한쪽은 장군이 아끼는 제자이자 다 큰 어른들을 픽픽 쓰러뜨리는 강자! ……그러고 보니까 진짜 정반대네."

내가 생각해도 확실히 고개가 끄덕여졌다.

뭐 병약 운운은 설정이지만.

"하, 하하하……."

주위에 맞춰 함께 웃었다.

무심코 메마른 웃음이 흘러나온 것은 어쩔 수 없는 일이지만.

"……아, 그건 그렇고 멜. 훈련 후에 시간 있어? 모의전에 끼지 않을래?"

"네, 기꺼이."

역시 난 이쪽이 성격에 맞는다.

아무래도 계속 이렇게 지냈으니까.

그리고 앞으로도 이런 나날이 계속됐으면 좋겠다…… 그렇게 생각했다.

그 후 훈련에 참가해서 훈련을 하고 약속대로 희망자들과 몇 번이나 모의전을 치렀다.

역시 땀을 흘리는 건 기분 좋다.

지금까지 느꼈던 마음의 피로가 풀린 듯한 기분이 들었다.

"……멜, 역시 넌 굉장해."

"왜 그러시죠, 갑자기."

옆에서 함께 땀을 닦고 있던 크로이츠 씨의 말에 고개를 갸웃거렸다.

"지난번 파커스 님을 호위할 때도 생각했지만 너는 검을 쥘 때 꼭 다른 사람 같아. 평소에는 평범한 소녀 같은데."

"……그런가요? 전 의식한 적이 없어서 잘 모르겠습니다만."

확실히 싸울 땐 말투가 거칠어지는 자각은 있지만.

하지만 그건 생사가 걸린 상황에서만 그럴 뿐, 평소 훈련을 할 때는 그렇지 않은 것 같은데.

"뭐 그렇겠지……. 그러고 보니 너, 새로운 목표는 뭐냐?"

그 물음의 의미를 이해하지 못하고 또다시 고개를 갸웃거렸다.

"왜 전에 말했잖아? 원수를 갚겠다는 목표는 잃었지만 새로운 목표가 생겼다고_ 그걸 위해 검을 연마하고 있다고."

뒤이어 흘러나온 크로이츠 씨의 말에 나는 "아……"하고 중얼거렸다.

"여러분이에요."

"……뭐?"

"여러분처럼 누군가를 지킬 수 있는 사람이 되고 싶어요. 여러분처럼 장군님이 걸어간 길을 뒤따라가고 싶어요. 그리고 제 뒤에도 누군가가 따라와 준다면…… 누군가가 누군가를 지키는 그 고리가 퍼져 나가면 이윽고 이 나라 전체에도 저처럼 상실의 슬픔을 겪는 사람이 사라질 것 같아서요. 그러기 위해서 왕국군에 들어가고 싶어요."

"……너……."

내 말에 크로이츠 씨는 뭔가를 말하려다 그만뒀다.

"그렇군……."

그다음 말이 신경 쓰였지만 그걸 묻기 전에 크로이츠 씨가 복잡한 미소를 지으며 납득한 듯이 중얼거리는 바람에 더 이상 물어볼 수 없었다.

† † †

그로부터 두 달 후, 나는 아버님의 호출을 받고 집무실로 향했다.

"……실례합니다."

방 안에는 아버님 말고도 크로이츠 씨와 벨리스 씨가 있었다.

그 세 사람이 뿜어내는 분위기 탓일까, 놀랄 만큼 무거운 공기가 방 안을 감싸고 있었다.

"왔느냐. ……멜, 너에게 부탁이 있어서 불렀다."

"무슨 일이시죠?"

"왕국군 임무에 협력해 주지 않겠나?"

생각지도 못했던 말에 한순간 말문이 막혔다.

"대체 무슨……."

"몇 주 전부터 신분이 높거나 유복한 가정의 영애가 유괴되는 사건이 빈번하게 발생하고 있다. ……이 왕도에서."

설마……. 그렇게 말하려다 입을 다물었다.

아버님의 말이 거짓이 아니라는 것은 아버님의 목소리와 이 자리의 분위기만 봐도 너무나 잘 알 수 있었기 때문이다.

"놈들이 교묘해서 조사를 해도 도무지 단서를 잡을 수 없다. 안타깝게도 잡혀 있는 사람들이 사람들인 만큼 빨리 해결해야 한다만……."

"……그러니까 제가 메를리스 님 대역으로 메를리스 님이 돼서 미끼 노릇을 하라는 건가요?"

"……그렇다."

"알겠습니다. 구체적인 작전을 가르쳐 주세요."

"……괜찮겠나? 네 역량은 알고 있다만…… 그래도 위험한 임무다."

"그런 위험한 곳에 아무 힘도 없는 소녀들이 잡혀 있지 않습니까?

그녀들의 부모님도 무척 걱정하고 계시겠죠. ⋯⋯무엇보다 시간이 흐르면 흐를수록 그녀들의 신변도 더욱 위험해집니다. 빨리 해결하는 게 무엇보다 중요하지 않을까요. 그러기 위해 이 힘을 쓸 수 있다면 무엇을 망설이겠습니까?"

내가 그렇게 단언하자 아버님은 한숨을 내쉬었다.

"그런가. ⋯⋯그럼 벨리스. 설명을 부탁하네."

벨리스 씨의 설명을 들은 후 나는 작전대로 움직이기 위해 메를리스의 옷을 입었다.

그리고 계획대로 왕국군 병사들을 포함한 몇몇 호위를 거느리고 마차에 올라탔다.

저녁 이 시간, 귀족들의 저택이 모여 있는 이 구역은 거리를 오가는 사람도 그리 많지 않다.

한 번에 걸려들면 좋을 텐데⋯⋯.

멍하니 그런 생각을 하며 거리를 바라보았다.

저녁 시간 왕래가 적은 거리의 풍경은 어딘가 쓸쓸함과 애달픔을 느끼게 한다.

임무 중인데도 왠지 마음이 차분해서 그런 생각을 할 여유가 있는 나 자신이 우스웠다.

⋯⋯좀처럼 일이 쉽게 풀리지 않아서 그날은 결국 허탕으로 끝났다.

그로부터 일주일간 작전을 속행했다.

비정기적으로 귀족 구역이나 그 밖에 일부러 인적이 드문 왕도를 산책했지만⋯⋯ 적은 걸려들지 않았다.

혹시 유괴 사건 범인은 활동을 그만둔 걸까?

그런 의심이 머릿속을 스쳐 지나갔다.

물론 나 이외에 다른 부대가 조사를 맡고 있지만…… 좀처럼 진척은 없다.

설령 그들이 적을 발견한다 해도 그대로 쳐들어가기는 어렵다.

가장 우선해야 할 것은 잡혀 있는 아이들을 구출하는 것.

섣불리 적지에 뛰어들었다가 붙잡힌 아이들을 인질로 삼기라도 하면 그야말로 끝장이다.

그러니까 제일 좋은 방법은 내가 잡혀서 내부에서 그녀들을 호위하는 것인데…….

그런 생각을 하고 있을 때 갑자기 주위가 소란스러워졌다.

설마…… 하며 마차 밖을 살펴보자 교전 중인 호위들이 보였다.

아무래도 오늘은 성공인 모양이다.

심장이 시끄럽게 뛰고 머리는 싸늘하게 식어 가는 감각이 들었다.

벌컥 마차 문이 열렸다.

"……자, 아가씨. 함께 따라와 주시겠습니까?"

정중한 말투와는 달리 비열한 미소를 짓고 있는 남자.

……물론 호위병은 아니었다.

나는 겁먹은 듯이 뒤로 물러났다.

……이 정도면 그럴듯해 보이려나?

머릿속 한구석으로 그런 생각을 하며 남자를 열심히 바라보았다.

남자는 저항하지 않는 나를 억지로 움켜잡고 밖으로 끌어냈다.

호위들은 다른 적들과 한창 싸우고 있었다.

나는 남자들의 손에 이끌려 길모퉁이에 세워 둔 다른 마차를 타고 그대로 끌려갔다.

어디로 가는 걸까……. 밖을 보고 싶지만 눈가리개를 해서 볼 수가 없었다.

단지 기척을 통해 몇 명이 있는지는 대충 알 수 있었다.

이것도 다 평소의 훈련 덕분이다.

하지만 과연 호위 행세를 하던 왕국군과는 별개로 뒤에 숨어 있던 사람들이 나를 쫓아올 수 있을지…… 알 수 없다.

거기까지는 아무래도 예측할 수 없었다.

일단 그들을 신뢰하고 있지만…… 여차하면 나 혼자서라도 싸울 각오가 되어 있었다.

그로부터 얼마 후 마차가 멈췄다.

그리고 나는 팔을 억지로 붙잡혀서 걷게 되었다.

마차에서 내린 후 생각보다 꽤 오랫동안 걷고 있다만……. 그렇다면 즉 제법 넓은 장소라는 뜻이다.

대체 무슨 건물일까?

어차피 건축 양식은 그렇게 다르지 않을 테니 건물 내부의 정보를 몸으로 기억하기 위해 정신을 집중했다.

눈가리개를 해서 보이지는 않지만 몇 걸음 직진하고 몇 층 계단을 올라 몇 번 모퉁이를 돌았는지 머릿속에 저장했다.

드디어 도착한 걸까, 문을 여는 소리와 함께 누군가 나를 방 안으로 밀어 넣고 눈가리개를 풀어 줬다.

안은 평범한 방이었다.

아니, 적당히 정돈되어 있지만…… 보통 유괴범의 거점이란 좀 더 지저분하고 번잡할 거라고 생각했던 만큼 위화감이 느껴졌다.

그래, 마치 귀족 저택 같은 느낌이다.

물론 값비싼 장식품이나 문양이 새겨진 물건은 아무것도 없지만.

문득 떠올린 가능성에 부르르 몸이 떨렸다.

실내를 둘러보다가 방 한구석에서 서로 몸을 맞대고 있는 아이들을 발견했다.

곧바로 몇 명인지 헤아려 보았다.

다섯 명…… 사전에 벨리스 씨에게 들었던 유괴당한 아이들의 숫자와 일치한다.

"……여러분, 다친 곳은 없나요?"

그렇게 말을 걸며 재빨리 그들의 몸을 훑어보았다.

무례한 시선이었지만 이 자리에서 그것을 질책하는 사람은 아무도 없었다.

"괘, 괜찮아. 당신도 여기 끌려온 거야……?"

아무도 입을 열지 않고 머뭇머뭇 고개만 끄덕이는 가운데 씩씩하게도 그렇게 말하는 아이가 있었다.

"네. 쇼핑을 하러 가다가 갑자기……. 여러분도?"

내 물음에 모두가 머뭇머뭇 고개를 끄덕였다.

몹시 겁에 질렸는지…… 뺨에는 눈물자국이 있고 모두 안색도 나빴다.

지금 이 순간에도 울고 있는 아이가 있었다.

공포는 전파된다. ……무엇보다도 몸을 웅크린 채 떨고 있는 그 모습이 슬퍼서 나는 그 아이를 끌어안았다.

"……괜찮아요."

토닥토닥 그녀의 등을 부드럽게 두드렸다.

"분명히 곧 구조가 올 거예요. 그리고 제가 반드시 당신들을 지켜 줄게요."

속삭이듯 그렇게 말하며 잠시 그대로 끌어안고 있었다.

이윽고 차츰 떨림이 멈추고 그녀의 몸에서 스르륵 힘이 빠져 나갔다.

"……당신은 대체……? 내 이름은 샬리아. 텔로즈 백작가의 딸이야."

"저는…… 앤더슨 후작가의 메를리스."

"뭐? 그 가젤 님의 따님?"

"그분의 호위 겸 대역 멜이라고 합니다. 이번 사건을 해결하기 위해 이곳에 잠입했습니다. 지금 제 임무는 여러분을 지키는 것입니다."

내 말에 겨우 안심한 듯한 분위기가 흘렀다.

같은 또래인 내가 한 말이지만 확실하게 지켜 주겠다는 말이 안도로 이어진 모양이다.

인간이란 궁지에 몰리면 지푸라기라도 잡는 법이다.

……물론 나는 지푸라기로 만족할 생각은 없지만.

"그러니까 정말 죄송하지만 여러분, 여기서는 제 지시를 따라 주세요. 일단 적이 와도 소란을 피우거나 움직이지 말고 계속 웅크려 계세요. 여러분이 한자리에 모여 있어야 저도 지키기 쉬우니까요. 그리고 장소는 좀 더 구석에 붙어서……. 여기 있어 주세요."

나는 자리에서 일어서서 방 한쪽을 가리켰다.

문에서 가장 멀리 떨어진 안쪽 구석이다.

다들 지시한 대로 천천히 일어서서 내가 가리킨 곳에 머뭇머뭇 앉았다.

"그리고 무서우면 눈을 감고 계세요. 어려울지도 모르지만 비명도 지르지 않아 주셨으면 합니다."

작은 탁자 같은 비교적 가벼운 가구를 차례차례 끌고 와서 방벽을 만들었다.

"나도 도울게요."

스푼보다 무거운 물건은 들어 본 적도 없을 것 같은 귀족 영애 샬리아가 도움을 자청하여 나와 함께 둘이서 가구를 옮겼다.

덕분에 무거운 가구도 움직일 수 있었다.

방벽이라고 해 봤자 당장이라도 부술 수 있을 만큼 허술하지만 없는 것보다는 낫겠지.

방벽을 다 만든 후 샬리아를 안으로 들여보내고 나는 스커트를 찢었다.

여차할 때 이 긴 스커트를 입고서는 움직이기 힘들다.

그리고 스커트 안에 숨겨 뒀던 검을 손에 쥐었다.

평소 사용하는 것보다 가볍고 작은 검이다.

거기까지 행동했을 때 느닷없이 밖이 소란스러워졌다.

……아무래도 별동대가 무사히 내 뒤를 따라온 모양이다.

한동안 밖의 소란스러움에 귀를 기울이고 있자니 아무래도 우리가 있는 곳에도 손님이 찾아온 듯했다.

난폭하게 문이 열리는 소리와 함께 나를 끌고 온 남자가 나타났다.

황급히 방 안으로 들어온 남자는 내가 들고 있는 검을 보고 걸음을 멈췄다.

"아가씨, 그건 대체 뭐지?"

"뭐긴. 이걸로 싸우려고."

"아가씨가 검을? 그만두는 게 좋을걸? 어중간하게 배운 실력으로는 다치기만 할 텐데."

"어중간한지 어떤지는 당신 몸으로 확인해 보지 그래?"

그렇게 말하며 나는 남자에게 달려들었다.

반사적으로 남자가 검을 휘둘렀다.

……느려.

살짝 몸을 젖혀 그 검을 피한 후 그대로 아래에서 위로 검을 그었다.

남자는 신음 소리조차 내지 못한 채 바닥에 쓰러졌다.

……죽었나?

확인하기 전에 쓰러진 남자의 급소에 검을 꽂았다.

혹시 그러다 움직일지도 모르니까.

이 자리에 있는 것은 나 한 사람. ……그리고 뒤에는 싸울 수 없는 아이들.

리스크는 조금이라도 줄여야 한다.

검을 들고 휘두르자 칼날 끝에 맺혀 있던 붉은 피가 방울방울 떨어졌다.

곧바로 문 근처에서 대기했다.

그리고 얼마 후 다음으로 나타난 것은 남자 두 명.

남자들은 쿵쾅쿵쾅 발소리를 울리며 다가왔다.

방에 완전히 들어오기 전에 품 안으로 파고들어 일단 한 사람을 처리했다.

또 한 명은 동료가 당해서 놀라는 동안 그대로 검을 휘둘러 베어 버렸다.

털썩, 털썩. 남자들이 쓰러졌다.

처음과 마찬가지로 쓰러진 남자들에게 최후의 일격을 가한 후 시체를 살짝 옆으로 옮겼다.

여러 명이 동시에 들어오면 아무리 나라도 혼자서는 싸우기 힘들다.

아니, 정확하게 말하자면 나 혼자 모두를 지키기는 힘들다.

제법 넓은 방이라 더더욱 그렇다.

따로따로 움직이면 아무래도 대처가 늦어진다.

하지만 문 옆에 있으면 적이 안으로 들어오면서 한곳에 모여 있게 된다.

그걸 이용할 생각이다.

귀에 들려오는 소란이 차츰 커졌다.

아무래도 별동대가 가까이 다가오고 있는 모양이다.

그런 생각을 하고 있을 때 또다시 누군가가 밖으로 나오는 기척이 느껴졌다.

이번에도 두 사람. 조금 전과 같은 방법으로 한 사람을 베었다.

그리고 그대로 다른 한 명에게 검을 휘두르려다가…… 나는 재빨리 다리에 힘을 주며 한순간 움직임을 멈춘 후 뒤로 몸을 날렸다.

적의 칼끝이 아슬아슬하게 나를 쫓아와 옷을 찢었다.

검을 든 적은 한순간 멍한 표정을 지었다. ……그리고 웃었다.

"벤 줄 알았는데…… 아가씨는 제법 감이 좋군."

"네, 그런 것 같군요."

나는 식은땀을 흘리며 남자를 응시했다.

……강하다. 그것도 좀 전의 남자들과는 격이 다르다.

이렇게 관찰해도 빈틈다운 빈틈은 보이지 않는다.

먼저 남자가 움직였다.

빠르고 정확한 움직임에 내심 혀를 차며 하나씩 공격에 대응했다.

카앙, 카앙. 검을 부딪치는 소리가 울려 퍼졌다.

중심을 살짝 비튼다. 그 순간 나의 다음 움직임을 예측하고 남자가 검을 휘두른다.

나는 그 검을 피하며 살짝 거리를 벌렸다.

……어째서일까.

이 상황에서 적이 강한 것은 불리한 일인데 자신은 왜 기뻐하고 있는 걸까.

목숨이 걸려 있는 이 순간이 어째서 즐겁게 느껴지기조차 하는 걸까.

"이런, 엄청난 기백이군⋯⋯."

질린 듯이 중얼거리는 남자의 말은 내 귀에는 닿지 않는다.

⋯⋯아주 작은 틈도 놓치지 마.

⋯⋯적의 움직임에서 미래를 예측해라.

내 안의 내가 그렇게 속삭인다.

다음 순간 나는 남자에게 달려들었다.

남자는 내 움직임에 반응하여 위에서 아래로 검을 휘둘렀다.

그 공격을 흘려 보내며 또다시 공격을 하기 위해 검을 휘둘렀다.

검은 피했지만 남자의 자세가 살짝 무너졌다.

나는 그 순간을 놓치지 않았다.

한 걸음 앞으로 내디디며 검을 휘둘렀다.

확실한 손의 감촉과 함께 붉은 액체가 튀어 올랐다.

그리고 남자는 쓰러졌다.

"⋯⋯당신과 함께 두 사람만 더 왔더라면 위험했겠군."

만약 그랬다면 저 아이들을 모두 지키기는 어려웠을 것이다.

나는 쓰러진 남자의 숨통을 끊은 후 호흡을 가다듬었다.

검이 스친 옆구리에서 살짝 피가 배어 나오고 있었다.

하지만 그렇다고 쉴 수는 없다. 나는 기척을 감지하기 위해 정신을 집중했다.

쿵쾅쿵쾅. 또다시 발소리가 다가오는 것이 느껴졌다.

이윽고 문을 열고 그들이 들어왔다. ⋯⋯그들은 낯익은 왕국군 병사들이었다.

"기다렸지, 멜! 무사하냐!"

"네. 그럭저럭. ……이곳은 제압된 건가요?"

"응. 멜 덕분에 마음껏 싸울 수 있었어. 고마워!"

"그렇다면 다행이군요. ……지금부터 저걸 철거하는 걸 도와주시겠어요?"

그렇게 말하며 간이 방벽을 가리키자 한순간 그와 그 주위에 있는 사람들은 놀란 듯이 그 방벽을 바라보다가 이윽고 쓴웃음을 지으며 함께 치우는 것을 도와줬다.

동시에 바닥에 굴러다니는 내가 죽인 자들을 그녀들의 눈에 띄지 않도록 구석으로 옮겼다.

"여러분, 왕국군 여러분이 구해 주러 오셨습니다. 다들 괜찮으신가요?"

나는 왕국군 병사들 앞으로 나서며 말했다.

유괴당한 걸 생각하면 같은 여자에다 조금 전 대화를 나눴던 내가 앞으로 나서는 것이 더 좋을 거라고 판단했기 때문이다.

내 물음에…… 아니, 내 모습을 본 샬리아가 울음을 터뜨릴 것 같은 표정을 지었다.

"우린 괜찮아. 당신이 지켜 줘서. 그보다 당신, 그 상처는……."

"이 정도는 괜찮아요."

뭐야, 그래서였나……. 그렇게 생각하면서도 날 걱정해 주는 그녀의 마음에 웃음이 흘러나왔다.

"정말 고마워. 당신이 우릴 지켜 줘서…… 나는, 우리는 무사할 수 있었던 거야. 아무리 감사해도 부족할 정도야."

그렇게 말하며 그녀는 내게 다가왔다.

"안 돼요. 더럽습니다."

나는 내가 피투성이라는 사실을 떠올리고 그녀의 움직임을 막았다.

하지만 그녀는 고개를 저으며 나를 끌어안았다.

"……우릴 위해서 뒤집어쓴 오물을 어떻게 꺼릴 수 있겠어? 정말 고마워."

그녀의 그 말과 행동에 어째서인지 두 눈에서 눈물이 흘러내렸다.

"……여러분, 이제 그만……."

왕국군 한 사람이 말하기 껄끄러운 듯이 모두에게 말했다.

샬리아가 살며시 내게서 떨어졌다.

……그 후 나는 그녀들이 왕국군 병사들의 보호를 받으며 무사히 돌아가는 것을 지켜보았다.

† † †

"……오랜만이군."

탑에서 바깥 풍경을 바라보고 있을 때 루이가 나타났다.

오랜만에 보는 그의 모습에 가슴이 설레었다.

이곳이 마음에 들어서 왕도에 있을 때는 매일은 아니더라도 무척 자주 찾아왔었다.

그래도 루이와 만나는 건 몇 달 만인지 모른다.

오랜만에 보는 루이는 키가 많이 자라 있었다.

"루이!"

"무슨 좋은 일이라도 있었나?"

갑작스러운 물음에 나는 고개를 갸웃거렸다.

"좋은 일이 있었다고 얼굴에 쓰여 있는데."

"……그렇게 티 나?"

내 물음에 루이는 미소를 지었다.

그런 그의 반응에 나는 단념하고 입을 열었다.

"얼마 전에 어떤 여자아이를 구했어. 자세한 설명은 생략하겠지만…… 그 아이가 해 준 감사의 말이 왠지 내가 지금까지 쌓아 올렸던 건 헛되지 않다고, 의미 있는 거라고 긍정해 주는 것 같아서…… 무척 기뻤어."

앞이 보이지 않는 어둠 속을 걷는 외길.

사람의 인생은 그런 것이라고 나는 생각한다.

무슨 일이 일어날지, 무엇이 기다리고 있을지…… 미래는 1분 1초 앞조차도 알 수 없다.

또한 이미 일어난 일은 돌아가서 다시 고칠 수도 없다.

그렇기 때문에 인간은 '이랬으면 좋았을걸' '저랬으면 좋았을걸'이라고 후회하는 것이다.

인간은 누구나 그런 앞이 보이지 않는 길을 걷고 있다.

목표와 꿈이라는 작은 불빛을 손에 들고.

하지만 그렇기에 때때로 불안해진다.

내가 해 온 일들은 의미가 있는 걸까…… 라고.

어중간한 각오로 걸어온 길은 아니다.

피로 물든 길을 그래도 기꺼이 걸어온 것이다.

설령 다시 시작할 기회를 얻는다 해도 틀림없이 내가 선택할 길은 변하지 않을 것이다.

……그래도.

누군가가 내가 걸어온 길을 긍정해 주는 것이 이토록 기분 좋은 일일 줄은 몰랐다.

무엇보다도 상실의 두려움을 맛보지 않게 돼서…… 정말 다행이다.

나는 진심으로 그렇게 생각했다.

그 안도감 때문에 그때 나는 눈물을 흘렸던 것 아닐까……. 이제와 돌이켜보면 그런 생각이 든다.

"그래? 잘됐다."

루이의 말에 나는 미소를 지었다.

"응."

한순간 살며시 바깥 풍경을 바라보았다.

그도 내 옆에서 역시 바깥 풍경을 바라보고 있었다.

나는 문득 가까이 있는 그의 얼굴을 바라보았다.

안도하고 있는 듯한 부드러운 표정.

저 깊은 푸른색 눈동자로 바라보는 세상은 그의 눈에 어떻게 비치고 있을까. 시인이라도 된 것 같은 말이 머릿속에 떠올랐다.

잠시 그의 얼굴을 바라보다가 문득 그 모습이 신경 쓰여서 입을 열었다.

"루이, 너 혹시 피곤해?"

"갑자기 그건 왜?"

"왠지 안색이 안 좋아 보여서."

조심스럽게 대답하자 그는 한순간 아무런 대꾸도 못하고 주저앉았다.

"아…… 뭐 그럴지도. 요즘 잠을 별로 못 잤거든."

"뭐! 그럼 여기 오지 말고 자지 그랬어? 빨리 돌아가서 자! 몸에 안좋아."

당황하며 그렇게 말하자 그는 쿡쿡 웃었다.

"어째서일까⋯⋯. 평소에는 시간이 없다고 쫓기고 있는 듯한 기분이 들어서 견딜 수 없어."

"⋯⋯시간? 무슨 소리야?"

"뭐 단순히 그만큼 일이 많기도 하지만 대부분 나 혼자 그렇게 생각하는 것뿐이야. 나는 줄곧 아버님의 등을 쫓고 있어. ⋯⋯언젠가 아버지 뒤를 이을 때를 위해서, 아니, 잇고 싶기 때문에 더더욱. ⋯⋯하지만 쫓아가면 쫓아갈수록 아버지와의 격차가 느껴져."

멍하니 먼 곳을 바라보며 그는 속삭이듯 말했다.

"내겐 모든 게 부족해. 지식도 경험도 발상력도⋯⋯. 무엇보다도 재능이. 그래서 그 부족한 것들을 메우기 위해 열심히 생각하고 배울 수밖에 없어."

언제였던가, 내가 아버님과의 모의전에 이기고 싶다고 생각했던 때가 머릿속에 떠올랐다.

나도 그랬다.

부족한 무언가. 그걸 메우기 위해 뭔가를 찾지 않으면 안 된다고.

"재능이 부족하면 그걸 극복하기 위해 배워서 몸에 익힐 수밖에 없잖아? ⋯⋯시간은 유한해. 아버님의 뒤를 이을 그때를 위해 나는 최대한 많은 일을 하지 않으면 안 돼. ⋯⋯그렇게 생각하면 자꾸만 시간이 없어서 쫓기는 기분이 드는 거야."

"⋯⋯괜히 아는 척하는 말로 들릴지도 모르지만⋯⋯ 그 마음은 이해해. 나도 검을 배우는 과정에서 몇 번이나 부족한 뭔가를 메우지 않으면 안 된다고 생각했으니까. 여자의 몸으로 검을 배우다 보면 더더욱 그럴 수밖에 없지."

내 말에 루이는 살짝 미소를 지었다.

"하지만 이해할 수 없는 건…… 너는 왜 그렇게까지 너 자신을 몰아세우는 거지? 물론 시간은 유한하지만 너나 내가 어른이 될 때까지 아직 시간은 남아 있는데. ……뭐 다를 게 없는 내가 잘난 척하며 할 말은 아니지만."

"아니. 아마 네 말이 맞을 거야. 내가 초조해하고 있을 뿐이라는 건 나도 알고 있으니까. 하지만, 그래…… 내가 나답게 살아가기 위해서 필요한 거야. 한 번 꺾이면 그대로 떠밀려서 어중간하게 끝날지도 모르니까. 그러면 언제까지나 아버지의 커다란 그림자 뒤에 숨어서 살아가야 하니까. 그렇게 되면 내 꿈을…… 이 나라의 버팀목이 되고 싶다는 소망이 이루어지더라도 '아버지라면 좀 더 잘할 수 있을지도 모르는데.' 라며 앞으로 나아갈 수 없게 되겠지. 그게 무서워. 그것만은 싫어. 그때 이렇게 했으면 좋았을걸, 좀 더 진지하게 노력할걸…… 하고 후회하고 싶진 않아."

그가 자신이 하고 싶은 일을 말했던 그때를 나는 잊을 수 없다.

이 탑에서 그가 그 소망을 말했을 때도.

그것이 내 안에도 뿌리를 내리고 있으니까.

……과연 그는 얼마만큼 저항해 온 걸까.

그가 하고 싶은 일을 가로막고 있는 벽.

그에게는 그것이 지나치게 거대한 아버지의 그림자인 거겠지.

……그의 아버지의 의도는 그렇지 않을지라도.

"……그게 너의 첫 싸움이구나."

"그래."

"……그래도, 아니, 그렇다면 더더욱 너는 빨리 자야 해. 몸이 망가지면 모든 게 끝이잖아?"

"그렇지만……."

그는 잠시 말을 끊고 또다시 먼 곳을 바라보았다.

"사람에게는 돌아가고 싶은 풍경이 있다더군."

추상적인 말에 나는 고개를 갸웃거렸다.

"어머니가 하신 말씀이야. ……예를 들면 가족들과 함께하는 식사 시간, 친구와 함께 노는 시간. 그리고 놀이가 끝나고 집으로 돌아오는 길에 본 저녁노을. 그런 일상의 사소한 시간들이 어른이 되면 무엇보다도 아름답고 무엇보다도 사랑스럽게 느껴진다나."

루이의 부드러운 목소리가 석양에 잠긴 거리의 분위기에 녹아서 사라져 간다.

……어쩐지 그것이 안타깝고 아름답다고, 나는 그의 이야기를 들으며 멍하니 그렇게 생각했다.

"그런 시간을 차곡차곡 쌓아 올리면 쌓아 올릴수록 어른이 됐을 때 강해질 수 있다더군. 아무리 어른이 되어서 더러운 세계를 보더라도…… 아니, 그럴수록 더더욱 그리운 추억이 반짝반짝 빛난다고. 그래도 세상은 아름답노라…… 그렇게 생각할 수 있다고. ……뭐, 요약하자면 어릴 땐 어린아이답게 노는 것도 중요하다는 말씀을 하고 싶으셨던 거겠지."

"……멋진 말씀이시네."

"응."

"……그래도 다시 말하지만 그러다 네가 쓰러지기라도 하면 모든 게 끝이야."

"알고는 있지만."

그렇게 말하며 그는 쓴웃음을 지었다.

"왠지 자는 게 아까워서. 어머니 말씀 탓으로 돌릴 생각은 없지만…… 어째서일까. 너무너무 바빠서 숨 쉴 틈도 없을 땐 꼭 그 말이 떠올라. 그러면 무턱대고 이곳에 오고 싶어져. 여기가 지금 내게는 돌아가고 싶은 풍경인가 봐."

"후후후……. 그건 왠지 알 것 같아."

"……여기 오면 너도 만날 수 있고."

마치 기습 공격 같은 그 말에 얼굴이 불타는 것처럼 새빨개진 것이 스스로도 느껴졌다.

비겁해…….

부끄러우니까 이 새빨개진 얼굴이 노을 때문이라고 생각해 줬으면.

"그거…… 영광이네."

그렇게 말하며 나는 시선을 피하듯 바깥 풍경을 바라보았다.

"또 거리에 가고 싶다. 지금밖에 할 수 없는 것들을 너와 함께 잔뜩 해 보고 싶어."

조금 열이 식었을 무렵, 나는 그렇게 말하며 그에게 말을 건넸다.

"그래."

그도 웃으며 그렇게 말했다.

† † †

그로부터 며칠 후, 나는 거리로 나와 혼자 마담의 가게를 찾아갔다.

지난번에 왔을 때도 그랬지만 언니들과 친해진 후로는 가끔 개점 전 준비 시간에 가게를 찾아오게 되었다.

모두가 알면 시끄러워지겠지…….

그 예상은 아마 틀리지 않을 것이다.

유괴 사건 이후 내가 멋대로 거리에 나가지 않도록 지켜보는 감시의 눈도 허술해져서 나는 말없이 밖으로 나왔다.

"안녕하세요, 마담."

가게 안으로 들어가자 몇몇 언니들이 개점 준비를 위해 치장을 하고 있었다.

그리고 마담은 뭔가 장부 같은 종이와 눈싸움을 하고 있었다.

"어머. 멜! 어서 와. 오랜만이네."

마담이 고개를 번쩍 들고 환한 미소를 지었다.

그 아름다운 웃음에 나도 반사적으로 씨익 웃었다.

"오늘은 무슨 일이야? 또 달콤쌉싸름한 이야기를 들려주러 왔니?"

"아니에요. 오늘은 드리고 싶은 게 있어서……."

쓴웃음을 지으면서 건넨 것은 앤더슨 후작령의 명산물인 벌꿀주였다.

오라버니를 따라 앤더슨 후작령에 갔을 때 산 것이다.

그 밖에도 도자기나, 철광석을 채취할 수 있기 때문에 무기류가 유명하지만…… 도자기는 한 사람당 하나씩 사 줄 만한 돈이 없었고 무기도 마찬가지.

어차피 무기는 선물해 봤자 쓸모도 없겠지만.

그래서 벌꿀주를 사 왔다.

일단 여성에게도 비교적 인기 있는 술을 골랐다.

"어머나……. 이건 앤더슨 후작령의 벌꿀주잖아? 일부러 사 왔나 보네. 고마워."

마담은 몹시 부드러운 미소를 지으며 말했다.

"다 같이 맛있게 먹을게."

"네!"

마담의 말이 기뻐서 그만 자연스레 헤실헤실 웃고 말았다.

그런 내 머리를 쓰다듬으며 마담이 물었다.

"앤더슨 후작령에는 언제 다녀온 거니?"

마담이 느릿한 어조로 물었다.

"얼마 전이요. 영식께서 앤더슨 후작령으로 돌아가셨을 때."

"아…… 그 가문 분들과 함께 간 거니. 그럼 여행도 안심이었겠구나."

"아뇨…… 저 혼자 갔는데요?"

"뭐?"

"응?"

마담이 보기 드물게 멍한 얼굴로 되물었다. 나는 무심코 고개를 갸웃거렸다.

"자, 잠깐만. 설마 앤더슨 후작령까지 혼자 간 거니?"

"네. 마지막 하루는 합류했지만요."

"마지막 하루만……. 그럼 혼자 다녀온 거나 마찬가지네. 위험하잖아. 가는 길에 짐승도 나오고 산적도 나오는걸."

"괜찮아요, 마담. 제 몸 하나쯤은 지킬 수 있을 만큼 강한걸요?"

내 말에 마담은 깊은 한숨을 쉬었다.

"뭐 그 사람들이 인정하는 걸 보면 꽤나 강하다는 건 알겠다만, 멜. 그렇지만 넌 여자아이야……."

그렇게 말하며 그녀는 나를 끌어안았다.

"……정말로 무사해서 다행이다."

그 몸짓과 말에 내 뺨은 또다시 흐물흐물 풀어졌다.

"저 벌꿀주는 다 함께 소중하게 마실게."

"후후후, 기뻐요."

"어머, 마담…… 치사해요. 우리도 고맙다고 인사하게 해 주세요."

마담과 이야기를 나누고 있을 때 치장을 마친 언니들이 번갈아 가며 나를 끌어안고 고맙다고 인사했다.

그 후 마담과 언니들과 즐겁게 대화를 나누다 보니 이윽고 가게를 열 시간이 다가왔다.

"그럼 마담, 이만 실례할게요."

"또 놀러 오렴, 멜."

마담의 배웅을 받으며 가게를 나서던 바로 그때였다.

"어? 멜이잖아."

"진짜다! 멜, 우연이네!"

낯익은 목소리에 슬쩍 고개를 향하자 아니나 다를까 크로이츠 씨와 왕국군 사람들이 모여 있었다.

"……여러분, 우연이네요. 어디 가는 길이신가요……?"

"어디긴, 당연히 마담의 가게지. 그런데 너, 여기서 나오는 걸 보면……."

제발 더 이상 말하지 마……. 손짓발짓으로 그 뜻을 전하기 위해 필사적으로 몸을 움직였다.

하지만 거기까지 들으면 누구나 눈치채기 마련이다.

"멜, 치사해! 선수를 치다니!"

아니나 다를까, 모두 아우성을 치기 시작했다.

그건 그렇고 선수를 치다니……. 나는 한숨을 내쉬었다.

"멜은 우리랑 친하니까. 특별이야."

그렇게 말한 후 마담은 고혹적인 미소를 지으며 뒤에서 나를 끌어안았다.

그러자 몇몇 사람들이 더욱 끓어올랐다.

……마담, 부채질하면 어떡해요.

에라 모르겠다, 될 대로 되라. 이젠 메마른 웃음밖에 나오지 않았다.

"진정해. 멜을 실력으로 뛰어넘어서 남자란 걸 보여 주면 되잖아?"

중재하는 듯한 크로이츠 씨의 말에 모두가 말문이 막혔다.

"크윽……!"

"크로이츠 씨, 그건 아무래도 좀……."

"멜한테 이기라니……. 차라리 대형 육식동물을 사냥하러 가는 게 낫죠―."

효과는 즉각 나타났다. 모두가 단번에 시무룩 어깨를 떨궜다.

그 모습은 어떻게 보면 귀엽기도 했다.

그건 그렇고 대형 육식동물이 낫다니……. 나에 대한 그들의 평가가 대체 어떤지 한 번 따지고 싶군.

"……뭐야, 다 큰 남자들이 정말 한심하네."

그런 생각을 하고 있을 때 마담이 그들의 애수에 가차 없이 찬물을 끼얹었다.

아무래도 내가 귀엽다고 생각한 그 모습이 마담에게는 통하지 않은 모양이다.

그 말에 의기소침할 줄 알았지만 오히려 다들 눈동자에 투지를 불태웠다.

"……그래, 우리도 남자다……! 우리에겐 도망칠 수 없는 싸움이 있어!"

"그, 그래. 질 수 없다! 이, 이겨서 강한 남자라는 걸 증명할 테다!

룰리아 씨! 제가 멜을 이기면 부디 저와 사귀어 주세요!"

"언제까지나 멜한테 지기만 할 수는 없지! 우리도 남자니까!"

우리 '도' 가 아니라 우리 '는' ……이겠지.

나는 여자니까.

그 작은 중얼거림에 아무도 반응하지 않았다.

뭐 아무럼 어때……. 나는 작은 한숨을 쉬었다.

그보다 그들이 투지에 불타는 눈으로 바라보는 바람에 나까지 괜히 호전적이 되고 말았다.

"……그렇게까지 말씀하신다면 다음 훈련에서 승패를 가려 볼까요?"

"바라던 바다!"

그들의 반응에 저도 모르게 씨익 웃었다.

다음 훈련이 기대되는군.

평소와는 다른 기백에 오히려 가슴이 설레었다.

"자 자, 시끄럽게 굴지 말고 안으로 들어가자."

그 호전적인 분위기를 떨쳐 내듯 크로이츠 씨는 그렇게 말하며 손뼉을 쳤다.

"멜, 너도 갈 테냐?"

"……그래도 되나요?"

"물론이지. 모처럼 여기서 만났는데 함께 즐기자꾸나."

"……네!"

나는 크로이츠 씨의 권유를 받아들여 그들의 뒤를 따랐다.

"……말은 그렇게 하면서 사실은 멜을 이용해서 그들의 의욕을 부채질하고 싶은 것뿐이잖아?"

"뭐…… 현실을 보면 좀 더 열심히 훈련하겠지."

그런 그들의 말을 듣지 못한 채 나는 그저 잔뜩 들떠서 가게 안으로 들어갔다.

† † †

기초 훈련을 마치고 숨을 내쉬었다.

주위를 둘러보자 나와 마찬가지로 훈련하며 흘린 땀을 닦는 왕국 군 사람들.

하지만 그곳에 평소의 웃는 얼굴은 없었다.

오랜만에 기사단과 합동훈련을 실시한 탓인지 팽팽하게 긴장된 분위기가 감돌고 있었다.

"가젤 장군, 오늘은 잘 부탁드립니다."

"음. 이쪽이야말로 잘 부탁하네."

기사단 사람들이 도착한 후 대표자 한 사람이 아버님께 인사를 했다.

밝은 인사와는 대조적으로 기사들과 왕국군 병사들 사이에 흐르는 분위기는 여전히 긴장감이 감돌았다.

특히 대표 뒤에 서 있는 기사들에게서는 가시 돋친 시선이 느껴졌다.

뭐…… 이미 익숙해진 왕국군 사람들은 몰라도 여자아이 하나가 이 자리에 서 있는 것이 그들에게는 이해할 수도 없고 불쾌한 거겠지.

인사가 끝나고 곧바로 훈련이 시작되었다.

일단은 검 휘두르기부터.

모두 묵묵히 검을 휘둘렀다.

아버님이 그 사이를 누비듯이 걸으며 때때로 주의를 줬다.

그 후 평소대로 모의전이 시작되었다.

교류를 겸하여 왕국군 병사 대 기사.

나는 왕국군 사람들 쪽에 섞여서 차례를 기다렸다.

"다음! 멜과 도널티!"

조용히 기다리고 있을 때 내 이름이 불렸다.

들은 기억이 있는 그 이름.

경기장을 보자 역시 생각했던 대로…… 과거 내가 패배했던 상대가 서 있었다.

……재미있군.

내가 얼마나 강해졌는지 시험해 볼 때가 왔다. 피가 끓어오르는 듯한 기분이었다.

"기다려 주십시오, 장군!"

하지만 그 기분에 찬물을 끼얹듯이 도널티가 외쳤다.

"왜 제가 저런 어린아이를 상대해야 합니까! 이러면 저는 훈련이 되지 않습니다."

"멜을 상대하는 게 불만이란 말인가."

한 옥타브 내려간 아버님의 물음에 도널티는 한순간 압도당한 듯이 입을 다물었다.

그러나 곧 다시 기세를 되찾았다.

"예. 평민, 그것도 여자와……. 아무리 장군께서 아끼는 아이라 해도 실력이 부족한 자와 싸워 봤자 저는 얻을 것이 없습니다."

"……라고 하는군. 멜, 어쩔 테냐?"

그의 말에도 내 마음은 신기하리만치 고요했다.

무리도 아니다.

꼴사납게 진 지난번 모의시합.

그에게는 불만스러운 싸움이었을 것이다.

어떤 말로 변명해도 그것은 변함없는 사실.

무슨 말을 해도 그의 말을 뒤집을 수는 없다.

"……말 따윈 필요 없지 않을까요."

즉 실력으로 입을 다물게 할 수밖에 없다는 뜻이다.

내 말에 아버님은 웃음을 터뜨렸다.

"……라고 하는군. 도널티, 멜과 싸워서 이기면 곧바로 다른 사람과 싸우게 해 주겠네."

"……그 말씀, 꼭 지키시기 바랍니다."

못마땅해 하면서도 그는 마지못해 승낙했다.

그리고 그는 이제부터 상대할 내게 시선을 던졌다.

경멸이 담긴 눈동자에 어째서인지 웃음이 치밀었다.

주위를 둘러싼 기사들의 시선도 크게 다르지 않았다.

울며 도망치고 싶어질 만큼 적들로 가득한 공간. 하지만 나는 오히려 그것이 즐거워서 견딜 수 없었다.

마담의 가게에서 왕국군 사람들이 투지에 불타는 눈으로 나를 쳐다봤을 때도 생각한 것이지만…… 아무래도 나는 굶주려 있는 듯하다.

살얼음판을 걷는 듯한 긴장감에.

그리고 적을 어떻게 굴복시킬까 하는 지배욕과도 같은 투지에.

웃으며 검을 들었다.

하지만 그 검을 쥔 순간, 그 굶주림은 어디론가 사라졌다.

……아니, 그보다는 모든 것이 사소한 일로 변하여 머릿속에서 떠났다.

머릿속의 다양한 감정과 생각이 사라지고 그저 눈앞의 적으로 결정된 상대에게만 정신이 집중됐다.

깨끗해진 시야와 머릿속은 오직 싸움만을 향하고 있다.

심판이 시합 개시를 알렸다.

순간 한 걸음 움직였지만…… 그 이상은 움직이지 않는다.

그저 바람에 흔들리는 나뭇잎처럼 몸을 흔든다.

언제든지 상대의 움직임에 대처할 수 있도록.

그리고 그 아플 만큼 고요한 시간이 계속되면 계속될수록 내 신경은 오직 싸움에만 집중되고, 동시에 의사나 감정 같은 나라는 존재 자체는 더욱 깊이 가라앉는다.

먼저 움직인 것은 도널티였다.

나는 그의 검을 막았다.

전후좌우 때때로 페인트를 섞어 휘두르는 검.

냉정하게 대처하며 기회를 엿보았다.

나를 얕잡아 보는 걸까, 아니면 원래 이런 걸까…… 꽤나 조잡한 움직임이다.

빠르고 힘 있게 움직이긴 하지만…… 아니, 그렇기 때문에 지금까지 그걸로 밀어붙일 수 있었는지도 모른다.

머릿속 한구석으로 그의 움직임을 분석하다가 빈틈이 생긴 순간 재빨리 공격에 나섰다.

한 번, 또 한 번. 검을 부딪칠 때마다 그의 자세가 무너졌다.

그리하여 마지막으로 그의 검을 튕겨 낸 후 목을 겨눴다.

"……승자! 멜!"

기사단원을 포함하여 모두가 멍한 표정을 짓고 있는 가운데, 심판의 목소리가 드높이 내 이름을 외쳤다.

그 목소리에 정신을 차린 걸까, 도널티가 거칠게 일어섰다.

"이건 뭔가 잘못된 겁니다! 그래…… 제가 봐준 것뿐입니다. 한 번 더 싸우면 반드시 제가 이길 겁니다."

잔뜩 흥분해서 외치는 그의 모습에 기사들 사이에서는 안도의 숨을 쉬며 동조하는 듯한 분위기가 흘렀다.

반면 왕국군 멤버들은 냉소를 지으며 그런 그의 모습을 바라보았다.

"……그렇군. 그럼 다시 한번 싸워 보게."

그렇게 말하는 아버님의 목소리는 차갑고 위압감이 흘러넘쳤다.

『다음이 있을 거라고 생각하지 마라』. 아버님은 말없이 그렇게 말하고 있었다. 이곳에서 훈련해 온 자들은 누구나 그런 아버님의 진의를 눈치챘다.

그것이 아버님의 가르침이었기 때문이다.

다음이 있을 거라고 생각하지 마라.

왜냐하면 싸움에는 죽음이냐 승리냐 둘 중 하나밖에 없으니까.

다음을 기대하며 싸우는 훈련을 하는 것은 어리석음의 극치다.

자신은 절대로 지지 않는다는 망상을 버려라.

항상 죽음을 두려워해라.

그리고 항상 죽음을 받아들이고 각오해라.

아버님은 항상 그렇게 말씀하셨다.

그런 아버님의 진의를 눈치채지 못한 채 도널티는 검을 주워 들고 의기양양하게 자세를 잡았다.

나도 언제든지 심판의 목소리에 반응할 수 있도록 신경을 곤두세웠다.

……그리고.

"시작!"

심판의 목소리가 울려 퍼지는 동시에 이번에는 내가 먼저 움직였다.

상대의 허를 찌르듯 빈틈을 파고들어 온몸을 의식하며 움직였다.

"……어."

도널티가 멍하니 중얼거리는 소리가 멀리서 들려오는 듯한 기분이 들었다.

하지만 신경 쓰이지 않는다.

의식 속에 들어오지 않는다는 표현이 좀 더 정확하려나.

마치 두꺼운 벽에 뒤덮인 것처럼 내 의식은 외부 세계와 격리되어 있었다.

그저 적으로 정한 상대의 움직임을 주시할 뿐.

상대가 얼이 빠져 있는 동안 아래에서 위로 검을 휘둘러 적의 검을 튕겨 냈다.

그리고 그대로 위에서 아래로 검을 내리그어 적의 목덜미를 겨눴다.

마치 처음부터 그렇게 정해져 있었던 듯한, 예정되어 있었던 듯한…… 그런 싸움.

불과 수 초 만에 끝난 그 싸움에 모두가 어안이 벙벙해져 있었다.

"……승자. 멜."

그 가운데 엄숙한 심판의 목소리가 울려 퍼졌다.

모두가 그 목소리에 정신을 되찾은 듯했다.

순간 한꺼번에 소리가 세상으로 돌아왔다.

왕국군 사람들에게서는 환성이.

기사들에게서는 당혹의 목소리가.

각각 어느 쪽도 우열을 가리기 힘들 만큼 거대한 파도가 되어 밀려오는 듯한 기분이 들었다.

장본인인 나는 딱히 아무 생각도 없었다.

더 이상 지고 싶지 않아, 다음엔 반드시 이기고 말 거야. 과거 그토록 씩씩대던 상대에게 이겼는데도…….

오히려 담담하게 조금 전의 시합을 떠올리며 '이렇게 움직일걸.', '이런 움직임도 나쁘지 않군.' 이라고 자신의 움직임에서 반성할 점을 꼽고 있을 뿐.

"……크윽! 한 번 더…….."

멍하니 그런 생각을 하고 있을 때, 어느새 다른 사람들과 마찬가지로 정신을 차린 듯한 도널티가 벌떡 일어서며 아우성을 치기 시작했다.

기사단 쪽에는 그에 동조하는 듯한 분위기가 흐르고, 왕국군 쪽에는 그에 반론하는 듯한 분위기가 흘렀다.

소위 일촉즉발의 분위기.

그러나 도널티의 말을 가로막듯이 아버님이 입을 열었다.

"한 번 더? 그따위 말, 가볍게 입에 담지 마라. 전장에서 패해 죽을 때에도 너는 같은 말을 할 거냐?"

그 담담한 물음에 그는 한순간 할 말을 잃었다.

"그건……."

"자신이 강자라고 자만하지 마라. ……전장에 강자는 없다. 이겨서 살아남은 자, 그게 강자다."

아버님의 말에 어느 샌가 술렁거림은 가라앉아 있었다.

"훈련은 단순한 훈련이 아니다. 방심하는 것에 익숙해져서 그 방심으로 아군까지 위기에 빠뜨리면 끝장이다. 애초에 인간의 몸은

약하다. 훈련일지언정 사고는 따르는 법. 그런데도 너는……. 다음이 있다고 가볍게 말하는 마음가짐으로는 뭘 해도 소용없고 사고를 일으키는 원인이 된다."

뒤이어 흘러나온 말에 도널티는 고개를 숙였다.

"……거듭 말하지만 '한 번 더'라는 말을 가볍게 입에 담지 마라. 지금의 너로서는 몇 번을 싸워도 저 녀석에게 이길 수 없다. 머리를 식혀라."

차갑게 내치는 듯한 아버님의 말에 그는 더 이상 아무 말도 하지 않았다.

왕국군 쪽에서는 환성과도 같은 희색이 만연한 목소리가 일고 있었다.

그리고 기사단 쪽에서는 그에 대항하는 듯한 목소리가.

변함없이 흐르는 일촉즉발의 분위기에 짜증이 난 걸까, 아니면 진심으로 화가 난 것일까—아마도 후자인 듯하다— 아버님에게서 살기와도 같은 위압감이 풍겼다.

"도널티뿐만이 아니다! 전원 해이해져 있다!"

일갈……. 그 외침에 또다시 모두가 입을 다물었다.

"너희는 대체 무엇을 위해서 훈련하고 있는 거냐? ……우습게 보지 마라, 만족하지 마라! 탐욕스러워져라! 겸허해져라! 이 마음을 잊었을 때 너희는 거리를 돌아다니는 깡패나 다름없다! 태생도 출신도 아무 상관없다. 너희는 사람을 죽이는 기술을 배우고 있는 것이다. ……그렇기 때문에 더더욱 너희는 누구보다도 자신을 다스릴 줄 알아야 한다. 마음을 다스린 후에 무예를 연마해라. 누구에게도 존경받지 못하고 누구에게도 의지가 되지 못한 채 전장으로 향하면 고립무원의 싸움이 된다는 것을 명심해라! 이 자리에 있는 자들 모두가 항상 죽음과 함께하는 일을 하고 있음을 잊지 마라! 그래도 계속 그 길을 걷고 싶다면…… 말에 의지하지 마라! 스스로 증명해라! ……내 얘기는 이상이다. 훈련을 계속해라."

천둥처럼 울려 퍼진 아버님의 말에 한동안 그 누구도 움직이지 않았다.

그저 멍하니 아버님을 바라볼 뿐.

이윽고 심판이 머뭇머뭇 다음 시합을 알렸다.

그리고 또다시 훈련이 시작되었다.

조금 전보다 한층 팽팽하게 긴장된 공기.

모두가 투지를 불태우며 진지한 표정을 짓고 있었다.

그곳에는 기사도 왕국군도 관계없었다.

그리하여 훈련은 계속되었다.

훈련이 끝나고 나는 모의전용 검을 정리한 후 하다못해 물에 적신 천으로 얼굴만이라도 땀을 닦기 위해 우물가로 향했다.

도중에 운 나쁘게도 기사 두세 명과 마주쳤다.

그중에는 도널티의 모습도 있었다.

……몇 명 되지 않더라도 싫은 건 변함없다.

도널티가 있다면 더더욱 그렇다.

귀찮아서 발걸음을 돌리려던 바로 그때였다.

"……너 때문에……!"

증오와도 같은 어두운 감정이 담긴 떨리는 목소리가 나를 향해 날아왔다.

오늘 지척에서 들어서 잊을 수도 없는 목소리……. 등 뒤에서 들려오는 그 목소리가 세 사람 중 누구의 목소리인지는 금방 알 수 있었다.

"이봐……."

기사 중 한 명이 말리려고 말을 걸었지만 도널티는 멈추지 않았다.

"너 때문에……! 내 체면은 다 구겨졌어!"

위태롭고 흉흉한 그 모습에 신변의 위험을 느끼고 언제든지 검을 뽑을 수 있도록 자세를 취했다.

하지만 내게 다가오려고 하는 그를 다른 두 사람이 있는 힘껏 말렸다.

"그만둬, 도널티!"

"놔!"

다른 두 사람에게 붙잡혀서 더더욱 분노가 타오른 것일까, 그는 나를 노려보았다.

"남 탓하지 마시죠. 단순히 당신이 저를 얕보고 싸운 결과일 뿐……. 아니, 애초에 장군께서 말씀하신 대로 당신이 해이해진 상태로 훈련을 했던 대가가 돌아온 것뿐입니다."

도널티와의 시합에서 이기고도 순순히 기뻐할 수 없었던 건 그 때문이었구나. 말을 하며 스스로 납득했다.

전에는 그와 싸우면서 마음이 설레었다.

패배한 것을 정당화할 생각은 없지만 그의 움직임은 확실히 공부가 되었다.

하지만 오늘 그에게서는 아무것도 느껴지지 않았다.

시간이 흘러 힘은 기억 속의 그때보다 조금 강해진 것 같지만……
그뿐이었다.

그때부터 진지하게 훈련해 왔던 자라고는 도저히 생각할 수 없는 그 움직임에 오히려 내 흥분은 시들었다.

그와 동시에 아쉽다고 생각했다.

강해진 그와 싸우는 것을 기대했던 만큼.

"……!"

내 말에 그는 더욱 사납게 날뛰었다.

다른 두 사람도 더욱 필사적으로 그를 붙잡았다.

"계집애 주제에……. 너 따위가 훈련을 해서 뭘 어쩌겠다고!"

붙잡혀 있으면서도 그의 욕설은 계속되었다.

방금 내 반론이 그의 불에 기름을 끼얹은 셈이지. 자업자득이라고
도 할 수 있지만.

"너한테는 어차피 다 장난이잖아? ……눈에 거슬려!"

"장난이 아닙니다. 장차 대역 겸 호위 역을 그만두면 왕국군에 들
어가서 모두를 지키기 위해 이 몸을 바치고 싶습니다. 그러니까 장
난 삼아 훈련에 참가하는 게 아닙니다."

그렇게 반론한 순간 도널티가 낄낄 웃음을 터뜨렸다.

이 이상 여기 있어 봤자 불쾌하기만 할 뿐이라는 생각에 다시 걸음
을 옮기려던 바로 그때였다.

"하하하……. 웃기는군! 왕국군에 들어간다고? 여자는 왕국군에
들어갈 수 없는데 대체 무슨 꿈같은 소릴 지껄이는 거냐!"

내뱉는 듯한 그의 말에 나는 문득 발걸음을 멈췄다.

……여자는 왕국군에 들어갈 수 없다고?

이 사람 대체 무슨 소릴 하는 거지……?

"너는! 이루어질 수 없는 꿈을 꾸면서 쓸데없는 노력을 하고 있는
거야! 그런데 내가 너 때문에 그런 꼴을 당하다니……. 웃기지 마!
눈에 거슬려! 두 번 다시 가젤 님 훈련에 나오지 마라!"

두 사람에게 끌려가듯 멀어지며 그는 악에 받쳐 막말을 내뱉었다.

나는 멍하니 굳은 채 마치 그들을 배웅하듯 우두커니 서 있었다.

……그는 대체 무슨 소릴 하는 거지?

거짓말, 거짓말, 거짓말……!

크로이츠 씨는 내 꿈을 알고 응원해 줬다. ……틀림없이 분풀이를 위해 홧김에 지껄인 거짓말일 것이다.

그렇지 않으면 그의 말대로 대체 나는 무엇을 위해 검을 연마하고 있었단 말인가……?

머리로는 그렇게 스스로를 이해시키려 애쓰면서도 한 번 싹튼 의심은 좀처럼 사라지지 않았다.

"오, 멜. 무슨 일이냐? 그렇게 당황해서……."

훈련장을 향해 달려가자 곧바로 크로이츠 씨를 발견할 수 있었다.

"어, 우왓!"

그를 발견하자마자 나는 곧바로 그의 품에 뛰어 들었다.

"무, 무슨 일이야? 이렇게 열렬하게……."

"거짓말이죠!"

나는 그의 말을 가로막으며 외쳤다.

"여자는 왕국군에 들어갈 수 없다는 거, 거짓말이죠! 크로이츠 씨도 응원해 주셨잖아요!"

내 말에 조금 전까지의 가벼운 분위기는 어디론가 사라지고…… 그의 얼굴은 마치 뭔가를 꾸욱 참는 듯한 안타까운 표정으로 바뀌었다.

"……미안하다."

크로이츠 씨의 사과에 나는 싫어도 깨달을 수밖에 없었다.

……도널티의 말이 결코 아무렇게나 지껄인 헛소리가 아니라는 사실을.

"어째서……!"

"……목숨마저 내던질 만큼 복수에 사로잡혀 있던 네 입에서 겨우 긍정적인 말이 흘러나왔는데…… 차마 그게 무리라는 말은 할 수가 없었다. 네가 미래를 바라보기만 한다면 그걸로 됐다고 생각했지. 빨리 진실을 말해 줘야 한다는 걸 알면서도 겁쟁이인 나는 도저히 말할 수 없었다."

……아니야!

그런 말을 듣고 싶었던 게 아니야……!

"왜…… 어째서 여자는 왕국군에 들어갈 수 없는 건가요……!"

내 말에 크로이츠 씨는 아무런 대답도 하지 않았다.

어쩌면 답은 없는지도 모른다.

어찌할 바를 모르는 듯한…… 그러면서도 회한이 배어 나오는 그의 표정을 바라보며 나는 그렇게 생각했다.

하지만 지금 나는 냉정하게 그것을 인정할 수 없었다.

"앗, 멜……!"

크로이츠 씨의 말을 등 뒤로 들으며 나는 그대로 저택을 뛰쳐나갔다.

† † †

눈물 때문에 시야가 부옇게 흐리다.

하지만 그 정도는 익숙한 길을 달리는 데 방해가 되지 않는다.

달리고, 달리고, 또 달려서.

이윽고 도착한 곳은 늘 찾아오던 탑이었다.

생각해 보면 괴로울 땐 항상 이곳을 찾아왔다.

혼자서는 다 끌어안을 수 없을 만큼 괴로울 때 떠오르는 것은 언제나 이곳이다.

나는 계단을 뛰어올라 제일 꼭대기로 향했다.

가장 높은 곳……. 거리 전체를 한눈에 내려다볼 수 있는 그곳에 도착한 후 나는 곧 그의 모습을 찾았다.

하지만 그…… 루이의 모습은 보이지 않았다.

그렇게 타이밍 좋게 나타날 리 없지……. 힘없이 그 자리에 주저 앉으려던 순간.

"너도 와 있었구나. 오랜만이야, 멜."

순간 나는 뒤를 돌아보았다.

"루이……."

그는 내 얼굴을 보고 조금 놀란 듯한 표정을 지었다.

"무슨 일이라도 있어, 멜?"

그 물음에 나는 대답하지 않았다.

아니, 대답할 수 없었다.

비틀비틀 그에게 다가가서 매달리듯 엉엉 울음을 터뜨렸다.

그는 더 이상 내게 아무것도 묻지 않고 그저 말없이 나를 끌어안아 줬다.

……그 후로 얼마나 울었을까.

계속 울고, 울고, 또 울고…… 이윽고 울다 지쳐 눈물이 멈췄다.

눈물과 함께 괴로움과 분노 같은 시꺼멓고 답답한 감정도 흘러갔 는지 나는 제법 침착함을 되찾았다.

……하지만 지금은 다른 의미로 마음이 술렁거렸다.

감정에 북받쳐 루이를 끌어안았다는 그 현실에.

부끄러워서 고개를 들 수 없었다.

"……진정됐어?"

냉정한 그의 목소리에 부끄러움은 점점 커졌다.

"미…… 미안해, 갑자기……!"

"……신경 쓰지 마. 그보다 괜찮아?"

"으, 으응……. 울었더니 조금 후련해졌어……."

당황한 채 그렇게 말하자 그는 토닥토닥 부드럽게 내 등을 두드려 줬다.

"자, 진정해. 그럼 이제 무슨 일이 있었는지 물어봐도 될까?"

"……그건……."

내가 말꼬리를 흐리자 그는 쓴웃음을 지었다.

"말하고 싶지 않으면 말하지 않아도 돼."

"……아니야."

그리고 나는 루이에게 모든 것을 이야기했다.

왕국군에 들어가는 걸 목표로 삼았다는 것을.

그리고 그게 불가능하다는 사실을 알게 됐다는 것을.

때때로 감정에 북받쳐 말하는 내 이야기는 시간순서도 엉망진창이라 틀림없이 알아듣기 힘들었을 것이다.

하지만 그는 끝까지 내 말을 자르지 않고 조용히 귀를 기울여 줬다.

"……너는 일직선이구나."

하고 싶은 말을 전부 쏟아 내고 잠시 입을 다물어 버린 내게 그가 중얼거린 것은 그런 말이었다.

"일직선?"

"그래. '이거다' 하고 정한 길을 일직선으로 나아가는구나 싶어서. 나는 너의 그 열중하는 자세와 열심히 노력하는 모습을 존경하고 있어."

"우……. 고, 고마워."

생각지도 못한 칭찬에 나는 그만 말문이 막혔다.

"내가 멋대로 생각한 거야. ……얘기가 다른 길로 새어 버렸군. 그래서 왕국군에 들어갈 수 없단 말이지……. 그 남자의 말만 듣고 포기한다면 너의 소망은 결국 그 정도였던 거야."

가차 없는 그 말에 그만 반사적으로 그를 노려보았다.

그 시선에 그는 쓴웃음을 지었다.

"너에게는 몇 가지 선택지가 있어."

"……순순히 왕국군을 포기하란 말이야?"

"그렇지 않아. 시각을 바꿔 보라는 뜻이야. 예를 들어…… 그래, 애초에 넌 어째서 왕국군에 들어가기로 결심했지? 뭘 위해서 무예를 연마하고 있지? 뛰어난 무예로 군에서 명예를 얻기 위해서? 아니면 백성들을 지키기 위해서?"

"그건……."

그의 의문에 이번에는 내가 생각에 잠기듯 시선을 떨궜다.

"먼저 그것부터 생각해 봐. 넓은 관점으로 자신을 돌아볼 좋은 기회 아닐까? 왕국군에 들어가는 게 목적이었는지 아니면 수단이었는지."

그의 물음에 나는 아무런 대답도 할 수 없었다.

"전자라면 마음껏 울어도 돼. 하지만 후자라면 어째서 울어야 하지? ……수단이었을 경우 네가 목표로 삼은 모습을 다시 한번 생각해 봐. 목표라고 바꿔 말해도 되겠군. 그 목표를 이루려면 어떻게 해야 하는지."

"……어려워."

"예를 들어 네가 왕국군에 들어가고 싶다고 생각했던 게 수단이

었다고 치고, 목표는 지금까지 쌓아 올린 검술을 활용하는 거라고
쳐."

"응."

"검술을 활용하려면 왕국군에 들어갈 수밖에 없나? ……그렇지
않잖아? 추천을 받아서 기사단에 입단할 수도 있고 용병도 검을 사
용하지."

"……그건 그래."

"뭐 어디까지나 예를 든 것뿐이지만. 그렇게 하나씩 생각해 나가
면 돼. 일단 목표를 정할 것. 그리고 어떻게 하면 그 목표에 도달할
수 있을지, 그 방법을 몇 가지 생각해 봐. 그 결과 역시 왕국군에 들
어가는 것밖에 방법이 없다고 여겨지면……."

"……그러면?"

"어떻게 하면 왕국군에 들어갈 수 있을지 생각해 보면 돼."

"하지만 왕국군에는 들어갈 수 없다고……."

"……응, 맞아. 지금까지 왕국군에 들어간 여성은 한 명도 없어.
하지만 어째서 안 되는 거지?"

"그건…… 그건……."

말문이 막힌 나를 바라보며 그는 웃었다.

"어때? 모르겠지? 그 이유를 파고들어서 하나씩 문제를 해결해
나가는 거야……. 그리고 인정하게 만들어서 네가 여성 최초로 왕
국군 병사가 되면 되잖아."

마치 눈앞이 확 트이는 듯한 기분이었다.

그와 동시에 그건 그래, 하고 생각하며 나도 웃었다.

지금 나는 어째서 여성이 왕국군에 들어갈 수 없는지 그 이유를 도
무지 알 수 없다.

힘이 약해서?

아니면 단순히 법으로 그렇게 정해져 있어서?

알 수 없기에 일방적으로 자신을 부정당한 것 같아서 납득할 수 없었던 것이다.

"응…… 그래. 생각해 볼게. 내가 어째서 왕국군에 들어가고 싶었는지. 한번 제대로 생각해 볼게. 생각하고 또 생각해서 그래도 역시 이것밖에 없다는 생각이 들면 그때는…… 발비둥 쳐 볼 거야. 틀림없이 거기까지 생각해서 도달한 답이 그거라면 나는 끝까지 발버둥 칠 수 있을 거야."

내 말에 루이는 눈부신 듯이 눈을 가늘게 뜨며 웃었다.

† † †

"여어, 가젤."

"오랜만이군. 로멜르."

빈번하게 찾아오던 로멜르가 앤더슨 후작가에 통 모습을 보이지 않아서 무슨 일인가 고개를 갸웃거리기 시작할 무렵.

느닷없이 로멜르가 앤더슨 후작가에 나타났다.

매일 찾아오는 사람처럼 허물없는 태도와 여전히 귀족답지 않은 말투였지만…… 가젤은 그편이 편하고 좋았다.

그건 그렇고. 가젤은 쓴웃음을 지었다.

사실 밤을 제외하고 그가 집에 있는 것은 오랜만의 일이었다.

오늘 이 시간에 정확하게 찾아온 것을 보면 가젤의 일정을 완전히 파악하고 있는 데다 그의 행동을 예측하고 있었다는 뜻이다.

그의 가벼운 말과 행동에 눈길이 가기 십상이지만…… 새삼 생각하자 그의 용의주도함에 가젤은 엷은 한기를 느꼈다.

"마침 잘됐군. 나도 자네에게 볼일이 있었거든."

맞은편 의자에 앉는 로멜르를 바라보며 가젤은 그렇게 말했다.

"……그 유괴 사건과 파커스가 습격당한 사건의 전말 말이지?"

"그래."

역시……. 내심 그렇게 생각했지만 가젤은 아무 말도 하지 않았다.

새삼스럽기 때문이다.

"파커스 습격 사건은 미안하게 됐어. 일단 용병들의 움직임을 주시하면서 때때로 요란하게 움직이는 놈들을 붙잡았지만…… 뭐 정당한 이유도 없이 범죄자가 아닌 자들을 단속할 수는 없어서 말이야."

"아니, 그건 됐어. 그 일이라면 자네에게 먼저 정보를 얻은 덕분에 큰일로 번지지는 않았으니까. 게다가 자네가 말하는 그 이유는 나도 이해해. 내가 묻고 싶은 건 그게 아니라……."

"두 번째 사건의 배경이겠지?"

"그래. 막연하지만 왠지 불길한 예감이랄까…… 이상한 느낌이 들어서 견딜 수 없어. 그저 감일 뿐이지만."

"……자네의 감은 마치 야생동물 같군."

그렇게 말한 로멜르의 얼굴에는 순수하게 가젤을 칭찬하는 표정이 떠올라 있었다.

"하지만 훌륭한 감이야. ……그래, 둘 다 자네 예상대로 뿌리는 같다네."

"대체 이 나라에서 무슨 일이 일어나고 있는 거지?"

"아니, 나라 단위가 아니야. 이 모든 일은 앤더슨 후작령을 중심으로 일어나고 있는 거야. 즉 자네는 소용돌이 한가운데 있는 셈이지."

"자네, 무슨 말을 하는 건가……?"

로멜르의 말에 가젤은 멍하니 되물었다.

"연쇄 유괴 사건의 피해자는 자네 딸과 비슷한 또래의 아가씨들이었지? 그것도 자네 딸이 왕도에 온 후로 발생한 거야."

"……즉 내 딸을 노린 거란 말인가?"

"최종적인 목적은 그렇겠지. 뭐 비슷한 또래의 소녀들을 노린 건 위장 겸 도발이랄까."

그렇게 말하는 로멜르는 비웃듯이 입가를 일그러뜨리고 있었다.

"대체 누구지? 뒤에서 실로 조종하는 자들은."

"호오……. 르멜 백작은 붙잡았잖아? 아니, 그보다 자네가 체포하지 않았나? 그걸로 유괴 사건은 해결됐잖아?"

"그 인간 따위가 그런 공작을 할 수 있을 리 없잖아."

가젤은 로멜르의 말을 단칼에 부정했다.

로멜르는 그 말에 아무런 반론도 하지 않고 침묵을 지켰다.

가젤은 그 침묵을 긍정으로 받아들였다.

"질문에 대답하기 전에 먼저 내 용건을 끝내도 될까?"

무거운 침묵이 흐르는 가운데 갑자기 로멜르가 화제를 바꿨다.

"뭐 자네 질문에는 제대로 대답할 거야. 하지만 아무래도 그 전에 알아 두고 싶은 게 있어서 말이야."

"아, 그래……. 알겠네. 그래서 오늘은 무슨 일이지……? 새삼스럽지만 꽤나 피곤해 보이는 얼굴인데."

"자네에게 간파당할 줄이야……. 확실히 조금 피곤할지도 몰라. 그보다 자네가 낮에 저택에 있다니 별일도 다 보겠군. 뭘 하는 거지?"

"잠시 영지 업무를 보는 중이야. 평소에는 남한테 전부 맡겨 두지만 가끔은 나도 살펴봐야지."

"이봐……. 장군직이 아무리 바쁘더라도 영주가 영지를 소홀히 해선 안 되지. 특히 자네 영지에서는 질 좋은 철광석이 잔뜩 채굴되는데 제대로 관리하지 않으면 곤란해."

가젤…… 앤더슨 후작가는 건국 이래 무공으로 이름을 떨친 가문이다.

본래 앤더슨 후작가가 다스리는 영지에는 광석을 채굴할 수 있는 산이 많다.

그중에서도 철광석이 유명하다.

영지에서 채굴된 철광석은 제철하여 무기로 만들어진다. ……예로부터 앤더슨 후작령에 무예를 배우는 자가 다른 영지에 비해 많은 것은 그런 환경 탓도 있을 것이다.

"하지만 난 원래 영주가 될 예정이 없었는걸? 영지 경영 같은 건 도통 모르겠어."

"자네의 감도 전장에서만 발휘되는 건가. ……하여간 오길 잘했군. 이봐, 가젤. 나는 자네에게 제법 신뢰받고 있다고 생각한다네."

"뭐야, 뜬금없이. 맨정신으로 그런 낯 뜨거운 말을 하다니."

"……됐으니까 들어. 그래서 나는 수하에게 조사를 시키기 전에 일부러 직접 자네를 찾아온 거야. 이봐, 가젤. 나한테 최근 광산 자료를 보여 주지 않겠나?"

로멜르가 진지한 목소리로 가젤에게 물었다.

보통 귀족이라면 즉각 거절할 말이었다.

자신의 재산을 공개하라고 말하는 것이나 마찬가지니까.

그것도 이 나라의 재상인 남자에게.

"좋아. ……자."

하지만 가젤은 너무나 쉽게…… 아무렇지도 않게 로멜르에게 서류를 건넸다.

오히려 로멜르가 한순간 놀랄 정도였다.

"자네가 그렇게 말한다면 필요한 거겠지? 뭐 나는 자네를 믿어. 재상이라서가 아니라 자네라는 한 사람을. 게다가 난 머리 쓰는 건 통 소질이 없거든……. 자네가 보면 뭔가 알아낼 수 있겠지."

"……나 참. 그럼 사양 않고 살펴보지."

로멜르는 쑥스러움을 감추듯 퉁명스럽게 중얼거린 후 자료를 받아 들고 훑어보기 시작했다.

그 속도는 가젤의 두 배 이상.

팔락팔락. 마치 몇 장인지 세어 보는 듯한 속도로 그는 서류를 읽어 나갔다.

"이봐, 가젤. 자네가 마지막으로 광산을 시찰하러 간 것은 언제지?"

"한 달 전쯤인가? 마침 영지에 갈 일이 있어서."

"그 전은?"

"……글쎄? 정기적으로 찾아가고는 있다만."

"그럼 광산의 상태가 예전과 뭔가 달라진 점은 있나?"

"그건 모르겠는데."

"……뭐 그렇겠지. 아…… 불길한 예감 적중인가."

"……무슨 일이지?"

"철광석, 누군가 빼돌리고 있어."

"……어떻게 알았지?"

"어떻게 알기는……. 이 자료와 이쪽에 있는 자네 영지의 가격 추이, 그리고 각 상회의 매상 추이표와 업무 종사자들의 임금을 대조해 보면 당연히 알지. 그리고 대장간도 행적을 추적하는 게 좋을 것 같군. 서둘러 상업길드에 사실을 확인해 볼까."

"대체 누가 뭘 위해서……?"

"아까 얘기했던 것과 같은 녀석이야. 그리고 그자가 바로 자네가 쫓고 있는 흑막이지."

"……이봐, 로멜르. 이제 그만 가르쳐 주지 않겠나? 그 흑막의 정체를."

가젤이 로멜르를 지그시 노려보며 말했다.

"그래, 자네에겐 가르쳐 주지. 단 이 철광석의 행적을 추적하고 나서……."

"어째서……!"

"그게 자네를 위해서니까."

"……무슨 말이지?"

"처음에는 빨리 자네에게 알리고 끝낼 생각이었어. 아니, 그보다 사실은…… 자네가 공모하고 있는 건 아닐까 조금 의심했었지."

쿠웅. 가젤이 로멜르를 벽에 밀쳤다.

"내가 일부러 멜리루다를 죽음으로 몰아넣었다고…… 그렇게 생각했나!"

"응, 그래."

아픔에 얼굴을 찌푸리면서도 로멜르는 그 말을 긍정했다.

"네놈……!"

으드득. 가젤은 입술을 깨물며 더욱 힘껏 로멜르의 멱살을 움켜잡았다.

"말했……잖아? 왕궁의 귀족들 중에는 두꺼운 낯가죽 아래 음모를 숨기고 있는 자가 아주 많다고……! 사랑한다, 사랑한다 지껄여 봤자 사실은 가식일 뿐, 뒤에서는 그저 이용만 하는 경우는 얼마든 지 많아."

"더 이상 멜리루다에 대한 내 마음을 모욕하지 마……!"

"이제는 나도 알아! 자네가 그렇지 않다는 것쯤은!"

로멜르가 외쳤다.

그 말을 듣고 가젤은 조금이나마 손의 힘을 늦췄다.

"……그만큼 자네와 함께 시간을 보냈어. 곧 그 생각은 사라졌지. 이제는…… 자네가 나를 믿는 것처럼 나도 자네를 믿어."

"그렇다면…… 말해 줘! 대체 어떤 자가 나의 멜리루다를 죽음으로 몰아넣었는지!"

비통한 외침이었다.

로멜르가 그와 알고 지낸 후로 처음 보는 그 모습.

"아직도 모르겠나? 처음에 자네가 공모하고 있는 건 아닐까 의심할 만큼 자네와 가까운 인물! 자네를 믿게 된 후에도 차마 자네에게 말할 수 없었을 만큼 자네에게 소중한 인물! 그리고 철광석을 횡령할 수 있는 인물……!"

"……설, 마…….."

로멜르의 외침에 가젤은 멍하니 중얼거렸다.

그와 동시에 가젤의 몸에서 힘이 빠져나갔다. 로멜르는 겨우 가젤의 손에서 해방되었다.

"더 이상은 말하지 않아도 돼. 자네의 그 생각은 정답일세."

비틀비틀. 가젤은 방황하듯 걸어서 의자에 주저앉았다.

그리고 그 자리에 웅크리듯 머리를 감쌌다.

그런 그의 모습을 로멜르는 안타까운 듯이 바라보았다.

무거운 침묵이 방 안을 덮쳤다.

두 사람 모두 입을 열지 않았다.

끌어안기에는 너무나도 큰 그 사실에 가젤은 떨고 있었다.

"……자네 입으로 말해 줘. 나는 자네 말이라면 믿을 수 있으니까……."

이윽고 그 무거운 침묵 속에서 가젤이 입을 열었다.

동시에 로멜르는 한숨을 쉬었다.

"산적들을 부추겨서 자네가 가장 사랑하는 아내를 죽인 자. 자네의 딸과 아들을 습격한 무리를 뒤에서 조종한 자. 그리고 철광석을 횡령하여 반란을 일으키려 하는 자. 그건…… 자네 동생일세."

로멜르의 말에 가젤은 눈물을 흘렸다.

막간

"잠시 쉬도록 할까."

어머님의 그 말에 흠칫 정신을 차렸다.

그만 어머님의 이야기에 푹 빠져 있었던 모양이다.

하지만 어쩔 수 없다.

현실은 소설보다 기구하다더니 정말 맞는 말이다.

설마…… 설마 사교계의 꽃이라 불리는 어머님이 어릴 적 그런 혹독한 훈련을 하셨을 줄이야.

나는 훈련 같은 건 해 본 적이 없어서 그게 얼마나 가혹한 것인지 실제로는 알 수 없다.

하지만 결코 평탄한 길은 아니었을 것이다.

지금도 라일과 디더를 능가하는 실력.

앤더슨 후작가 호위대의 존경을 한 몸에 받는 그 역량.

지금 어머님이 여성의 몸으로 그토록 강한 것은 모두 과거에 쌓아 올린 노력 덕분이다.

그렇기 때문에 나는 이토록 쉽게 납득하고 있는 것이다.

……그건 그렇고.

"어머님은 어릴 적부터 아버님께 푹 빠지셨던 거네요."

"어머, 얘는. 부끄럽게."

뺨을 붉게 물들이며 부끄러워하는 모습은 딸인 내가 봐도 무척이나 사랑스러웠다.

아까까지 들었던 이야기가 이야기니만큼 엄청난 갭이 느껴졌다.

"하지만 시간문제가 아니란다. 아이리스 너도 순식간에 빠져 버렸잖니?"

무엇에 빠졌는지는 묻지 않아도 알 수 있다.

나는 그것을 실제로 직접 경험했으니까.

정말로 순식간이었다.

그…… 딘을 사랑한다고 자각한 순간부터 사랑에 빠지기까지는.

당시에는 신분 차이로 그를 포기해야 한다, 애초에 두 번 다시 사랑 따윈 하고 싶지 않다, 그렇게 마음을 다잡으며 사랑에 빠지지 않도록 몇 번이나 이성을 유지하고 애썼다.

하지만 그러면 그럴수록 내 마음은 점점 깊이 빠져들었다.

정말이지 사람의 마음이란 뜻대로 되지 않는 법이다.

"……그렇네요."

당시의 이런저런 일들을 떠올리며 그리움에 문득 미소를 지었다.

조금 전 무거운 이야기를 하고 있었기 때문일까, 지금 흐르는 편안한 분위기에 무심코 참고 있던 숨을 내쉬었다.

그때 문에서 노크 소리가 들려왔다.

"……실례합니다. 앤더슨 후작 부인께서 오셨습니다."

"어머, 그러고 보니 오늘 외출하는 김에 들르겠다고 편지가 왔었지. 좋아, 여기로 안내해 줘요."

"제가 방해가 되려나요?"

"괜찮아. 그녀도 오랜만에 널 만나고 싶다고 했으니까."

그리고 잠시 후 앤더슨 후작 부인…… 백모님이 방 안으로 들어오셨다.

"오랜만이야, 메리. 아이리스."

온화한 앤더슨 후작 부인은 인사도 하는 둥 마는 둥 하고 어머님 옆에 앉았다.

"오랜만이긴……. 얼마 전에 만났잖아."

"어머, 들었니? 아이리스. 매정해, 메리."

"그런 말이 나오니? 지난번에 놀러 온 지 한 일주일밖에 안 된 것 같은데?"

"어머, 일주일씩이나?"

허물없는 말투로 대화하는 두 분을 나는 옆에서 방관하며 지켜보았다. 여전히 사이가 좋으시구나.

두 분의 대화에 귀를 기울이며 나는 조금 전까지 들은 어머님의 이야기를 떠올리고 있었다.

한 번 들은 것만으로는 온전히 받아들일 수 없는 이야기였다.

"……아얏!"

머릿속으로 어머님의 이야기를 되새기다가 문득 한 가지 생각을 떠올리고 무심코 목소리를 높였다.

"왜, 왜 그러니? 아이리스."

이구동성으로 느닷없이 소리를 지른 나를 걱정하는 어머님과 백모님.

"그게…… 백모님, 전에 첫사랑은 어머님이라고 말씀하셨죠? 위기에 처했을 때 구해 준 왕자님 같았다고."

"응, 그랬었지."

"어머, 뭐야. 새언니, 아이리스한테 이야기한 거야?"

"뭐 어때. 메리 너야말로 아이리스한테 옛날이야기를 했구나?"

살짝 부끄러워하는 어머님을 바라보며 백모님은 쿡쿡 웃었다.

"……그럼 역시 맞군요. 왕도의 거리에서 어머님이 구했던 소녀가 바로 백모님이었나요."

"응, 그래. 그날 어머님과 외출해서…… 호기심에 여기저기 돌아다니다가 어머님과 떨어져 버렸지 뭐야. 길을 잃고 헤매다가 뒷골목으로 들어가는 바람에 이상한 남자 두 명에게 쫓기고 있을 때 메리가 구해 줬어. 그렇게 강한데 설마 여자아이일 줄 누가 알았겠니? 가젤 님과 가까워 보이길래 어느 가문의 귀족 자제인 줄 알았는데…… 설마 가젤 님의 딸이었을 줄이야."

"처음에 날 보자마자 '왜 드레스를 입고 있는 거야?'라고 소리쳤을 땐 정말 당황했어."

"후후후, 그땐 정말 미안했어. 하지만 설마 계속 찾아 헤매던 첫사랑을 결혼 인사 때 발견하게 될 줄은 생각도 못했거든. ……아, 하지만 아이리스. 오해하지 말렴. 나는 파커스 님을 사랑해서 결혼한 거란다."

그건 알고 있다.

앤더슨 후작가는 귀족치고는 보기 드물게 연애결혼을 권장하는 가문으로 유명하다.

영웅이라는 이름 덕분에 많은 유력 귀족으로부터 혼인을 제안받았지만 할아버님이 결혼한 사람은 간신히 귀족이라는 명맥만을 유지하던 남작가의 딸 멜리루다 할머님.

또한 영웅의 아들 파커스 백부님도 수많은 혼인 신청을 받았지만 할아버님이 전부 걷어차 버리고 스스로 찾으라고 딱 잘라 선언했다고 한다.

특히 후자의 이야기는 유명해서 그 때문에 파커스 백부님은 귀족들의 모임에 참석할 때마다 고역을 치렀다고 한다. 몇몇 가문에서 백부님의 환심을 사기 위해 수단 방법을 가리지 않고 저돌적으로 달려들었기 때문이다. 예전에 루디에게 들은 얘기다.

어머님은 정략결혼이지만…… 그건 밖에서 봤을 때의 이야기일 뿐, 가까이에서 보면 차마 눈뜨고 볼 수 없을 만큼 서로 사랑하는 사이다.

……뭐 좀 전의 이야기에 따르면 애초에 정략결혼 얘기가 오가기 전부터 서로 알고 지낸 사이인 것 같으니 정말 정략결혼으로 분류해도 될지 의문이다만.

"그런데 백모님은 백부님의 어디에 끌리셨나요?"

"글쎄……. 역시 강한 사람이었기 때문일까."

백모님은 조금 부끄러워하면서도 무척 행복한 미소를 짓고 있었다.

"강한 사람?"

"그래. 첫사랑이 첫사랑인 만큼 남자를 보준 기준이 강함이었단다. 그렇게 따지면 처음에 파커스 님은 기준치 밖이었어."

"백부님이? 백부님은 할아버님께 훈련을 받으셨다고 들었는데요……."

"오라버니는 그다지 드러내 놓고 움직이지 않거든."

어머님의 발언에 나는 고개를 갸웃거렸다.

그 모습을 바라보며 백모님은 웃었다.

"후후후……. 파커스 님은 검술 수업을 선택하지 않았단다. 험담하기 좋아하는 학생들은 앤더슨 후작가의 적장자 주제에 검술을 전혀 못하나 보다고 파커스 님을 심하게 비난했지. 특히 기사단을 목표로 하는 아이들과 가젤 님을 동경하는 아이들의 조롱과 폭언은 정말 지독했어. 하지만 파커스 님은 그러건 말건 무시로 일관했지. ……아무 말도 하지 않았기 때문에 반감은 점점 심해지기만 할 뿐이었어."

"아…… 그렇군요."

"이렇게 말하는 나도 아무 반박도 하지 않는 파커스 님께 멋대로 분노했단다. ……그리고 그만 파커스 님께 이렇게 말했지."

† † †

"이봐요, 후작가의 자제분께 그 말투는 뭐죠. 아니…… 후작가 운운 이전에 한 사람의 인간으로서 그렇게 큰 소리로 상대를 모욕하는 건 별로 보기 좋지 않은 것 같은데요?"

앤더슨 후작가의 적장자 파커스 님이 지나갈 때.

마침 나도 같은 통로를 걷다가 들어 넘기기 힘든 말을 들었다.

정말 앤더슨 후작가의 적장자일까, 겁쟁이 같은 녀석.

소문은 들었지만 실제로 그런 말을 듣자 기분이 나빴다.

그래서 그만 그 사람들에게 한마디 하고 말았다.

……나와는 상관없는데도 무심코 끼어드는 것은 나의 나쁜 버릇이다.

상대는 나와 같은 백작 가문의 출신으로 기사단을 목표로 삼고 있다는 소문을 들은 기억이 있었다.

그런 사람에게 따지고 들었다가 문제가 생기기라도 하면 어쩌나 생각했지만…… 이미 말해 버린 이상 어쩔 수 없다.

물끄러미 그들을 노려봤지만 뜻밖에도 그들은 재빨리 그 자리를 떠났다.

휴우. 내심 안도의 숨을 내쉬며 문제의 파커스 님께 다가갔다.

『당신도 한마디 해 주지 그랬어요. 앤더슨 후작가를, 가젤 님을 모욕당하고 분하지도 않나요?』

내 말에 파커스 님은 잠시 멍한 표정을 지은 후 쿡쿡 웃기 시작했다.

『나, 나는 진지하게 말하는 거예요.』

『아, 무척 용감한 분이라고 생각해서요. 그 녀석 말고도 다 큰 남자에게 꿋꿋하게 덤비는 사람이 또 있을 줄은……. 아, 실례. 충고 고맙습니다.』

『그럼…….』

『하지만 딱히 대처할 필요성은 느껴지지 않는군요. 그들에게 무슨 말을 듣건 아무렇지도 않으니까요. 아버님이 이걸 보시더라도 아마 웃어넘기실 겁니다.』

『아, 네에…….』

『당신도 너무 무모한 짓은 하지 마십시오. 도와줘서 고맙습니다.』

결국 파커스 님은 온화한 목소리로 그렇게 말한 후 빠른 걸음으로 교실에 들어갔다.

정신을 차리고 시계를 보자 수업이 시작되기 직전.

나도 거의 달리다시피 허둥지둥 교실로 향해야 했다.

† † †

그 후 무사히 모든 수업을 마친 나는 기숙사로 가기 위해 학술동을 나왔다.

수련을 하기 위해, 또는 몸을 움직이는 것 자체가 목적인 남학생들이 훈련장에서 검술 연습을 하는 모습이 보였다.

멍하니 걷고 있던 나는 그때 파커스 님이 옆을 걷고 있다는 사실을 눈치채지 못했다.

『아, 저기에…….』

『아, 그 앤더슨 후작가의 수치? 그러고 보니 낮에는 같이 있던 여자가 지켜 줬다면서?』

목소리가 들려온 쪽을 바라보자 낮에 내가 한소리 해 줬던 남학생 두 명과 후작가 자제 한 명이 있었다.

『하여간 그 여자도 그 여자로군. 남자한테 대들고 노려보다니……. 역시 여자는 여자다워야지.』

『동감이야. 그렇게 거치니까 아직 약혼자도 없는 거겠지.』

후작가 자제가 비웃으며 던진 말에 백작가 자제들이 이구동성으로 동의했다.

그 목소리는 아까보다 더욱 커서 귀를 기울이지 않아도 내 귀까지 들려올 정도였다.

내 앞에서…… 아니, 일부러 내가 지나갈 때를 노려서 노골적으로 중상모략을 하다니. 분해서 몸이 떨렸다.

『……기사를 목표로 삼고 있다고는 생각할 수 없는 말과 행동이로군.』

너무나도 분했지만…… 반론이 떠오르지 않아서.

당장이라도 울음을 터뜨릴 것처럼 눈물을 그렁거리고 있을 때였다.

파커스 님이 그 남자들을 향해 말했다.

『뭐?』

남자들이 파커스 님을 위협하듯 말했다.

『못 들었나? 기사를 목표로 삼고 있다고는 생각할 수 없는 말과 행동이라고 했다.』

『실례지만 네가 기사에 대해 대체 뭘 알지? 앤더슨 후작가의 수치인 네가.』

『수치건 뭐건 기사의 예절은 귀족이라면 당연히 어릴 때부터 들어서 알고 있지 않나? 그런데도 숙녀에게 그런 말을 하다니……. 너희야말로 귀족의 수치 아닌가?』

『흥……. 그런 건 기사가 된 후에 지키면 되잖아? 우린 엄격한 훈련을 받느라 지금은 그런 것에 신경 쓸 여유가 없거든.』

『엄격하다라…….』

『아마 너는 모르겠지만.』

『그럼 나도 훈련을 받아 볼까.』

그렇게 말하며 파커스 님은 훈련장으로 향했다.

그 말에 남자들은 기분 나쁜 미소를 지었다.

『좋아, 훈련해 주지.』

『그래? 너희가 훈련을 시켜 준다면 나는 너희에게 귀족다운 처세술을 가르쳐 주지. 훈련이 끝나면 저 숙녀분께 사과해라.』

『네 앞에서 확실하게 사과하도록 하지. ……단 증인이 없으면 소용없지 않나? 어차피 네 훈련이 무사히 끝난다면 말이지만.』

『네가 무사히 끝나지 않는다면?』

『말도 안 되는 소리. 너는 네가 무사할지 어떨지나 걱정하시지.』

나는 저도 모르게 걸어가는 그를 불렀다.

『파커스 님!』

『걱정할 것 없습니다. 당신의 명예는 곧 회복될 겁니다.』

그는 뒤를 돌아보며 온화하게 말했다.

『그보다 당신의 몸이 더 소중해요!』

내가 그렇게 외치자 그는 한순간 눈을 동그랗게 떴다가…… 곧 웃으며 말했다.

『정말 괜찮습니다.』

그리고 그는 검을 쥐고 좀 전의 남자들 중 한 명과 마주 섰다.

입회인이 시작을 알리는 신호를 보냈다.

나는 기도하듯 그 시합을 지켜보았다.

……하지만 시합은 한순간에 끝났다.

눈 깜짝할 사이에 둔탁한 소리가 울려 퍼진다 싶더니 상대 남자가 땅에 엎어져 있었다.

한순간에 벌어진 일에 너무 놀라서 숨이 멈췄다.

『너무 지나치잖아!』

옆에서 지켜보던 남자가 쓰러진 남자를 안아 일으키며 외쳤다.

『지나쳐? 훈련을 해 준다고 하지 않았나? 그것도 엄격하게…….』

그런 남자의 외침에 파커스 님은 웃으며 대답했다.

『기사의 예절을 잊어버릴 만큼 엄격한 훈련을 하고 있다면서 고작 이 정도라니 놀랍군. 후작가의 수치도 이기지 못하는 그 정도 역량으로 잘도 가슴을 펴고 다녔구나.』

감탄한 듯이 이어진 파커스 님의 말에 이번에는 상대가 분노로 얼굴을 시뻘겋게 물들이며 몸을 떨었다.

『자, 일어나라. 저 숙녀분께 사과해야지?』

파커스 님은 남자의 목덜미를 움켜잡고 그대로 질질 끌고 왔다.

『언제까지 자고 있을 거냐? 자, 일어나라.』

『저, 저어…… 너무 지나친 것 같은데…….』

파커스 님의 처사에 제3자인 입회인마저 새파랗게 질린 얼굴로 말했다.

『지나쳐? 이 정도 상처는 엄격한 훈련을 했다면 일상다반사 아닌가? 그리고 무엇보다 훈련은 아직 끝나지 않았다. 이자가 저 숙녀분께 사과할 때까지는.』

『아, 네에…….』

입회인은 납득하지 못한 표정을 짓고 있었지만 더 이상은 아무 말도 하지 않았다.

『……이제 됐어요, 파커스 님. 고맙습니다.』

『정말 괜찮습니까?』

『네. 당신이 이자를 쓰러뜨린 순간 후련해졌거든요.』

『그렇습니까.』

파커스 님은 멱살을 잡고 있던 남자를 팽개친 후 아무 일도 없었던 것처럼 그 자리를 떠났다.

『저어, 파커스 님. 당신은 왜 그토록 강하면서 지금까지 잠자코 있었던 건가요?』

『자신의 역량을 과시해 봤자 무슨 소용입니까?』

내 물음에 파커스 님은 질문으로 대답했다.

나는 그 질문에 아무런 대답도 못 하고 입을 다물었다.

『함부로 굴지 못하게 하려면 필요할 때도 있을지 모르지만…… 적어도 이 학원에서 힘을 과시할 필요는 없지 않습니까? 힘은 필요할 때 휘둘러야 합니다. 시도 때도 없이 휘둘렀다가는 결국 자신에게 되돌아오기 마련이죠. 애초에 어느 정도 역량이 있으면 평소의 사소한 움직임만으로도 어느 정도 상대의 힘을 읽을 수 있습니다. 그리고…….」

파커스 님은 문득 말을 멈추며 작게 웃었다.

「무엇보다도 저는 강하지 않습니다. 정말 강한 사람을 알고 있으니까요. 그러니까 더더욱 과시할 생각은 없습니다.」

나는 무술 같은 건 접해 본 적이 없어서 모르겠지만…… 순식간에 상대를 쓰러뜨린 파커스 님이 강하지 않다고는 생각할 수 없었다.

그런 파커스 님이 강하다고 하는 사람은 대체 어떤 사람일까.

역시 가젤 님일까.

그의 말을 들으며 나는 머릿속으로 그런 생각을 하고 있었다.

「뭐 당신의 명예를 지킬 수 있었으니 이번에는 의미가 있지만……
앞으로도 학원에서 적극적으로 검을 들 생각은 없습니다.」

「미안해요……. 파커스 님을 번거롭게 해서.」

「아뇨, 괜찮습니다. 지금 말하지 않았습니까? 당신의 명예를 지킬 수 있었으니 그걸로 됐다고.」

그렇게 말하며 파커스 님은 엷게 웃었다.

† † †

"백부님, 멋져요!"

백모님의 회상에 나는 저도 모르게 외쳤다.

"그렇지? 뭐 그걸 계기로 파커스 님이 신경 쓰이기 시작해서 그 후 연인으로 발전하고 결혼하게 된 거야."

"어머나, 멋진 이야기네요."

"응, 이 추억은 내 보물이야. 하지만 그래서 결혼 인사를 하러 왔더니 첫사랑이었던 사람이 드레스를 입고 서 있지 뭐니. ⋯⋯그때는 정말 깜짝 놀랐어."

"놀란 건 나야. 나도 아버님도 오라버니도 네가 소리를 지르는 바람에 얼마나 당황했는데."

당시를 떠올린 걸까, 두 사람은 나란히 웃음을 터뜨렸다.

"뭐 그 남자들에게 쫓겼던 과거는 무서워서 별로 떠올리고 싶지 않지만⋯⋯ 그 이상으로 도움을 받고 나서 '날 구해 준 사람에게 부끄럽지 않은 내가 되고 싶다.' 라고 생각했기 때문에 지금 내가 여기 있는 것 아닐까. 전부 이어져 있는 거야. 좋은 추억도 그렇지 않은 것도."

백모님의 말은 나도 이해할 수 있었다.

이제는 먼 과거가 된, 나의 시작이며 게임으로서는 끝이었던 파혼 장면.

결코 좋은 추억은 아니지만⋯⋯ 그 일이 있었기에 지금의 내가 있다.

모든 것에 절망하고, 사람을 거절하고, 그런 자신을 포기하고⋯⋯ 하지만 발버둥 치고, 괴로워하고, 그래도 계속 앞으로 나아갔다. ⋯⋯그 과정에서 나는 꿈과 살아갈 의미를, 그리고 무엇보다도 내게 진정으로 소중한 존재를 깨달았다.

그러니 결코 헛되지 않다. ⋯⋯그때 그 일들은.

"멋진 말이네, 새언니."

어머님이 부드럽게 웃으며 동의했다.

"참, 아이리스. 오늘 너의 귀여운 아이들은 어디에 있니?"

"엘피스는 영지에 있어요. 루체는⋯⋯ 그리고 보니 루체의 훈련이 슬슬 끝났을지도 몰라요. 죄송하지만 잠깐 아이를 보러 실례해도 될까요?"

"그럼, 물론이지. 다녀오렴."

"어머님, 나중에 또 그다음 이야기를 들려주세요. 백모님, 도중에 자리를 뜨는 결례를 용서해 주세요. 다음에 또 천천히 얘기를 나누고 싶네요."

그 말을 남기고 나는 방을 나섰다.

내가 향하는 곳은 아르메리아 공작가 별저에 있는 훈련장.

경비대 대원들이 훈련하기 위한 곳이지만 요즘은 어머님을 흠모하는 앤더슨 후작가의 호위병들까지 이곳을 찾아오고 있다.

뭐 두 가문의 사이가 양호해서 별문제는 없지만.

"어머님!"

훈련장에 얼굴을 내밀자 루체가 쪼르르 내게 달려왔다.

열심히 훈련을 했는지 루체는 땀에 흠뻑 젖어 군데군데 생채기마저 나 있었다.

"루체, 수고했어."

그렇게 말하며 미소 짓자 루체는 기쁜 듯이 웃으며 나를 끌어안았다.

나는 그대로 루체를 안아 올렸다.

아직은 그럭저럭 안을 수 있지만 좀 더 크면 어려우려나……. 성장하는 것은 기쁜 일이지만 그걸 쓸쓸하게 생각하는 나 자신에게 쓴웃음이 흘러나왔다.

"오늘도 열심히 기초 훈련을 했어요!"

"그래……? 장하구나, 루체. 얘기는 나중에 들을 테니까 먼저 목욕을 해서 몸을 식히렴?"

"네!"

나는 루체를 안은 채 걷기 시작했다.

저택으로 돌아가는 동안 루체는 자신이 얼마나 열심히 훈련했는지 기쁜 듯이 이야기하고, 또 그 이상으로 훈련을 봐주는 디더와 라일이 얼마나 굉장한지 자랑스럽게 조잘거렸다.

"저도 언젠가 어머님께 도움이 될 수 있도록 열심히 할게요!"

"……루체."

루체의 말이 기쁘지는 않았다.

오히려 슬픔과 함께 이 아이의 입에서 이런 말이 나오게 만든 나 자신이 너무 한심해서 견딜 수 없었다.

"그런 건 생각하지 않아도 돼. 너는 네가 원하는 길을 걸으렴."

나는 타이르듯 그렇게 말했다.

하지만 루체는 오히려 슬픈 표정을 지었다.

"……귀찮, 으세요?"

"그렇지 않아. 엄마를 위해 열심히 노력하는 그 마음은 무척 기뻐. 하지만 루체. 나는 네가 있어 주는 것만으로도 힘을 낼 수 있단다. 네가 웃으면 나도 기쁘고, 네가 슬프면 나도 슬퍼. 너는 나의 소중하고 소중한 딸이니까. 네가 도움이 되려고 애쓰지 않아도 그건 변치 않는 사실이란다. 사랑해, 루체."

그렇게 말하며 뺨에 키스를 하고 아이를 내려 줬다.

루체는 생각에 잠긴 듯한 심각한 표정을 짓고 있었다.

"자, 루체. 목욕을 하자꾸나."

시녀에게 아이를 맡기고 나는 방에서 서류를 훑어보며 기다리기로 했다.

일을 하면서도 머릿속으로는 조금 전 루체와 나눴던 대화를 떠올리고 있었다.

……아이를 타이르기란 정말로 어렵다.

아무리 거듭 말해도 그 순수함 때문에 자신의 생각을 굳게 믿고 내가 의도한 것과는 다른 엉뚱한 방향으로 받아들을 때가 많다.

사실 루체가 내게 도움이 되고 싶다고 말한 적은 몇 번이나 있다.

그때마다 아까처럼 무리하지 않아도 돼, 사랑한다, 라고 말해 주지만…… 루체는 매번 어두운 표정으로 그 말을 삼킨 후 또다시 그 말을 되풀이하는 것이다.

……루체가 어른이라면 상대가 어떻게 말하고 어떻게 생각할지, 지금까지의 경험치와 상대의 욕망을 부추겨서 움직이게 만들 수 있었을 텐데.

아이들은 그런 타산도 없고 한결같아서 흥정 따윈 통하지 않는다.

뭐 어린아이를 상대로 진짜 흥정을 할 리는 없으니 어디까지나 예를 든 것뿐이지만.

"어머님."

마침 목욕을 마치고 나온 루체가 의자에 앉아 있는 내게 안겼다.

"개운하니?"

그렇게 묻자 루체는 물을 마시며 고개를 끄덕였다.

"네. 기분 좋아요."

찰싹, 루체가 내 무릎에 달라붙었다.

나는 사랑하는 딸을 안아서 내 무릎 위에 앉혔다.

그리고 꼬옥 끌어안았다.

"어머님, 숨 막혀요."

"어머, 미안해. 루체가 너무 귀여워서 그만."

그렇게 말하자 루체는 기쁜 듯이 미소를 지었다.

최대한 시간을 내려고 노력하고는 있지만 그래도 평소에는 일 때문에 아이들과 지내는 시간은 얼마 되지 않는다.

아직 어린아이인데 아마 둘 다 많이 참고 있을 것이다.

그걸 안타깝게 생각하는 한편, 그래도 나는 내가 살아가는 방식을 바꿀 수는 없다.

"……미안하구나."

무심코 그렇게 중얼거리자 루체는 고개를 갸웃거렸다.

"왜 그러세요? 어머님."

"아니, 아무것도 아니야."

"이상해라."

그렇게 말하며 루체는 웃었다.

나도 루체를 안심시키듯 미소를 지었다.

그리고 나는 흘러넘칠 것 같은 감정을 감추기 위해 또다시 사랑하는 딸을 끌어안았다.

† † †

한편 방에 남겨진 메를리스는 새언니 마를과 계속 잡담을 나누고 있었다.

"그건 그렇고 너도 벌써 할머니가 됐구나. 전혀 그렇게 보이지 않지만."

"그러게. 세월이 정말 빨라."

"오늘은 그 아이들을 만나지 못했지만 너와 꼭 닮은 아이리스와 '그' 남편 사이에서 태어난 아이잖아? 틀림없이 귀엽겠지……."

마를이 황홀하게 중얼거렸다.

"뭐…… 어떤 모습이든 어떤 아이든 내게는 귀여운 손주란다. 나한테 아이가 생기고 게다가 손주까지 생기다니…… 그 무렵에는 정말 상상도 못 했는데."

그렇게 대답하며 메를리스는 먼 곳을 바라보듯 눈을 가늘게 떴다.

『어째서죠……! 왜 검을 버리라고…… 다른 사람도 아닌 아버님께서 그렇게 말씀하시는 건가요!』

『앤더슨 후작가의 명운을 멀리서 손가락을 빨며 지켜보고 있으란 말인가요……. 소중한 사람이 전장으로 향하는데, 어째서 나는……!』

그러고 있노라니 과거 자신의 통곡이 들려오는 듯한 기분이 들었다.

"왜 그러니? 메리."

마를이 그런 그녀를 걱정하듯 말을 건넸다.

"아…… 미안해. 잠깐 옛날 일이 떠올라서. 아이리스에게 내 옛날 이야기를 해서 그런가."

그렇게 말하자 마를은 웃었다.

"뭐…… 어디까지 얘기했는지는 모르지만 틀림없이 놀랐겠지. 네가 과거 공작 부인이면서 전장에 나갔던 이야기는."

"흠…… 글쎄. 지난번 아르메리아 공작령이 습격당했을 때 내가 앤더슨 후작령의 호위병들과 함께 싸웠던 걸 그 아이는 알고 있는 걸. 새삼스럽게 놀라지는 않을지도 몰라."

"그럼 아직 거기까지는 얘기하지 않았나 보네?"

"응, 그래."

"……내 생각엔 놀랄 것 같은데. 역사에 기록되지 않은 싸움……. 한 영지가 한 나라 전체와 싸웠다는 것도, 시아버님이 책임을 지고 일족 모두와 함께 자진하려고 했던 것도."

"너…… 어떻게 그걸 알았……."

마를의 마지막 말에 메를리스는 놀란 듯이 눈을 크게 떴다.

"나는 그 사람의 아내인걸? 그이한테 들었어."

그 한마디에 메를리스는 쓴웃음을 지었다.

"그렇구나……."

"뭔가 톱니바퀴가 하나라도 어긋났더라면 지금 이 시간은 없었을지도 모르지. 그렇게 생각하면…… 정말 신기해."

"응, 그러게."

"……자, 그럼 난 이만 가 볼게. 아이리스가 너의 옛날이야기를 듣고 어떻게 반응했는지 나중에 가르쳐줘. 네 손주들을 보러 또 놀러 올게."

"……그래. 즐겁게 기다릴게."

메를리스는 그녀를 배웅한 후 또다시 자신의 방으로 돌아와서 자리에 앉았다.

『뭔가 톱니바퀴가 하나라도 어긋났더라면…….』

그런 마를의 말이 메를리스의 머릿속에 되살아났다.

"정말 그렇네. 만약 뭔가 하나라도 어긋났더라면…… 내겐 아무것도 남지 않았을지도 몰라."

그 중얼거림은 따뜻한 방 안에 차갑게 울려 퍼진 후 사라졌다.

후기

"안녕하세요, 여러분. 메를리스입니다."

"아이리스입니다. 이번에는 특별히 '후기'에서 저희가 인사를 드리게 됐습니다."

"설마 우리 이야기가 먼 나라에서 소설로 만들어질 줄이야……. 영광이군요."

"정말 그래요. 작가에게 편지를 받았는데 읽어 드릴게요."

『먼저 감사드립니다.

본편이 끝난 후 설마 이렇게 스핀오프를 선보일 수 있게 될 줄이야……!

정말로 독자 여러분 덕분입니다.

고맙습니다.

겉은 숙녀, 그 속은……!

처음 캐릭터를 설정할 때 어머님께는 그런 캐치프레이즈가 있었습니다.

그리고 그런 어머님의 이야기를 쓰고 싶어서 줄곧 마음속에 품고 있었습니다.

본편 마지막에는 어머님이 정말 잔뜩 나왔었죠……. 저도 쓰면서 '대체 주인공이 누구지?'라는 생각이 들더군요.

이 이야기에는 많은 인물이 등장합니다만 그들이 걸어온 길을 전부 쓸 수는 없었습니다.

　주인공은 아이리스니까 어쩔 수 없긴 하지만 제 역량 부족 때문이기도 하겠죠.

　이번에 그중에서도 제일 애착이 가는 캐릭터를 쓸 기회를 얻은 것도, 또 여러분께서 이 이야기를 읽어 주신 것도 정말 감사드립니다.』

　"……라고 하는군요."

　"설정이란 게 무슨 말인지 모르겠지만…… 어쨌든 아르메리아라는 이름이 다른 나라에도 알려지게 된 것은 여러분이 작가의 힘이 되어 주신 덕분이라는 건 잘 알겠군요. 저도 감사드립니다."

　"(……일본에서 내 이야기를 읽고 있다니, 인생이란 정말 무슨 일이 일어날지 모르는 거구나. 설마 악역 영애였던 내가 이야기의 주인공이 되다니.)"

　"어머, 왜 그러니? 아이리스."

　"아뇨, 아무것도 아니에요. 정말 그렇네요. 이번 작품은 어머님이 주인공인데요. 그것도 작가 말대로 여러분이 계속 읽어 주셨기 때문에 세상에 선보일 수 있게 된 거랍니다."

　"어머나…… 내가 주인공? 조금 낯간지럽네. ……아, 그래서 그런가. 이번 후기에 아이리스와 내가 출연한 건. 분명히 아이리스를 내보내고 싶었을 거야."

　"그, 글쎄요……. 과연 그럴까요?"

　"그런데 아이리스 너는 일본이라는 나라를 알고 있니?"

　"아, 저어…… 일반적인 건 알고 있지만(차마 그립다는 말은 못 하겠군……)."

　"나 무척 궁금해. 한 번 일본에 가 보고 싶어!"

"으음— 아마 힘들걸요."

"어머? 어째서……?"

"이곳에서 아주 먼 동쪽 섬나라니까요. 어머님께서 요양 중인 아버님을 두고 그런 먼 곳으로 여행을 떠나진 않으시겠죠?"

"물론이지! 그이와 오래 떨어져 있는 건 생각할 수도 없어."

"그렇겠죠……. 그건 그렇고 여전히 금슬이 좋으시군요."

"어머? 아이리스 너도…… 남편을 두고 오랫동안 어디 갈 생각은 없잖니?"

"그렇죠. 무엇보다도 저는 아르메리아 공작령에서 업무를 봐야 하니까요."

"아이리스 너는 흔들림이 없구나. 저어, 아이리스. 아이리스 너는 행복하니?"

"갑자기 그건 왜……?"

"이야기로 만들어진다는 건 그만큼 파란만장한 인생이라는 뜻 아닐까? 뭐 그 이전에 무거운 책무를 짊어지고 살아가는 내 아이를 걱정하지 않는 부모는 없단다."

"……행복해요. 사랑하는 남편과 귀여운 아이들에게 둘러싸여 있고, 계속 곁에 있을 수는 없지만 이렇게 걱정해 주시는 아버님과 어머님, 할아버님…… 그리고 가족이나 마찬가지인 동료들이 있으니까요. 무거운 책무도 지금은 그 무거움을 사랑스럽게 여기고 있어요. 물론 힘들 때도 있지만…… 힘든 것뿐만 아니라 그만큼 행복을 곱씹을 수 있답니다. 게임 설정에서는 얻을 수 없는 행복을 쟁취한 거예요."

"게임?"

"아, 아뇨……! 아무것도 아니에요!"

"어머님, 어디 계신가요—?"

"어머, 루체가 널 찾고 있네. 그럼 이쯤에서 마치도록 할까."

"그렇군요. 그럼 여러분 안녕히. 다음 권에서 또 만날 수 있기를 진심으로 기도드립니다."

공작 영애의 소양 6

원작: 레이아 만화: 우메미야 스키 캐릭터 원안: 후타바 하즈키

**영지를 경영하는 공작 영애,
교회의 파문 선고를 받고 최대의 위기에 직면하는데?!**

**국교의 파문─ 즉 「죄인」선고.
그것은 공작가 자체를
함정에 빠뜨리려는 누군가의 음모였다!
왕족과 동등한 힘을 지닌 교회에
공작 영애의 반격이 시작된다!**

루체
LUCE

천장 아래서 잘 부탁합니다

원작: 쿠루 히나타 만화: 카토 에리코

어느 제국 황제 집무실의 천장 뒤에는
여러 나라에서 온 밀정들이 은밀히 숨어 있다.
화기애애한 분위기 속에서 꽤 평화적으로 황제 폐하를
감시하고 있던 중, 새로운 임무를 받아
조국으로 돌아가게 된 밀정 소녀.
하지만 조국에서 그녀를 기다리고 있던 사람은
다름 아닌 황제 폐하였다!

게다가 그는 어째서인지
소녀를 황비로 삼겠다고 하는데-?!

루체
LUCE

공작 영애의 소양 6

2023년 10월 04일 제1판 인쇄
2023년 11월 30일 제1판 발행

지음 레이아
일러스트 후타바 하즈키
옮김 김진수

발행 영상출판미디어(주)
등록번호 제 2002-000003호
주소 07551 서울특별시 강서구 양천로 570(등촌동, NH서울타워) 19층
전화 02-337-0610

ISBN 979-11-380-3381-7
ISBN 979-11-380-3143-1(세트)

KOUSYAKU REIJOU NO TASHINAMI Vol.6
ⒸReia, Haduki Futaba 2018
First published in Japan in 2018 by KADOKAWA CORPORATION, Tokyo.
Korean translation rights arranged with KADOKAWA CORPORATION, Tokyo.

레이아 Reia

사이타마 현 거주. A형.
인터넷 소설이 유행할 무렵 통학 시간을 이용해서
수년간 닥치는 대로 소설을 독파.
학교를 졸업하고 한동안 인터넷 소설과 멀어졌지만
최근 다시 인터넷 소설의 세계로 돌아와서
이 작품을 집필하고 데뷔.
취미는 음악 감상, 책 읽기.
몰두하면 자꾸 먹고 자는 걸 잊기 때문에
학생 때는 방학마다 생활 리듬을 망가뜨리는
견본 같은 학생이었다.